世界文学第一都 绍兴

冯长根 著

作家出版社

谨以本书献给《呐喊》出版 100 周年！

目 录

序

序

亲爱的读者：这里是浙江绍兴——历史上也被称为"会稽""越州"的越国故地，一直史不绝书，誉满古今。

王羲之说：山阴道上行，如在镜中游。

王羲之说：此地有崇山峻岭，茂林修竹；又有清流激湍，映带左右。

王献之说：从山阴道上行，山川自相映发，使人应接不暇。

王籍说：蝉噪林逾静，鸟鸣山更幽。

顾恺之说：千岩竞秀，万壑争流，草木蒙笼其上，若云兴霞蔚。

白居易说：东南山水，越为首。

李白说：我欲因之梦吴越，一夜飞度镜湖月。

贺知章说：唯有门前镜湖水，春风不改旧时波。

杜甫说：越女天下白，鉴湖五月凉。

孟浩然说：时时引领望天末，何处青山是越中。

欧阳修说：越溪阆苑繁华地。

范仲淹说：一路入岚堆，还惊禹凿开。

苏轼说：若耶溪水云门寺，贺监荷花空自开。我恨今犹在泥滓，劝君莫棹酒船回。

王安石说：若耶溪上踏莓苔，兴罢张帆载酒回。汀草岸花浑不见，青山无数逐人来。

王安石说：飞来山上千寻塔，闻说鸡鸣见日升。不畏浮云遮望眼，自缘身在最高层。

陆游说：山重水复疑无路，柳暗花明又一村。

陆游说：千金不须买画图，听我长歌歌镜湖。

孙因说：越，舜、禹之邦也，古有三圣人，越兼其二焉。

王思任说：夫越乃报仇雪耻之国，非藏垢纳污之地也。

袁宏道说：闻说山阴县，今来始一过。船方革履小，士比鲫鱼多。

徐渭说：杏子红衫一女郎，郁金衣带一苇航。堤长水阔家何在？十里荷花分外香。

李慈铭说：清明忆，老屋傍霞川。十里酒香村店笛，半城花影估人船。水阁枕书眠。

蒲松龄说：有志者，事竟成，破釜沉舟，百二秦关终属楚；苦心人，天不负，卧薪尝胆，三千越甲可吞吴。

孙中山说：绍兴乃越王勾践卧薪尝胆之地，报仇雪耻之邦。继承勾践奋发图强精神，为推翻专制，建立共和，绍兴有徐锡麟、秋瑾、陶成章三烈士，于光复事业，功莫大焉。

朱自清说：若打官话，我得算浙江绍兴人。浙江绍兴是我的祖籍或原籍，我从进小学就填的这个籍贯；直到现在，在学校里服务快三十年了，还是报的这个籍贯。

鲁迅说：我所记得的故乡全不如此，我的故乡好得多了。

鲁迅还说：我仿佛记得曾坐小船经过山阴道，两岸边的乌桕，新禾，野花，鸡，狗，丛树和枯树，茅屋，塔，伽蓝，农夫和村妇，村女，晒着的衣裳，和尚，蓑笠，天，云，竹……都倒影在澄碧的小河中，随着每一打桨，各各夹带了闪烁的日光，并水里的萍藻游鱼，一同荡漾。

毛泽东说：鉴湖越台名士乡，忧忡为国痛断肠。剑南歌接秋风吟，一例氤氲入诗囊。

周恩来说：我是绍兴人。

郭沫若说：箬簧东湖，凿自人工。壁立千尺，路隘难通。大舟入洞，坐井观空。勿谓湖小，天在其中。

波列伏伊[1]说：这真是东方威尼斯。

章生道[2]说：绍兴是浙东的北京，区别只在大小而已。

习近平说：在浙江省的这些城市中，绍兴建城最早，历史名人最多，毛主席就曾讲绍兴是"鉴湖越台名士乡"。绍兴历史文化积淀十分深厚，可以说，绍兴是浙江的"罗马"。

余秋雨说：中国的历史文化名城很多，但是如果撇去皇城气象而仍然能保持高品位的，就少之又少了。在这中间，如果进一步要求这种非宫廷的高品位文化能够密集聚合，那就只剩下两三座城市了。在这两三座城市之间，如果再进一步要求这种聚合一直延伸到近代，延伸到辛亥革命和五四新文化运动，那就只剩下一座城市了。那就是属于王羲之、陆游、徐渭、秋瑾和鲁迅的城市——绍兴。

绍兴，故乡人民的骄傲！中国的骄傲！世界的骄傲！

---

1 苏联著名作家。
2 美籍华人学者、夏威夷大学教授。

一

绍兴：一座充满文学光芒的古都

在中华民族的发展史上，有这么一个地方，从远古的时候起，就与文学结下了不解之缘，连绵不绝，代代传承。这个地方就是首批 24 座国家历史文化名城之一的浙江绍兴。

绍兴充满文学的光芒，现在有文字可查的第一缕文学光芒，在远古的黄帝时期（约公元前 3000—前 2000 年是历史上五帝时期，黄帝是五帝之首）。这一时期出现了《弹歌》。[1,2] 专家认为，这是《诗经》以前人民的口头创作。何人何年所作已不可知，《吴越春秋》记载了这首《弹歌》。《吴越春秋》卷九《勾践阴谋外传》中记载，春秋时期，越国的国君勾践向楚国的射箭能手陈音询问了弓弹的道理，陈音在回答时引用了这首《弹歌》。[3,4]《弹歌》总共只有四句八个字：断竹，续竹，飞土，逐宍。宍，古"肉"字。中国文学史认为，[5,6] 这是一首比较原始的猎歌。它是一首二言诗。全诗回忆了几乎全部的狩猎过程，反映了渔猎时代的社会生活。

---

1 黄淑贞：《用年表读通中国文学史》，上海交通大学出版社，2018，4 页。

2 褚斌杰编著：《中国文学史纲·先秦秦汉文学》（第四版），北京大学出版社，2016，18 页。

3 〔东汉〕赵晔，崔冶译注：《吴越春秋》，中华书局，2021，243 页。

4 邹志方：《绍兴文学史》，浙江人民出版社，2013，7 页。

5 游国恩、王起、萧涤非等主编：《中国文学史》（修订本）（一），人民文学出版社，1963 第一版，2002 第二版，19 页。

6 上海辞书出版社文学鉴赏辞典编纂中心编：《先秦诗鉴赏辞典》（新一版），上海辞书出版社，2016，925 页。

《弹歌》句短调促，可以看出来，它在风格上是简洁明快的，读起来也很有情趣。褚斌杰认为，[1] 这首短歌无疑流露着原始人对自己学会制造灵巧猎具的自豪感和喜悦，也表现出他们对获取更多猎物的无限渴望。

值得指出的是，从新石器时代即大约公元前 2500 年起到公元前 6 世纪是世界古代文学的起源阶段。[2] 在中国，"从中石器与新石器时代起，以黄河与长江流域为主体的多种文化群落开始崛起。中国先民的活动范围更加集中，所创造文化类型的早期特征显露出来。尧帝时代的《击壤歌》……著名的《弹歌》……"[3]，这里说得很清楚，越地是中国古歌作为世界文学起源有书可查、有地可访的产生地之一。这一点非常重要，因为恰恰是在越地产生了作为世界文学起源之一的古歌谣，使《弹歌》等具有了世界文学的早期历史地位。

这里还提到了《击壤歌》，下面就讲这首歌。

第二缕绍兴文学光芒，有文字可查的是产生于尧帝时期的《击壤歌》。[4]《中国文学史》这样说，[5]《礼记·经解》正义引《尚书传》，及皇甫谧《帝王世纪》中记载的《击壤歌》，传说是尧时 80 岁老人所作。此诗始见于东汉会稽上虞王充的《论衡》，[6] 其《感虚篇》云："尧时，五十之民击壤于途。观者曰：'大哉！尧之德也！'击壤者曰：'吾日出而作，日入而息，凿井而饮，耕田而食，尧何等力？'"西晋皇甫谧《帝王世纪》据《论衡》之词加以附会，末句做了改动："日出而作，日入而息，凿井而饮，耕田而食，帝何力于我哉。"[7] 诗中歌咏了尧帝时期小农耕作的农民俭朴的生活和平和乐观的情绪。这是上古中华文明的真实写照。明白如话的语言，体现了原始口头文学兴于自然不加修饰的特点。诗中朴野平和的劳作和心情、明了自然的语言和节奏，两者融合无间，自然

1　褚斌杰编著：《中国文学史纲·先秦秦汉文学》（第四版），北京大学出版社，2016，19 页。

2　方汉文主编：《世界文学史教程》，北京师范大学出版社，2014，1 页。

3　同上，5 页，85 页。

4　黄淑贞：《用年表读通中国文学史》，上海交通大学出版社，2018，4 页。

5　方铭主编：《中国文学史》（先秦秦汉卷），长春出版社，2013，38 页。

6　上海辞书出版社文学鉴赏辞典编纂中心编：《先秦诗鉴赏辞典》（新一版），上海辞书出版社，2016，927 页。

7　方铭主编：《中国文学史》（先秦秦汉卷），长春出版社，2013，38 页。

天成。[1]

绍兴文学光芒的强度在尧帝时有一次传之千秋的增强。尧是传说中我国原始社会末期一位贤明的部落联盟首领。他年老的时候，把首领的位置让给了有德的舜（约公元前2200—前2100）。[2] 古籍上明确记载，舜是上虞人。[3] 晋周处《风土记》载："旧说言，舜上虞人也。虞即会稽县，距余姚七十里。"[4] 唐张守节在正义司马迁的《史记·五帝本纪》中，引用晋贺循《会稽旧记》云，舜上虞人，去虞三十里有姚丘，即舜所生也。南巡时崩于苍梧之野，寿至百岁。《史记》载："天下明德，自虞帝（按：即舜）始。"相传尧去世后，舜为避让尧子丹朱之乱至舜水之滨，百官从之，舜与诸侯会事讫，因相娱（通虞）乐，故曰上虞。[5] 绍兴境内留有"舜山""舜井""舜田""虹蜺村""握登山""隐地""大舜庙""舜王庙""百官桥"等遗迹。《太平寰宇记》等载，昔时舜避丹朱于此，百官候之，因名舜桥亦名百官桥。[6] 以舜的名字命名的舜江，也因此成为绍兴的母亲河。[7] 从此，舜的故事和"天下明德"成为文学的源泉之一，不断出现于中国文学之中，代代不断，光芒永继。

绍兴文学光芒的强度又一次得到增强是在夏禹时期，这就是大禹的故事。舜代替尧治理天下后，因治水不成撤换了鲧，并在羽山把他杀了，接着派鲧的儿子禹继续治水。先秦时期的《尚书》《诗经》《左传》《国语》《论语》《孟子》《墨子》《山海经》《楚辞》《荀子》《韩非子》《管子》《庄子》和两汉时期的《史记》《汉书》《越绝书》《吴越春秋》等典籍，以及历代的地方志里，大量记载了禹的事迹。[8] 司马迁在《史记·夏本纪》中记载："禹会诸侯江南，计

1　上海辞书出版社文学鉴赏辞典编纂中心编：《先秦诗鉴赏辞典》（新一版），上海辞书出版社，2016，927页。

2　何信恩：《稽山文集》（第二卷），西泠印社出版社，2015，12页。

3　冯建荣：《绍兴有意思》，浙江工商大学出版社，2021，272页。

4　同上。

5　同上。

6　同上，51页。

7　同上，59页。

8　同上，32页。

功而崩，因葬焉，命曰会稽。会稽者，会计也。"大意是，大禹治水成功，在会稽山会集各方诸侯，稽核治水业绩，论功行赏。因为大禹是在考核诸侯功绩时死的，所以就葬在那里，起名为会稽山。会稽就是会计（会合考核）的意思。[1] 会稽山早在2500多年前已闻名天下。《国语·鲁语下》记载："吴伐越，堕会稽……仲尼曰：'丘闻之：昔禹致群神于会稽之山，防风氏后至，禹杀而戮之。'"这里同时出现了越、会稽、会稽之山、禹、防风氏等地名、山名、人名，说明了会稽山就在今之浙江绍兴，也说明了会稽山在2500年前已闻名天下。[2] 大禹与会稽山结下了不解之缘。《史记·封禅书》记载，"禹封泰山，禅会稽"，后又归葬会稽。[3] 在绍兴古城东南6公里外的会稽山麓，后人为大禹建陵，称大禹陵。在禹的光芒照耀下，历代后人都向往会稽山。禹是人们心中的圣人，会稽是人们心中的圣地。从秦始皇始，历代统治者都肯定禹的历史地位，或亲临致祭（如清康熙与乾隆），或遣使专祭（如宋高祖、明太祖），或由地方官主祭（如民国时期主持浙政的黄绍竑）。[4] 绍兴民间把农历三月初五日作为禹的生日，迎神赛社活动十分盛大。[5]

大禹的不朽光芒总结起来是三个方面。[6] 一是治理了洪水。他是远古中华民族最伟大的治水英雄。二是创立了国家。他开创了中国历史上第一个王朝——夏朝，开启了中华民族的国史，促进了中华大地的统一和中华民族的形成，他是立国始祖。三是铸就了国魂。大禹在艰苦卓绝、空前伟大、播惠至今的治水与立国实践中，凝聚和铸就了以爱民、礼贤、律己、应变、求新为主要内容的大禹精神，以尊重自然、顺应时势、和合万民为主要内容的大禹文化。他是世代中华儿女无限敬仰的伟大圣王。对绍兴而言，大禹娶妻生子在此，治水毕功在此，大会诸侯在此，祭祀封禅在此，死后归葬在此，为绍兴赢得了享之不尽

1　冯建荣：《绍兴有意思》，浙江工商大学出版社，2021，4页。

2　同上，3页。

3　同上。

4　何信恩：《稽山文集》（第二卷），西泠印社出版社，2015，5页。

5　同上，6页。

6　冯建荣：《绍兴有意思》，浙江工商大学出版社，2021，33页。

的无上荣光。[1]在中国文学史上,以大禹为内容的文学光芒史所不绝,灿烂辉煌。

在大禹之时,还直接产生了有记录的文学。《候人歌》,是大禹之妻越地涂山氏等候大禹时所唱之歌。禹省视南土,久不归,女乃唱出这支歌,盼望禹的归来。[2,3,4]歌词只有四个字,"候人兮猗"。"候人",即等待和盼望亲人。在这里,"候人"是表意的语言。"兮猗"是两个感叹词连用。这诗歌只是在"兮""猗"的感叹呼声上添加了两个字"候人",然而这种表意的语言一旦与具有节奏性的呼声或叹声结合,就增强了诗歌的表现力,成为有意义的诗歌。[5]《候人歌》用后拖唱性语尾长音,取得了特殊的抒情效果,淋漓尽致地表达了涂山氏候禹不至而引发的缠绵思绪、焦灼心情。这首四言诗,自由、活泼、生动,读之余音袅袅、回味无穷。强烈的感情色彩,不因为其短小而有所减少。[6]它既是产生于我国南方(越地)的最古老的情诗,同时也开了诗歌以抒情为传统的先河。[7]《吕氏春秋·音初篇》记载了这首歌,并称之为"南音"之始。[8]《吕氏春秋》记载:"禹行功,见涂山之女,禹未之遇,而巡省南土。涂山氏之女乃令其妾候禹于涂山之阳。女乃作歌,歌曰:'候人兮猗',实始作为南音。"中国文学史认为,[9]这是今天所能见到的比较可信的夏代歌谣的遗文。

禹夏之时越族直接产生的文学,还有《涂山歌》。[10]据《北堂书钞》《艺文类聚》《太平御览》转引《吕氏春秋》说:"禹三十未娶。行涂山,恐时暮失嗣,辞曰:'吾之娶,必有应也。'乃有白狐九尾而造于禹。禹曰:'白者,吾服也;九尾者,其证也。'于是涂山人歌曰:绥绥白狐,九尾庞庞。成于家室,我都

1　冯建荣:《绍兴有意思》,浙江工商大学出版社,2021,33 页。

2　褚斌杰编著:《中国文学史纲·先秦秦汉文学》(第四版),北京大学出版社,2016,21 页。

3　何信恩:《稽山文集》(第二卷),西泠印社出版社,2015,14 页。

4　邹志方:《绍兴文学史》,浙江人民出版社,2013,7 页。

5　游国恩、王起、萧涤非等主编:《中国文学史》(修订本)(一),人民文学出版社,1963 第一版,2002 第二版,17 页。

6　方铭主编:《中国文学史》(先秦秦汉卷),长春出版社,2013,38 页。

7　褚斌杰编著:《中国文学史纲·先秦秦汉文学》(第四版),北京大学出版社,2016,21 页。

8　刘跃进:《简明中国文学史读本》,中国社会科学出版社,2019,18 页。

9　袁行霈主编:《中国文学史》(第三版)第一卷,高等教育出版社,2014,21 页。

10　黄淑贞:《用年表读通中国文学史》,上海交通大学出版社,2018,5 页。

攸昌。"于是娶涂山女。[1]《吴越春秋》中的《越王无余外传》卷亦有《涂山歌》，全诗为："绥绥白狐，九尾厐厐。我家嘉夷，来宾为王。成家成室，我造攸昌。天人之际，于兹则行。"[2,3]《吴越春秋》中并说到涂山女的名字叫女娇[4]。夏禹娶亲之事，发生在治水过程中。《史记·河渠书》说："禹抑洪水十三年。"《汉书·沟洫志》说："禹湮洪水十三年。"关于这十三年，《史记·夏本纪》介绍说："（大禹）劳身焦思，居外十三年，过家门不敢入。"[5]但《尚书·益稷》记大禹的自述为："娶于涂山，辛、壬、癸、甲。启呱呱而泣，予弗子，惟荒度土功。"[6]《吕氏春秋》则说："禹娶涂山氏女，不以私害公，自辛至甲四日，复往治水。"[7]这两则材料都是说大禹只告了四天"婚假"，即"复往治水"。可见其婚娶是在治水期间。《史记》所说"居外十三年，过家门不敢入"，是不包括回家结婚这一次的。[8]《孟子·滕文公上》说大禹"八年于外，三过其门而不入"，或许此"八年"是从新婚离家时算起；这样，大禹"三十未娶"，于30岁这一年结婚时，在外治水已有五年的历史。[9]

至于涂山之地，历来说法不一，有会稽（今浙江绍兴）、江州（今四川巴县）、当涂（今安徽当涂）、濠州（今安徽怀远）等不同的说法。近人根据古籍记载并结合现场的踏勘、访问，认为在会稽一说较为正确。[10]其具体地点，被认为在今绍兴市柯桥区安昌镇东南二公里处，现山名为西扆山，又称西余山。[11]

1　上海辞书出版社文学鉴赏辞典编纂中心编：《先秦诗鉴赏辞典》（新一版），上海辞书出版社，2016，932 页。

2　同上。

3　邹志方：《绍兴文学史》，浙江人民出版社，2013，8 页。

4　上海辞书出版社文学鉴赏辞典编纂中心编：《先秦诗鉴赏辞典》（新一版），上海辞书出版社，2016，933 页。

5　同上。

6　同上。

7　同上。

8　同上。

9　同上。

10　同上。

11　同上。

关于古"涂山"的考证，详见盛鸿朗《涂山考》(载浙江人民出版社《大禹研究》)。[1]

《涂山歌》咏唱了大禹的婚姻，但很带有传奇性。在走到涂山时，他预感到自己的婚事将会一帆风顺，所以说："我娶亲，一定会有想嫁我的人。"正当其时，有一只长着九条尾巴的白色狐狸来到他面前。古代一般认为狐狸是瑞兽，是吉祥的征兆，因而他说"白者，吾服也；九尾者，其证也"，意思是出现白狐，也就是象征衣裳也是白色的自己将迎来吉利的事。[2,3] 涂山当地的人，也从白色九尾狐的出现预感到把涂山的一位少女嫁给大禹，将会降福给涂山，于是便编了这首短歌吟唱。诗中"成于家室"，即指大禹同涂山当地的女子成婚。涂山人认为这件婚事意义深远，故结尾一句说"我都攸昌"。后两句合起来的大意就是：大禹与涂山女子成亲会使当地繁荣昌盛。[4] 这首《涂山歌》的传奇性，正好反映了人类童年时代的思维幼稚的一面。[5]

绍兴充满文学的光芒，还因为越王勾践（约公元前520—前465）。以于越部族为基础的越国，建立于夏代前期，延续于殷商西周，振兴于春秋后期，衰败于战国中期。[6] 越国大约存在了近1800年。[7] 越国的建立，可以追溯到远古的大禹时代。公元前21世纪，禹子启即位后，定名夏朝（根据2000年9月通过项目验收的《夏商周断代工程1996—2000年阶段成果报告（简本）》，夏代始年约为公元前2070年），启遣使以岁时春秋而祭禹于越，立宗庙于南山之上，到六世少康帝时，封其庶子无余于越，初封大越，建都会稽，越国就此建立。[8] 此后越国著名的事件有吴越之战。公元前510年（周敬王十年），吴王阖

---

1 上海辞书出版社文学鉴赏辞典编纂中心编：《先秦诗鉴赏辞典》（新一版），上海辞书出版社，2016，933页。

2 同上。

3 何信恩：《稽山文集》（第二卷），西泠印社出版社，2015，13页。

4 上海辞书出版社文学鉴赏辞典编纂中心编：《先秦诗鉴赏辞典》（新一版），上海辞书出版社，2016，934页。

5 同上。

6 何信恩：《稽山文集》（第三卷），西泠印社出版社，2015，5页。

7 何信恩：《稽山文集》（第二卷），西泠印社出版社，2015，7页。

8 同上，8页。

间因越不从吴伐楚而伐越，越王允常迎战于槜李（今属嘉兴西南），被吴军击败。五年后，允常乘吴王在楚（前一年，伍子胥率吴军攻入楚都郢）之机，攻入吴境。[1] 公元前 497 年，越王允常去世，子勾践即位，迁都平阳（今属绍兴平水镇）。翌年，吴王阖闾乘允常之丧伐越，勾践被迫出兵与吴军战于槜李，大败吴师，阖闾被越将射伤脚趾，毒发身亡。夫差接位。[2] 勾践、夫差均欲北上中原称霸，于公元前 494 年发生吴越战争。越败，勾践率 5000 残兵败将，退栖会稽山，吴王追而围之。勾践采纳文种、范蠡建议，贿赂吴太宰伯嚭，屈辱求和，于公元前 492 年，携妻子、范蠡等 300 余人，入质于吴，3 年后返国，经过"十年生聚、十年教训"，终于在公元前 473 年消灭吴国，报了会稽之仇。[3]

勾践自吴归越，时刻铭记 3 年的囚徒生活，"卧薪尝胆"，克己自责，白天奋笔疾书，总结经验教训；晚上诵读典籍，学习各种知识，常常通宵达旦，"足寒则渍之以水，冬常抱冰，夏还握火"，"出不敢奢，入不敢侈"，"食不重味，衣不重彩"，"身自躬作，夫人自织"。这种焦身苦思、忍辱图强、勤政爱民的躬行践履，在越国军民中产生了强大的感召力。[4]

越王勾践的故事在文学史上也是光芒永耀。吴越争霸，越王勾践兵败受辱，生聚教训，卧薪尝胆，富国强民，灭吴雪耻。其发愤图强、自强不息之精神千古流芳，成为立国立民立市之根本。[5] 这也成为此后中国文学中突出的题材和主题。

越国对于中国文学还有直接的贡献，这就是《越人歌》。[6,7]《越人歌》产生于公元前 550 年（周灵王二十二年）前后，[8] 是中国文学史上的第一首译诗。作者不详。为懂得越、楚语言的人将越人歌唱的原音翻译成楚语而成。[9] 刘向在

---

1 何信恩：《稽山文集》（第二卷），西泠印社出版社，2015，6 页。

2 同上。

3 同上。

4 何信恩：《稽山文集》（第三卷），西泠印社出版社，2015，16 页。

5 同上，21 页。

6 冯建荣：《绍兴有意思》，浙江工商大学出版社，2021，205 页。

7 邹志方：《绍兴文学史》，浙江人民出版社，2013，7 页。

8 黄淑贞：《用年表读通中国文学史》，上海交通大学出版社，2018，21 页。

9 同上。

《说苑·善说篇》收录了这首歌：今夕何夕兮，搴洲中流。今日何日兮，得与王子同舟。蒙羞被好兮，不訾诟耻。心几顽而不绝兮，得知王子。山有木兮木有枝，心说君兮君不知。[1] 这原是越地一位船夫用越语所唱之歌，译为楚语后被人称作《越人歌》。这首歌以真挚的感情，表达了这位无名船夫对当时担任令尹的楚王之弟鄂君子皙不分贵贱、待人以礼、下士爱民的感激之情，也是一曲古代民族关系的颂歌。[2] 歌中"山有木兮木有枝"用一句十分形象的比喻来表达歌中对王子的感激之情。《越人歌》是一首古老的赞歌，歌词优美，章法深浅有序。[3] 起首两句是记事，记叙了这天晚上荡舟河中，又有幸能与王子同舟这样一件事。在这里，诗人用了十分情感化的"今夕何夕兮""今日何日兮"的句式。[4] "今夕""今日"本来已经是很明确的时间概念，还要重复追问"今夕何夕""今日何日"，这表明诗人的内心激动无比，意绪已不复平静有序而变得紊乱无序，难以控抑。[5] "蒙羞被好兮，不訾诟耻，心几顽而不绝兮，得知王子"，是说我十分惭愧承蒙王子您的错爱，王子的知遇之恩令我心绪荡漾。最后两句是诗人在非常情感化的叙事和理性描述自己心情之后的情感抒发，此时的诗人已经将激动紊乱的意绪梳平，因此这种情感抒发十分艺术化，用字平易而意蕴深长，余韵袅袅。"心说君兮君不知"——在自然界，山上有树，树上有枝，顺理成章，但在人间社会，自己对别人的感情深浅归根到底却只有自己知道，许多时候你会觉得自己对别人的感情难以完全表达，因此越人唱出了这样的歌词。虽然今人所读到的《越人歌》是翻译作品，但我们仍可以这样说：《越人歌》的艺术成就表明，两千五六百年前，古越族的文学已经达到了相当高的水平。[6,7]

---

1 上海辞书出版社文学鉴赏辞典编纂中心编：《先秦诗鉴赏辞典》（新一版），上海辞书出版社，2016，967 页。

2 同上，968 页。

3 同上。

4 同上，968 页、969 页。

5 同上，969 页。

6 同上。

7 冯建荣：《绍兴有意思》，浙江工商大学出版社，2021，205 页。

绍兴充满文学的光芒，还不得不说说秦始皇来越巡游。继越王勾践与他的臣民们之后，对越地人文产生重大历史性影响的，要数被明代思想家李贽誉为"千古一帝"的秦始皇了。秦始皇是中国历史上为数不多、酷爱出巡的帝王之一。从公元前 221 年开始，在他统一六国后的 10 年皇帝生涯中，8 次"亲巡天下，周览远方"。[1]《史记》中记载，越地是他最后一次出巡的目的地。秦始皇由此成了第一位巡视越地的皇帝。[2,3]秦始皇巡越，包括了上会稽、祭大禹、望南海、立石刻。会稽山，在先秦的典籍里，被列为中华九大名山之首、四大镇山之"南镇"。《周礼》在排列九州、九山时，就将扬州及其山镇会稽山排在首位。[4]《吕氏春秋》也将会稽山排为中华九山之首。或许受仲父吕不韦的影响，秦始皇不远万里，南下巡越，登上了会稽山。[5]秦望山在绍兴城区正南 15 公里，北魏郦道元《水经注》称该山"众峰之杰，陟境便见"；明朝刘基以"雾不开"形容此山之高；王守仁在《题秦望山用壁间韵》诗中，称其"独出万山雄"。[6]山如此，难怪秦始皇不怕攀萝扪葛、屡仆屡起，奋力登临，以望南海了。[7]与秦望山相连稍北的望秦山，是当年秦始皇与群臣瞭望大秦江山、遥祭秦中祖先、祈愿国祚长久的地方。[8]

刻石山因当年秦始皇立会稽刻石而得名。[9]中国文学史中，《会稽刻石》是越地的第一篇美文。[10]秦始皇出巡各地时，立了 9 块刻石，《史记》全文收录了包括《会稽刻石》在内的 6 块刻石的内容。宋孔延之《会稽掇英总集》卷十六亦有收录，题为《秦德颂》，文字与《史记》稍有出入。[11]《会稽刻石》三句一

---

1 冯建荣：《绍兴有意思》，浙江工商大学出版社，2021，146 页。

2 同上。

3 鲁锡堂、卢祥耀、张观达等：《越地风光》，西泠印社出版社，2008，6 页。

4 冯建荣：《绍兴有意思》，浙江工商大学出版社，2021，3 页。

5 同上，4 页。

6 同上，14 页。

7 同上。

8 同上。

9 同上，15 页。

10 同上，206 页。

11 邹志方：《绍兴文学史》，浙江人民出版社，2013，20 页。

韵，共 24 韵节，计 288 字，言简意赅，含蓄流畅，辞藻华丽，朗朗上口，成就了越地第一美文。[1]《会稽刻石》是李斯的杰作。秦始皇之前的历代秦王，忙于富国强兵，无暇文治建设，文学作品留存很少。秦代文学以李斯的散文、刻石为代表，彰显了秦朝的文学成就。公元前 210 年，丞相李斯随秦始皇巡越，撰文并书写了《会稽刻石》等，[2] 成为我国书艺丰碑、千古绝石，绍兴又放射出一缕灿烂的文学光芒。

关于秦始皇的这次东游，司马迁《史记·秦始皇本纪》记载："至钱唐，临浙江，水波恶，乃西百二十里，从狭中渡。上会稽，祭大禹，望于南海，而立石刻颂秦德。"秦始皇渡过钱塘江后，经诸暨，于正月戊申到达大越，留舍都亭，然后兴致勃勃地登上会稽山。[3] 在巡越中，秦始皇祭拜大禹，以示大统。既表明自己君临天下的正统地位，又彰显自己一统天下的雄才大略。他在巡越中，立《会稽刻石》，达到了歌颂秦德、弘扬秦风的目的。他把许多越人外迁，让刑徒入越，改变了人口结构，并且易名"大越"为"山阴"，充分显示了皇权的威力。历史上，帝王来越巡游，以舜、禹、秦始皇、康熙、乾隆为代表。舜避丹朱之乱，在越韬光养晦。禹治滔天洪水，在越地平天成。秦始皇上会稽，祭大禹，望南海，立石刻。康熙来绍兴，临《兰亭序》。乾隆到绍兴，作七律诗，立"祖孙碑"。这些都为绍兴的文学光芒，增色添彩。

历史进入汉代，绍兴的文学光芒更加多姿多彩。司马迁（约公元前 145 年—？）因《史记》这部伟大著作，在历史和文学两方面具有崇高历史地位。司马迁是中国历史上著名的史学家、文学家和思想家。[4]《史记》是中国第一部纪传体通史。[5]《史记》记载了许多与会稽有关的史料。[6] 为了准备《史记》写作，司马迁不仅参阅了大量的文字资料，还进行了实地考察，包括他 20 岁那

1　冯建荣：《绍兴有意思》，浙江工商大学出版社，2021，206 页。

2　同上。

3　何信恩：《稽山文集》（第二卷），西泠印社出版社，2016，32 页。

4　同上，34 页。

5　同上。

6　同上。

年的会稽行。[1] 这一年是公元前 126 年。司马迁从长安出发，出武关（今陕西商县），经南阳。过南郡（今湖北江陵）渡江，到达长沙的罗县，凭吊了屈原自沉的汨罗江，然后逆湘江而上，到达零陵郡营道县（今湖南宁远）的九嶷山（传说中舜南巡时死后所葬之处）。又从湘南去湘西，循沅江而上，东浮大江，登上江西的庐山，"观禹疏九江"，然后顺江而东，上会稽，探访禹穴，采访了当地的耆老，搜集了诸多越国历史人物的逸闻和民族风情，为撰写《史记》中有关"大禹""勾践""秦始皇"等与会稽有关的历史奠定了基础。[2] 司马迁在《史记·太史公自序》中写道，"二十而南游"，其中一个重要目的，是"上会稽，探禹穴"，亲身领略和感受大禹的功德。[3]《史记》中，司马迁以信史的笔调把禹作为历史上确实存在的一位治水英雄和氏族领袖来描写，并以"本纪"的规格，按照帝王世系顺序记述。[4] 针对当时记载大禹死后葬于何处有多种说法的情况，司马迁在实地考察的基础上，明确写下了"夏禹十年，帝禹东巡狩，至于会稽而崩"，肯定大禹死于东巡狩途中，并葬在会稽。目前全国祭禹的场所很多，但禹陵只有绍兴一处，司马迁功莫大焉。[5]

值得指出的是，在"中华民族共同体形成的过程中，有过三次很重要的旅行，对我们文明的建构起了重要作用"[6]。在这三次重要旅行中，有两次涉及山阴会稽。"一次是孔子周游列国，了解国情，传播道术；一次是秦始皇巡视天下，疏通道路，显示大一统的雄风；再一次是太史令（指司马迁）行走关陇、晋冀、江淮、吴越、三楚、齐鲁以及西南夷，拓展心胸，搜罗见闻，连通地气，使其撰写的《史记》对中国的历史、政治、文化、人伦的建构发挥了巨大作用。"[7]

王充（27—97），[8] 会稽上虞人，著《论衡》[9] 而成为我国古代杰出的思想

1 鲁锡堂、卢祥耀、张观达等：《越地风光》，西泠印社出版社，2008，8 页。

2 何信恩：《稽山文集》（第二卷），西泠印社出版社，2016，35 页。

3 冯建荣：《绍兴有意思》，浙江工商大学出版社，2021，139 页。

4 同上。

5 同上。

6 杨义：《深入文明史的中国思想史》，中国社会科学出版社，2022，38 页。

7 同上。

8 刘跃进：《简明中国文学史读本》，中国社会科学出版社，2019，113 页。

9 〔东汉〕王充，邵毅平解读：《论衡》，国家图书馆出版社，2019。

家。他的时代，正是汉朝学术思想界乌烟瘴气的黑暗时代。天人感应、谶纬符命的邪说，蛊惑人心。统治者利用它们来统治人民，欺骗人民。王充以战士的精神，以无神论朴素唯物论的思想，对当时各种虚言荒诞的迷信思想，加以猛烈的抨击和批判，与统治阶级的唯心论、神秘论的思想，进行了激烈的斗争。在中国哲学史上，他的思想具有积极的进步意义和巨大贡献。在文学上，王充主实用、重内容、反模拟、尚通俗的文学观以及唯物主义思想观，在当时名动朝野，对后世也产生了深远影响，所著《论衡》称得上是绍兴最早文学论著。[1]与王充同时代的会稽太守谢夷吾曾上书汉章帝，推荐王充的才学，称："充之天才，非学所加，虽前世孟轲、孙卿，近汉扬雄、刘向、司马迁，不能过也。"[2]谢太守的这个评价，既是极高的，又是客观的。王充的《论衡》，的确是一部具有里程碑意义的、百科全书式的著作。

汉代最著名的史传文学是司马迁的《史记》和班固的《汉书》。与此同时，在越地，除了王充的《论衡》，[3,4]还有赵晔的《吴越春秋》[5,6]和袁康、吴平的《越绝书》。[7,8,9]赵晔和袁康、吴平都是会稽人。《越绝书》是公认的方志鼻祖，毕沅在《乾隆醴泉县志序》中曰："一方之志，始于《越绝》。"[10]朱士嘉在《宋元方志传记序》中亦曰："《越绝书》是现存最早的方志。"[11]《越绝书》开创的编撰方法与格局，给了后世方志以体例性的影响，为中国方志史创立了第一个光辉篇章，也为绍兴方志史记录了第一个灿烂的开头，绍兴因此成为方志的故乡。[12]

1 冯建荣：《绍兴有意思》，浙江工商大学出版社，2021，207 页。

2 同上，135 页。

3 袁行霈主编：《中国文学史》（第三版）第一卷，高等教育出版社，2014，224 页。

4 游国恩、王起、萧涤非等主编：《中国文学史》（修订本）（一），人民文学出版社，1963 第一版，2002 第二版，172 页。

5 方铭主编：《中国文学史》（先秦秦汉卷），长春出版社，2013，334 页。

6 〔东汉〕赵晔，崔冶译注：《吴越春秋》，中华书局，2021。

7 方铭主编：《中国文学史》（先秦秦汉卷），长春出版社，2013，330 页。

8 黄淑贞：《用年表读通中国文学史》，上海交通大学出版社，2018，81 页。

9 〔东汉〕袁康、吴平，张仲清译注：《越绝书》，中华书局，2020。

10 邹志方：《绍兴文学史》，浙江人民出版社，2013，11 页。

11 同上。

12 冯建荣：《绍兴有意思》，浙江工商大学出版社，2021，207 页。

《史记》和《汉书》是以人物为中心的史传文学，开辟了文学的一个新天地，一时流风所及，在汉代产生了后世称为"杂史杂传"的一类著作。它们借用史传的形式，广泛地吸收材料，融入丰富的文学描写来反映地域的历史。《吴越春秋》就是一部影响较大的这一类史传文学著作。《吴越春秋》主要记载吴越争霸的历史，但也不是严格意义上的历史著作，文学史著作有时把它称为近似于后世演义小说一类的作品，如此，可以把它称为这类小说的开山。[1] 它以《左传》《国语》中记载的吴越斗争史实为基本素材，吸收了不少逸闻传说而写成。在对基本历史事件的叙述中，多通过想象描摹出生动的细节。在细节描写之外，还吸收了不少神话传说、奇闻轶事，使作品充满了想象力和浪漫色彩。[2,3,4] 还有一点值得一提——邹志方在其《绍兴文学史》中指出，《吴越春秋》有歌十一首、诗九首，其中有《弹歌》和《涂山歌》。[5]

在汉代产生的为数不多的传世著作中，绍兴贡献了其中的三部（《论衡》《越绝书》和《吴越春秋》），绍兴文学的光芒为此添彩。还值得指出的是，在《先秦诗鉴赏辞典》[6] 所收录的除《诗经》《楚辞》以外的30首先秦古歌中，绍兴（越族越地）贡献了其中的4首（《弹歌》《击壤歌》《涂山歌》《越人歌》）。在绍兴市政府组织编写的《绍兴市志》第四册[7] 所收录的先秦古歌中，除了《越人歌》外，还辑录了《吴越春秋》中的另外三首：《何苦诗》《越群臣祝》《祝越王辞》。这三首古诗均录自《吴越春秋》。这就使越地的古诗歌达到了7首。不仅如此，我们在下一节将要看到，从汉代开始，绍兴文学放射出了无与伦比的光芒——从那时起，到公元1949年，在近2000年的中国文学发展史中，绍兴平均每四年产生一位文学家。

---

1 邹志方：《绍兴文学史》，浙江人民出版社，2013，26页。

2 袁行霈主编：《中国文学史》（第三版）第一卷，高等教育出版社，2014，222页。

3 方铭主编：《中国文学史》（先秦秦汉卷），长春出版社，2013，334页。

4 袁世硕、张可礼：《中国文学史》（上），中国人民大学出版社，2006，157页。

5 邹志方：《绍兴文学史》，浙江人民出版社，2013，26页。

6 上海辞书出版社文学鉴赏辞典编纂中心编：《先秦诗鉴赏辞典》（新一版），上海辞书出版社，2016。

7 绍兴市地方志编纂委员会编：《绍兴市志》（第四册），浙江人民出版社，1996，2368页。

二

绍兴：一座平均每四年产生一位文学家的古都

从远古而来的文学光芒，使绍兴出现了一个不可忽视且令人惊奇的现象——从汉代开始，绍兴平均每四年产生一位文学家，可谓举世罕见。

绍兴历来被称为"名士之乡"，"士比鲫鱼多"。明代袁宏道在《初至绍兴》诗中说："闻说山阴县，今来始一过。船方革履小，士比鲫鱼多。聚集山如市，交光水似罗。家家开老酒，只少唱吴歌。"[1,2] 他说绍兴的"士"比过江之鲫鱼还多。绍兴古代人物中，能在二十五史中查到传记的人物达 251 位，各个朝代的情况是[3]：秦以前 13；汉 17；晋 30；隋 4；唐 21；宋 25；元 6；明 58；清 77。从中可以看出绍兴进入全国范围的杰出人物，从未出现过断代。从另一方面看，二十五史为山阴、会稽两县（今绍兴市柯桥区、越城区）的 227 位名人作传 262 篇，人们感慨道：数量之多，举国罕见。[4]

可见"士比鲫鱼多"确非夸饰之语。1921 年，商务印书馆出版的《中国名人大辞典》收录的清代以前绍兴籍名人多达 500 多位。[5]

"士"和"名人"不是今天学术界的主流称谓，"文学家"才是。那么，绍兴究竟有多少位文学家，这就值得关注了。为此，本文收集了有关中国文学史

1　袁行霈主编：《中国文学史》（第三版）第四卷，高等教育出版社，2014，179 页。

2　邹志方：《绍兴文学史》，浙江人民出版社，2013，189 页。

3　何信恩：《稽山文集》（第三卷），西泠印社出版社，2015，24 页。

4　冯建荣：《绍兴有意思》，浙江工商大学出版社，2021，35 页。

5　何信恩：《稽山文集》（第三卷），西泠印社出版社，2015，340 页。

著作或文学家辞典 29 部。这里面本文参考了 3 部文学家辞典，一是《中国文学家大辞典》（谭正璧编，上海书店印行，1981），从中收集到绍兴文学家 157 位（另有文献 [1] 说：光明书局 1934 年出版的谭正璧主编的《中国文学家大辞典》，收录中国历代文学家 6800 余人，其中绍兴籍 213 人，占 3.2%）。二是《中国文学家辞典》（上海辞书出版社文学鉴赏辞典编纂中心编，上海辞书出版社，2017），从中收集到绍兴文学家 179 位。三是《中国文化大百科全书（文学卷）》（高占祥、朱自强、张德林、赵云鹤主编，长春出版社，1994），从中收集到绍兴文学家 59 位。这些文学家都是绍兴进入全国杰出文学家群体的大文学家。收集过程中主要参考书还有绍兴市政府有关部门组织编写的人物志。一是《越中名人谱》（何信恩、高军主编，研究出版社及杭州出版社，2003）；二是《越中名人谱续编》（何信恩主编，杭州出版社，2006）；三是《越中名人谱第三卷》（杨旭、张文博主编，杭州出版社，2009）；四是《越中名人谱第四卷》（杨旭主编，杭州出版社，2015）。这 4 本绍兴人物志提供了大部分绍兴文学家资料。

本文还参考了以下高等学校的中国文学史教材和相关专著：

1. 黄人：《中国文学史》，国学扶轮社铅印本，1911 年前后；黄人著，杨世辉点校，苏州大学出版社，2015。

2. 谢无量：《中国大文学史》，上海中华书局，1918；安徽文艺出版社，2022。

3. 胡怀琛：《中国文学史略》，上海梁溪图书馆出版，1924；安徽文学出版社，2021。

4. 鲁迅：《中国小说史略》，北京北新书局 1925 年印行合订本；《鲁迅全集》（第九卷），北京日报出版社，2014。

5. 顾实：《中国文学史大纲》，商务印书馆，1926；安徽文艺出版社，2021。

6. 胡适：《白话文学史》，上海新月书店，1928；北京大学出版社，2014。

7. 钱基博：《现代中国文学史》，中国书籍出版社，2017。

1　冯建荣：《绍兴有意思》，浙江工商大学出版社，2021，130 页。

8. 郑振铎:《插图本中国文学史》(上、下册),北平朴社出版部,1932;北京出版社,1999。

9. 刘大白:《中国文学史》(上、下册),上海开明书店,1933。

10. 刘大杰:《中国文学发展史》,中华书局1941年出版上卷,1949年出版下卷;复旦大学出版社,2006。

11. 钱穆讲授,叶龙记录整理:《中国文学史》,香港新亚书院"中国文学史",1955/1956叶龙课堂笔录;天地出版社,2018。

12. 中国科学院文学研究所中国文学史编写组编写:《中国文学史》(一)、(二)、(三),人民文学出版社,1962。

13. 孙静、周先慎编著:《简明中国文学史》(第二版),北京大学出版社,2001第一版,2015第二版。

14. 袁世硕、张可礼:《中国文学史》(上、下),中国人民大学出版社,2006。

15. 方铭主编:《中国文学史》(先秦秦汉卷)、(魏晋南北朝隋唐五代卷)、(辽宋夏金元卷)、(明清卷),长春出版社,2013。

16. 孙康宜、宇文所安主编,刘倩等译:《剑桥中国文学史》(上、下卷),生活·读书·新知三联书店,2013。

17. 袁行霈主编:《中国文学史》(第三版)(第一、二、三、四卷),高等教育出版社,2014。

18. 褚斌杰编著:《中国文学史纲·先秦秦汉文学》(第四版),北京大学出版社,2016。

袁行霈编著:《中国文学史纲·魏晋南北朝隋唐五代文学》(第四版),北京大学出版社,2016。

李修生编著:《中国文学史纲·宋辽金元文学》(第四版),北京大学出版社,2016。

李修生编著:《中国文学史纲·明清文学》(第四版),北京大学出版社,2016。

19. 黄淑贞:《用年表读通中国文学史》,上海交通大学出版社,2018。

20. 刘跃进:《简明中国文学史读本》,中国社会科学出版社,2019。

21. ［美］梅维恒主编，刘文楠、张治、马小悟译：《哥伦比亚中国文学史》，新星出版社，2021。

经过仔细学习，认真整理，本文把其中绍兴文学家汇编成一份"绍兴的文学家谱系"。为方便起见，"绍兴的文学家谱系"分为两个表，表一是"绍兴的文学家谱系：文学家名录"，表二是"绍兴的文学家谱系：文学家籍贯"，两个表一一对应。相关的参考文献列为一个表，取名"绍兴的文学家谱系（表一和表二）参考文献清单"。为方便综合浏览，把《弹歌》《击壤歌》《候人歌》《越人歌》也放入表中。

表一"绍兴的文学家谱系：文学家名录"收录的绍兴文学家，采纳以下原则：

1. 本文所列 3 部文学家辞典中的绍兴籍人士。

2. "中国文学史"教材或专著中涉及的绍兴文学家人士。

3. 本文所列 4 本绍兴人物志中有作品的名士，收录截止于 1949 年出生（1950 年及以后出生的暂不收录）；绍兴人物志中收录有一些不是绍兴籍但在绍兴工作过的历史人物，既然绍兴地方志也认为他们是"绍兴人物"，本文也予以采纳。

4. 其他零星出现于文献中的绍兴文学人士，对其来源亦予以标明。

看表一和表二。两表中第一列从"王充"开始编号，一个文学家对应一个编号。两表最后一列给出了该文学家资料的参考文献（用方括号给出）及该文学家在文献中出现时的所在页码（方括号后的数字）。给出这些标注和说明，是为了方便后续的研究。表中"年份"这一列给出了该文学家出生与去世的年份，年份一栏中的空白格，表示该文学家生卒年已无考。"王充"出生于公元 27 年，排列在第一（编号为 1），两表给出的文学家出生年份止于 1949 年。从两表可知，到 1949 年，编号止于"501"，说明从公元 27 年到 1949 年，绍兴有文学家（不完全统计）501 位。如果考虑到这 501 位文学家在各年代均有分布，即"绍兴的文学家谱系"具有自汉以来的持续性，即这个谱是连续的，那么501位这个数量是举世罕见的，简单地计算就可得到，绍兴平均不到四年就产生一位文学家。

与绍兴平均每四年产生一位文学家不无关系的，是历史上绍兴的几次人才高峰。历史证明了绍兴"人才辈出"。从远古以来，绍兴就被誉为"古有三圣，越兼其二"。此典出自宋宝庆《会稽续志》卷八孙因《越问》。原文是"越，舜、禹之邦也，古有三圣人，越兼其二焉"。首先值得说的是越王勾践。越王勾践造就了越地第一个发展高峰。[1]春秋战国时期，出现了一大批环绕在越王勾践周围的各色人才，人数众多，对于越国的兴旺与强盛起了决定作用。[2]范蠡、文种、计倪是其中杰出的代表人物。

继越王勾践时期之后，汉代是绍兴历史上第二个发展的高峰时期。[3]同时，也成就了汉代的人才高峰。汉时的绍兴，会稽铜镜神州难俦，佛教东传先声夺人，鉴湖人工江南独绝，越窑青瓷开天辟地，耕读传家成为风尚。这是一个政通人和、贡献卓越、百业俱兴、激动人心的伟大时代。[4]在汉代的绍兴人才中，王充、袁康、吴平、赵晔是其中杰出的代表人物。他们为中国文学史贡献了著名的作品：《论衡》《越绝书》《吴越春秋》，均为不朽之作，[5]流传至今。

魏晋南北朝时期，北方战乱，北方大族趁晋室南渡时纷纷南下。大批名门望族、文化名流南迁云集会稽，与当地文化融为一体。东晋政权为了在江南站稳脚跟，对南徙门阀氏族大加扶植，因而门族势力不断得到发展，以至于"中原衣冠之盛，咸萃于越，为六州文物之薮，高人文士，云合景从"，遂为江左之冠。绍兴成为全国人才最集中的地方之一。其时著名的大族有贺、孔、虞、谢、王五家，代表人物如贺循、孔愉、虞谭、谢安、王导。其中谢安、王导最有影响。谢安在淝水之战中挽东晋于倾覆之中，谢灵运山水诗名震古今。王导

1　冯建荣：《绍兴有意思》，浙江工商大学出版社，2021，35页。

2　何信恩：《稽山文集》（第二卷），西泠印社出版社，2015，294页。

3　冯建荣：《绍兴有意思》，浙江工商大学出版社，2021，253页。

4　同上。

5　冯建荣：《绍兴有意思》，浙江工商大学出版社，2021，207页。

在建立东晋政权中立下赫赫功勋，其从子王羲之，历任江州刺史、会稽内史等职，累世显官，泽被后世。[1]东晋永和九年（353）三月初三，王羲之邀谢安、孙绰等友人、子弟兰亭修禊，流觞曲水。参加的名士文人达42人，写了30多首诗，并由召集人王羲之结集作序，王羲之挥笔写下的《兰亭序》成就了古越大地上的又一美文、美书。[2]《兰亭序》和当天所写的诗篇流传至今，[3]产生巨大影响。《兰亭序》使王羲之赢得"书圣"的至上荣誉，使绍兴成为培养书法人才的圣地。汇集于绍兴的人才高峰由此可见一斑。

唐代的绍兴，一条唐诗之路，吸引了无数名士到绍兴。[4]2019年，绍兴市人民政府新闻办公室编印的《绍兴》一书中，给出了"唐代到过绍兴的著名诗人"名单。该书说："据不完全统计，在'浙东唐诗之路'上，449位唐朝著名诗人，写下了1000多首咏叹绍兴的诗作。"在卢盛江编撰的《浙东唐诗之路唐诗全编》中，[5]收录了445位唐诗之路诗人的诗作。唐代称现在的绍兴为越州。越州诗人如孔德绍、贺知章、贺朝、万齐融、崔国辅、秦系、严维、朱庆余、方干、朱放、诗僧灵澈、吴融以及徐铉、徐锴兄弟，均为诗坛翘楚，《全唐诗》中收录了他们的诗作。[6]

历史发展到宋代。北宋末年，金人南下，占领东京（今开封），即所谓靖康之变。由于金兵南下，宋高宗赵构于建炎三年（1129）十月从杭州渡钱塘江至越州，驻跸州廨，越州第一次成为南宋的临时首都，[7]人才集聚。但金兵紧紧尾随，当年十二月，宋高宗又东奔避难。建炎四年（1130）初，金兵北撤，南宋朝廷于当年四月从温州再度返越，以州治为行宫，越州第二次作为南宋的临时首都，为期达一年零八个月。越州在一年多时间里成为南宋的政治、经济、文化中心。[8]建炎五年（1131）正月初一，宋高宗大赦并改元，当年改为绍兴元

1 何信恩：《稽山文集》（第三卷），西泠印社出版社，2015，27 页。

2 鲁锡堂、卢祥耀、张观达等：《越地风光》，西泠印社出版社，2008，13 页。

3 〔北宋〕孔延之编，李石民笺注：《会稽掇英总集》，宁夏人民出版社，2007。

4 鲁锡堂、卢祥耀、张观达等：《越地风光》，西泠印社出版社，2008，24 页。

5 卢盛江编撰：《浙东唐诗之路唐诗全编》（上、下册），中华书局，2022。

6 冯建荣：《绍兴有意思》，浙江工商大学出版社，2021，208 页。

7 何信恩：《稽山文集》（第二卷），西泠印社出版社，2015，47 页。

8 同上，48 页。

年。当年十月，宋高宗诏令改称绍兴府，升州为府，取代越州，使之成为南宋的一个二级行政区划地名。

宋室南渡，大量臣民亦随之迁徙江南。[1] 陆游《老学庵笔记》记述赵、魏、晋、齐、鲁等地的士大夫渡江到越州的不少，其中不乏各色人才。其时越州人杰地灵，文风极盛。两宋时期，越中刻版业繁荣，[2] 成为两浙乃至全国重要的刻书地区之一。藏书之风盛行。[3] 山阴左丞陆宰藏书"万三千卷有奇"，子陆游有"书巢"之室。会稽进士诸葛行仁，一次性向秘府赠所藏图籍 8546 卷。新昌尚书石公弼，书"无一不有"。上虞庄简公李光，"无书不读，蓄书数万卷"。诗文亦颇为富厚。[4] 伟大的爱国主义诗人陆游，以诗文表达爱国情怀。会稽华镇、俞灝、王沂孙、唐钰，山阴贺铸、高观国、王易简，嵊县姚宽，上虞李孟传等，均为诗文大家。他们是宋代绍兴人才高峰中的杰出代表人物。

明代在绍兴出现了第三次人才高峰。明代文学反对复古运动主将袁宏道说："闻说山阴县，今来始一过。船方革履小，士比鲫鱼多。"[5] 他说绍兴的"士"比过江之鲫鱼还多。此诗生动反映了明代绍兴人才之盛。在 251 位能在二十五史中查到传记的绍兴历代人物中，[6] 明代就有 58 位，除清代 77 位外列各代人数的第二位。明太祖登基后，绍兴府统领八县。随着全国封建经济的高度发展和周围杭州、宁波的日益繁荣，绍兴的农业、手工业继续发展，后经戴琥、汤绍恩等知府的精心整治，建立了完整的平原河网水系，绍兴成为名副其实的鱼米之乡。[7] 整个明代，绍兴名流济济，呈现出人才的多样性：名宦、名儒、名医、名将、名幕、名画家，犹如璀璨群星，辉耀古今。而徐渭、祁承㸁、王骥德、张景岳、张岱、刘宗周、马欢等均堪称当时中国的第一流人才，

---

1 何信恩：《稽山文集》（第三卷），西泠印社出版社，2015，27 页。

2 冯建荣：《绍兴有意思》，浙江工商大学出版社，2021，209 页。

3 同上。

4 同上。

5 袁行霈主编：《中国文学史》（第三版）第四卷，高等教育出版社，2014，179 页。

6 何信恩：《稽山文集》（第三卷），西泠印社出版社，2015，24 页。

7 同上，31 页。

也都是诗文大家。[1]

绍兴历史上第四次人才高峰是在清代。在清代290余年中，政治中心虽在北方，但经济基础在南方，财政收入主要依靠江南，故人才优势仍在江浙一带。[2] 以进士为例，清代绍兴籍文武进士人数高达873人，仅清顺治二年至光绪三十年中，旧山阴、会稽两县就出了5名状元。[3] 清代绍兴文人中间，学幕的特别多，许多封疆大吏身边都有绍兴籍文人作为高级幕僚。如秋桐豫（东三省总督府高级幕僚）、章士杰（曾国荃高级幕僚）、罗振玉（张之洞高级幕僚）、程荫棠（左宗棠高级幕僚）、马心田（丁宝桢高级幕僚）、娄春藩（先后为李鸿章、王文韶、荣禄、袁世凯、杨士骧、端方的高级幕僚）、金宝书（杨昌浚高级幕僚）、王汝成（陈庆偕高级幕僚）等。[4] 明末清初起，幕僚中的绍兴籍文人被统称为"绍兴师爷"。导致这一称呼的原因之一，是绍兴籍幕僚的人数众多。绍兴人风俗好讼，处世精明，思维敏捷，治事审慎，工于心计，尤适于做各种专业的幕僚。[5] 家族认同心理的驱使，在该群体的形成上表现得尤为突出。许多家庭成员或子承父业数代为幕，或通过同一家族中充当幕僚或官吏者的引荐，步入幕僚队伍。[6] 由此可知当时绍兴"就业青年"中，文人之多。幕僚"职业"不但解决了一大批失意文人的出路问题，更造就了许多司法、秘书人才与理财专家。许多从事幕僚工作的绍兴籍名士（大师爷）都是集文学家、思想家、法学家于一身的。[7] 在251位能在二十五史中查到传记的绍兴历代人物中，清代就有77位，列各代人数的第一位。[8]

绍兴的第五次人才高潮出现在辛亥革命时期。[9] 在此时期，出现了以徐锡麟、

---

1 何信恩：《稽山文集》（第三卷），西泠印社出版社，2015，31页。

2 同上，32页。

3 同上。

4 同上。

5 何信恩：《稽山文集》（第二卷），西泠印社出版社，2015，295页。

6 同上。

7 同上。

8 何信恩：《稽山文集》（第三卷），西泠印社出版社，2015，24页。

9 何信恩：《稽山文集》（第二卷），西泠印社出版社，2015，295页。

秋瑾、陶成章、蔡元培为代表的包括王金发、陈伯平、陈仪、周树人等在内的光复会人才群体，以及由这一群体所产生的革命文化。绍兴是辛亥革命的重要发祥地之一，是辛亥三大革命团体之一光复会的大本营，光复会的领袖人物大多数是绍兴人，皖浙起义是辛亥革命的前奏。[1,2] 辛亥革命时期，绍兴成为光复会的主要据点，大通学堂是浙江会党的革命活动中心，在斗争中涌现了一大批革命志士。陈觉民的《浙江辛亥革命党人录》共收 1100 余人，其中绍兴人占了 1/3，他们对加速辛亥革命的爆发和推动旧民主主义革命的进程作出了特殊的贡献。[3] 孙中山说："绍兴乃越王勾践卧薪尝胆之地，报仇雪耻之邦。继承勾践奋发图强精神，为推翻专制，建立共和，绍兴有徐锡麟、秋瑾、陶成章三烈士，于光复事业，功莫大焉。"（1916 年 8 月在绍兴的演说）[4] 辛亥三杰之一的徐锡麟临危不惧、义无反顾，当他听到自己将被挖取心肝时，反而仰天大笑："为革命可身分万片，区区心肝何所顾惜？"摄影师不经他同意拍了照片时，徐以未带笑容要求重拍，他要为后人留下大义凛然、视死如归的光辉形象，表现了一个真正革命者的大无畏气概。[5] 秋瑾是中国近代第一个以自己的头颅撞响封建制度丧钟的女革命家，同时又是近代中国第一个杰出的爱国女诗人。[6,7] 现已发现，[8] 秋瑾遗世的诗词作品，计有诗 136 首、词 38 首、歌 6 首、弹词 1 篇。

与绍兴平均每四年产生一位文学家不无关系的，还有两个因素。一是绍兴的历史地位。绍兴向为区域建制中心，此乃人才集聚、涌现之必备条件。[9] 春秋以后的 2000 多年间，绍兴经历了越国、会稽郡、越州、绍兴府等建制阶段，一直是部落、诸侯国、郡治、州治、府治的所在地。春秋时为越国古都，东晋

1　何信恩：《稽山文集》（第二卷），西泠印社出版社，2015，81 页。

2　何信恩：《稽山文集》（第三卷），西泠印社出版社，2015，107 页。

3　同上，30 页。

4　何信恩：《稽山文集》（第二卷），西泠印社出版社，2015，81 页。

5　同上，85 页。

6　何信恩：《稽山文集》（第三卷），西泠印社出版社，2015，79 页。

7　鲁锡堂、卢祥耀、张观达等：《越地风光》，西泠印社出版社，2008，45 页。

8　何信恩：《稽山文集》（第三卷），西泠印社出版社，2015，79 页。

9　同上，25 页。

时称"海内剧邑",唐代绍兴是"浙东七州之首城",南宋时先后两次作为临时首都,后被列为全国40大邑之一,与金陵并称,直到明清,绍兴仍为"浙东巨邑"。[1] 美籍华人、夏威夷大学章生道教授说:"绍兴是浙东的北京,区别只在大小而已。"[2] 在我国城市发展史上,绍兴几度成为一定范围的政治中心,成为历代统治阶级瞩目和经常巡视的地方。这对于人才的涌现无疑具有重要作用。[3] 二是绍兴的秀丽山川。人们从常识中可以判断,地理环境优越的地方,比较容易出优秀人才,也比较容易吸引外来的人才。但绍兴的自然环境和生态环境并不是一开始就是很好的,在越国时期属于穷山恶水的蛮夷之地,生态环境非常恶劣。当越王勾践把国都从会稽山迁移到山麓冲积扇的平原上时,这里还是一片潮汐出没的沼泽地,后来通过围堤筑塘,发展了种植业和畜牧业,增强了国力,才开始逐步改变环境。[4] 经过越族先民的艰苦奋斗,一代一代开拓下来,特别是东汉永和五年(140)由会稽郡守马臻主持的大型蓄水工程镜湖(宋起避讳改称鉴湖)完工之后,绍兴环境真正得到改善,才有后来这样山清水秀的环境。[5] 鉴湖建成以后,湖水涟滟,青山环绕,逐渐形成了一个以山川清美著称的自然风景区,引来历代名人的游赏和吟咏。[6]

绍兴山川秀丽,甲于海内。清代陶元藻在《广会稽风俗赋并序》中说:"维吾越郡,古曰会稽,地名由禹,城传自蠡……控四郡而势雄,布八邑而地广,为天南之乐郊,实浙东之沃壤……其为山也,峻而不险,巨而不顽;盘纡静穆,起伏幽闲。其为川也,流非奔泻,聚少盘涡;千村有楫,百里无波。缥缈郁苍,潆洄绰约,妃耦停匀,映带错落。顾盼皆别有烟霞,寻丈即自成丘壑;绝天梯石栈之劳,多稳舵平舟之乐。"[7] 鲁迅先生1912年在《〈越铎〉出世

1 何信恩:《稽山文集》(第三卷),西泠印社出版社,2015,25页。

2 何信恩:《稽山文集》(第四卷),西泠印社出版社,2015,18页。

3 何信恩:《稽山文集》(第三卷),西泠印社出版社,2015,25页。

4 何信恩:《稽山文集》(第二卷),西泠印社出版社,2015,290页。

5 冯建荣:《绍兴有意思》,浙江工商大学出版社,2021,36页。

6 何信恩:《稽山文集》(第二卷),西泠印社出版社,2015,291页。

7 何信恩:《稽山文集》(第三卷),西泠印社出版社,2015,26页。

辞》中说："会稽故称无敌于天下，海岳精液，善生俊异，后先络绎，展其珠才。"[1] 著名绍兴地方文化研究者何信恩在引用了这两段话后，感叹道："如此得天独厚的优美环境，焉能不对历代人才的成长产生深远的影响与感染？""灵山秀水，福地洞天，焉能不对四方之士产生强大的吸引力？"他说："千百年来，多少羽客缁衣，到此修道养生，传经说法，几许骚人墨客，到此兴会淋漓，唱和不绝。兴公作赋，康乐登山，太白梦游，杜甫归帆，右军挥墨，乐天垂文……确实是非常之境，招徕非常之人，以至于乐而忘返，由流寓而著籍，把绍兴当作了第二故乡。可以说，是灵秀之地，孕育了无数俊杰；是无数俊杰，造就了灵秀之地。"[2] 的确，古人一直把一地人才辈出，看作是天地钟灵、山川毓秀的产物。绍兴，就是这样一个地方，这样一座古都。如此，绍兴平均每四年产生一位文学家也就成为一件自然而然的事了。天下还有哪个城市有这种情况？！

1　何信恩：《稽山文集》（第三卷），西泠印社出版社，2015，26 页。

2　同上。

表一　绍兴的文学家谱系：文学家名录

编号	姓名	年份	年代	注释	页码
	作者不详	不详	黄帝时期	产生于远古的绍兴。《弹歌》：断竹，续竹，飞土，逐宍。	[1]5,85 [2]4 [3]14 [4]925 [5]19 [6]2 [7]18 [8]21 [9]38 [10]36 [11]15
	作者不详	不详	尧帝时期	产生于远古的绍兴。《击壤歌》： 日出而作，日入而息。 凿井而饮，耕田而食。 尧何等力？（帝力于我何有哉？）	[1]5 [2]4 [4]927 [8]21 [9]38 [10]36
	作者不详	不详	夏禹时期	产生于远古的绍兴。涂山氏有《候人歌》：候人兮，猗！	[2]5 [3]18 [5]17 [7]21 [8]21 [9]38 [12]52 [13]11 [14]10
	作者不详	公元前550前后	东周	《越人歌》： 今夕何夕兮，搴洲中流。 今日何日兮，得与王子同舟。 蒙羞被好兮，不訾诟耻。 心几顽而不绝兮，得知王子。 山有木兮木有枝，心说君兮君不知。	[2]21 [4]967 [5]90
1	王充	27—约97	东汉	《论衡》是其主要著作，原有100余篇，传世仅85篇。后又失《招致》1篇。	[15]85 [16]46 [17]10 [18]7 [19]36

编号	姓名	年份	年代	注释	页码
2	赵晔	约40前后在世	东汉	著有《吴越春秋》共12卷，今存10卷。《诗细历神渊》声名远扬，蔡邕读后大为叹服，评为长于《论衡》。还著有《诗道微》和《韩诗谱》，已佚。	[15]110 [16]43 [17]10 [18]150
3	袁康	约40前后在世	东汉	《越绝书》的两作者之一（"所作"者）。被东汉学者王充誉为当时五大名著之一。原书25卷，现存15卷，共19篇。"一方之志，始于《越绝》。"	[15]111 [16]43
4	吴平	约40前后在世	东汉	《越绝书》的两作者之一（"所定"者）。	[15]111 [16]43
5	魏朗	?—169左右	东汉	著有《魏子》3卷（《隋书经籍志》）传世。	[16]59
6	韩说	约168前后在世	东汉	所著赋、颂、连珠，有文集（《补续汉书艺文志》）传世。	[15]310 [16]61
7	谢承	约222前后在世	三国吴	撰《后汉书》143卷，今已佚。又撰《会稽先贤传》7卷，原书已散佚，《太平御览》屡引之。鲁迅在《会稽郡故书杂集》中辑为一卷。著有文集4卷，今残存《贺灵龟表》《上丹砂表》《与步子山书》《三夫人箴》等文。	[15]95 [16]80
8	骆统	193—228	东汉	著有文集10卷，（《隋书·经籍志》《唐书·经籍志》）传于世。	[16]84
9	阚泽	?—243	三国吴	究览群经，成为大学问家。虞翻（东吴大臣）曾以阚泽比之扬雄、董仲舒。曾为汉末刘洪所撰《乾象历》作注，今佚。《全上古三代秦汉三国六朝文》存其文1篇。	[15]20 [17]21
10	嵇康	223—263	三国魏	魏晋"竹林七贤"之一，作有千古名曲《广陵散》，已佚。尚存诗50余首，论说文尚存9篇，以《养生论》《声无哀乐论》《管蔡论》《明胆论》最为著名。书信尚存2篇，即《与山巨源绝交书》《与吕长悌绝交书》。诗以《赠秀才入军诗》和《幽愤诗》为代表作。著有《圣贤高士传》，今仅存52传5赞。后世集有《嵇中散集》，原有15卷，至宋时仅存10卷，鲁迅辑成《嵇康集》10卷。	[15]268 [16]97 [17]23 [18]206

编号	姓名	年份	年代	注释	页码
11	贺循	260—319	三国吴	东晋时尊为"当世儒宗"。原有集，已佚。《全上古三代秦汉三国六朝文》存其文41篇。	[15]224 [16]118 [17]31
12	孔欣			《隋书·经籍志》著录有集9卷。已佚。今存《置酒高楼上》《相逢狭路间》等诗3首，以《相逢狭路间》为代表作。加存残文《七诲》载《太平御览》。	[15]262
13	杨方	317前后在世	西晋	著有《五经钩沉》《吴越春秋削繁》。原有集。已佚。《全上古三代秦汉三国六朝文》存其文残篇2则。《先秦汉魏晋南北朝诗》存其诗5首。	[16]132 [17]33
14	孙统	约326前后在世	东晋	原有集，已佚。《全上古三代秦汉三国六朝文》存其文2篇。《先秦汉魏晋南北朝诗》存其诗4首。	[17]35
15	葛洪	约283—343		东晋著名道家。炼丹，著内外篇凡116篇，辑成《抱朴子》。	[15]450 [20]233
16	王旷	318前后在世		有文集5卷，（《唐书·经籍志》）传世。	[16]134
17	孔坦	286—336		传世作品有《与石聪书》《临终与庾亮书》等。《隋书·经籍志》载其有集17卷，已佚。	[15]85 [16]136
18	王羲之	303—361	东晋	世称"书圣"。传世作品有《兰亭序》《丧乱帖》《快雪时晴帖》《奉橘帖》《姨母帖》等20余种，其《兰亭序》天下第一行书，其书"尽善尽美"（唐太宗）。所作《兰亭序》文笔雅致，为后世所传诵。原有集，已佚，明人辑有《王右军集》。	[15]306 [16]149 [17]36 [18]21 [19]42
19	许询		东晋	原有集，已佚。《全上古三代秦汉三国六朝文》存其文2篇。《先秦汉魏晋南北朝诗》存其诗3首。	[17]35
20	孙绰	314—371	东晋	博学善文，为当时文士之冠。诗多谈玄学，是玄言诗的代表作家，代表作《遂初集》。亦能赋，代表作为《游天台山赋》。所写碑文刻石，今传有《丞相王导碑》《太尉庾亮碑》《太宰郗鉴碑》《司空庾冰碑》等，其诗文辑有《孙廷尉集》。	[15]263 [17]36 [18]64

编号	姓名	年份	年代	注释	页码
21	李充	?—约350	东晋	是绍兴文学家谢安、王羲之、孙绰、许询和支遁等"紧密的文学圈子"的成员。	[20]242
22	支遁	314—366	东晋	原有集，已佚。《全上古三代秦汉三国六朝文》存其文26篇，《先秦汉魏晋南北朝诗》存诗18首。	[15]447 [17]36
23	谢沈	约292—344	东晋	著有《晋书》30余卷、《毛诗注》20卷、《尚书注》15卷、《后汉书》122卷、《文章志录杂文》8卷，文集10卷，均已散佚。	[15]95 [20]243
24	孔严	?—370	东晋	著有文集11卷，（《隋书·经籍志注》，《唐书志》作5卷）传世。	[16]146
25	谢敷	362前后在世	东晋	著有文集5卷，（《隋书·经籍志注》）传世。	[16]150
26	谢安	320—385	东晋	隐居上虞东山，成为江东新一代青年名士领袖。在东山，出则渔弋山水，入则言咏属文。《全上古三代秦汉三国六朝文》存其文6篇。《先秦魏晋南北朝诗》存其诗8首。	[15]20 [16]148 [17]36 [19]46
27	谢万	321—361	东晋	曾撰《八贤传》，有文集16卷，今佚。现存永和九年（353）《兰亭》诗2首和残篇《春游赋》等。《兰亭》诗被誉为"兰亭之首唱"。	[15]268 [17]38
28	王徽之	?—388	东晋	王羲之子。参与永和九年（353）兰亭雅集。《全上古三代秦汉三国六朝文》存其文1篇。《先秦汉魏晋南北朝诗》存其诗2首。	[15]3 [16]153 [17]38
29	王凝之	?—399	东晋	王羲之次子，参加兰亭雅集，作有兰亭诗2首。存《风赋》等文，《燃脂集》尚存。	[15]262 [17]38
30	孙嗣		东晋	原有集，已佚。《先秦汉魏晋南北朝诗》存其诗1首。	[17]37
31	谢道韫	约335—401	东晋	作品原有2集，已佚。仅《艺文类聚》存有《登山》《拟嵇中散咏松》等篇。	[15]268 [16]158 [17]38 [18]211
32	谢朗	376年前后在世	东晋	著有文集6卷传于世。	[16]158

（续表）

编号	姓名	年份	年代	注释	页码
33	孔汪	?—392	东晋	著有文集 10 卷，（《隋书·经籍志注》）传世。	[16]159
34	王献之	344—386	东晋	王羲之第七子。书法成就之大，与其父王羲之齐名，世称"二王"。《全上古三代秦汉三国六朝文》存其文 7 篇。《先秦汉魏晋南北朝诗》辑得其诗 4 首。	[15]306 [16]161 [17]39
35	帛道猷	373 前后在世	东晋	以诗文著称，《高僧传》存其诗 1 首《陵峰采药触兴为诗》）。	[15]449 [17]41
36	朱百年	368—454	东晋	《隋书·经籍志注》有《太子舍人朱百年集》2 卷，在梁时尚存。	[16]168
37	孔琳之	369—423	东晋	著有文集 10 卷（《隋书志》作 9 卷）。	[15]4 [16]169
38	孔宁之	?—425	南朝宋	《隋书·经籍志》称著录有集 15 卷，已佚。今存《櫂歌行》《前缓声歌》等诗及《牦牛赋》《井颂》等文。	[15]262 [17]42
39	谢灵运	385—433	南朝宋	以山水诗名动京师，被后世称为山水诗派的开创者。所作《山居赋》为研究我国东晋南朝世族庄园经济的珍贵史料，也是第一部以韵文形式写成的地方志。所著原有集 20 卷，已散佚，明人辑为《谢康乐集》行世。近人黄节有《谢康乐诗注》。	[15]268 [16]176 [17]43 [18]210 [19]49
40	谢惠连	397—433	南朝宋	善作赋、赞，有《雪赋》《松赞》等，其《祭禹庙文》为我国祭禹之最早杰作。诗亦以清丽见奇。李白《春夜宴桃李园序》："群季俊秀，皆为惠连；吾人咏歌，独惭康乐。"所著集 6 卷，已亡佚。明人辑有《谢法曹集》。《全上古三代秦汉三国六朝文》收其文 17 篇，《先秦汉魏晋南北朝诗》收其诗 35 首。	[15]268 [17]44 [18]211
41	贺弼	?—459	南朝宋	著有文集 16 卷，（《隋书·经籍志注》）传世。	[16]184
42	戴法兴	414—465	南朝宋	原有集，已佚。《全上古三代秦汉三国六朝文》存其文 1 篇。	[15]20 [16]189 [17]46

编号	姓名	年份	年代	注释	页码
43	谢超宗	？—483	南朝齐	谢灵运孙。文动当世，齐郊庙歌辞多出于其手。《全上古三代秦汉三国六朝文》存其文1篇。	[17]48
44	孔逖	480前后在世	南朝齐	作《东都赋》，为士林所赏。又著《三吴决录》，已佚。	[16]207 [17]48
45	孔广	480前后在世	南朝齐	美容止，善吐论，王俭、张绪常称美之，俭常云："广来，使簿领匠不须来；来则莫听去。"绪屡巾车访之，每叹云："孔广使吾成轻薄祭酒。"谭正璧《中国文学家大辞典》收录。	[16]207
46	孔稚珪	447—501	南朝齐	诗以《白马篇》著名。原集已佚。明人辑有《孔詹事集》，其中《北山移文》更为后世所叹赏，被选入《古文观止新编》。	[15]262 [16]211 [17]51 [18]29
47	谢朓	464—499	南朝齐	南朝齐诗人。在"永明体"作家中成就较高。有《谢宣城集》传世。"我吟谢朓诗上语，朔风飒飒吹飞雨。"（李白）	[15]268 [18]209
48	孔仲智		南朝齐	《先秦汉魏晋南北朝诗》存其诗1首。	[17]50
49	虞炎	482前后在世	南朝齐	《隋书·经籍志》称著录有集7卷，已佚。今存《有所思》《钱谢文学离夜》等4首，载《玉台新咏》及《谢宣城集》。	[15]269 [16]213 [17]50
50	虞骞	502前后在世	南朝梁	原有集，已佚。今存诗《登钟山下峰望》《游朝山悲古冢》《寻沈剡夕至嵊亭》《初月》《拟雨》等5首。	[15]269 [16]225 [17]55
51	孔休源	469—532	南朝齐	生平所作奏议、弹文，编为15卷。	[15]100 [16]233
52	孔子祛	496—546	南朝梁	著《尚书义》20卷，《集注尚书》30卷，续朱异《集注周易》100卷，续何承天《集礼论》150卷，共300卷传世。	[15]85 [16]258
53	慧皎	497—554	南朝梁	传世著作《高僧传》。	[15]451 [16]52 [19]52
54	孔翁归	539前后在世	南朝梁	《先秦汉魏晋南北朝诗》存其诗1首。	[16]261 [17]62

编号	姓名	年份	年代	注释	页码
55	洪偃	504—564	南朝陈	生平所作诗文颇富，后人为之辑集，编为20卷，《隋书·经籍志》著录仅8卷。《先秦汉魏晋南北朝诗》存其诗3首。	[15]449 [16]268 [17]65
56	孔奂	514—583	南朝陈	著有文集15卷，弹文4卷。已佚。《先秦汉魏晋南北朝诗》存其诗1首。	[15]4 [16]280 [17]66
57	王琳	526—573	南朝梁	本兵家，能为诗。谭正璧《中国文学家大辞典》收录。	[15]3 [16]291
58	贺德仁	558—672	隋唐间	著有文集20卷，（《新唐书志》《旧唐书本传》）传世。	[16]307 [21]208
59	孔范	595前后在世	南朝陈	《先秦汉魏晋南北朝诗》存其诗2首。	[16]308 [17]70
60	孔德绍	?—621	隋	诗《南隐游泉山》《登白马山护明寺》等12首收录进《全唐诗》以及《浙东唐诗之路唐诗全编》。	[17]78 [22]1
61	叶简			《全唐诗》收其诗《叶简占失牛》。	[22]826
62	孔绍安	577—622左右	隋唐间	有《孔绍安集》，已佚。《全唐诗》存其诗7首。	[16]319 [17]80
63	贺知章	659—744	唐	所书《龙瑞宫记》石刻，今尚存。《咏柳》《回乡偶书》，脍炙人口。后人辑有《贺秘监集》。《全唐诗》存其诗19首。《全唐文》存其文2篇。	[15]266 [16]354 [17]91 [18]162 [19]54 [22]32
64	贺朝	705前后在世	唐	作品多佚。《全唐诗》存其诗8首。《全唐文》存其文1篇。	[15]266 [16]364 [17]97
65	万齐融	711前后在世	唐	《全唐诗》收录其《三日绿潭篇》《仗剑行》等诗4首。《全唐文》存其文3篇。	[15]261 [16]364 [17]97
66	崔国辅	678—755	唐	工诗，名震一时。《采莲曲》《小长干曲》等描写江南风光，真切动人。《河岳英灵集》评其诗，认为崔"乐府数章，古人不及也"。《全唐诗》收其诗40首，辑为1卷。	[15]267 [16]379 [18]194

编号	姓名	年份	年代	注释	页码
67	徐浩	703—782	唐	诗《宝林寺作》《谒禹庙》收录进《全唐诗》以及《浙东唐诗之路唐诗全编》。	[15]309 [16]383 [22]138
68	秦系	720—810	唐	今有《秦隐君集》传世。《新唐书》录有秦系诗1卷，《全唐诗》收秦系诗40首。有《秦隐君集》传世。	[15]266 [16]394 [17]120 [22]248
69	朱放	?—约788	唐	今传《朱放诗》。《全唐诗》存其诗1卷。	[17]121
70	严维	约722—770	唐	工诗文，名震京都。大历中居越，与鲍防等57人联句赋诗，编为《大历年浙东联唱集》。《酬刘员外见寄》《丹阳送韦参军》为其代表作。《新唐书·文艺志》录其诗集1卷，《全唐诗》录有严维诗64首。《全唐文》存文1篇。	[15]263 [16]390 [17]115 [18]89 [22]174
71	鲍防	722—790	唐	著有《鲍防集》《杂感诗》，均佚。《全唐诗》存其诗8首、联句3首，《全唐诗补编》存联句3首，《全唐文》《唐文拾遗》共存其文3篇。	[17]118
72	陈寡言		唐	道士。诗《山居》收录进《全唐诗》以及《浙东唐诗之路唐诗全编》。	[22]325
73	朱湾	?—约795	唐	诗《题段上人院壁画古松》《寻隐者韦九山人于东溪草堂》《宋李司直归浙东幕兼鲍行军持节大夫初拜东平郡主》《同清江师月夜听坚正二上人为怀州转法华经歌》收录进《全唐诗》以及《浙东唐诗之路唐诗全编》。	[22]220
74	清江	782前后在世	唐	《全唐诗》存其诗1卷。	[16]413 [17]122 [22]223
75	灵澈	746—816	唐	著有《灵澈诗集》，又编唱和诗为《名公酬唱集》，均佚。今传世《澈上人诗集》。诗《归湖南作》《天姥岑望天台山》《云门寺》《云门寄陈丘二侍郎》《石帆山（句）》《登梨岭望越中（句）》《奉和郎中题仙岩瀑布十四韵》收录进《浙东唐诗之路唐诗全编》。今传《澈上人诗集》，《全唐诗》存其诗16首。	[16]415 [17]125 [18]108 [22]310

编号	姓名	年份	年代	注释	页码
76	陈允初		唐	诗《忆长安·七月》收录进《全唐诗》以及《浙东唐诗之路唐诗全编》。	[22]188
77	罗让	806 前后在世	唐	《新唐书·艺文志》著录有集 30 卷，已散佚。《全唐诗》录存其《闰月定四时》等诗 4 首。《全唐文》存其《耿恭拜井赋》《乐德教胄子赋》等文。	[15]265 [16]420
78	朱庆余	797—？	唐	传世名作"洞房昨夜停红烛，待晓堂前拜舅姑。妆罢低声问夫婿，画眉深浅入时无"的作者。《新唐书·艺文志》录《朱庆余诗集》1 卷。《全唐诗》收录其诗 177 首，辑为 2 卷。《唐诗纪事》存其七绝 25 首。有《朱庆余诗集》传世。	[15]262 [17]148 [18]46 [22]510
79	良价	807—869	唐	著有《宝镜三味歌》《玄中铭》《新三吟》《纲要偈》《五位君臣颂》等。《全唐诗补编》存其诗颂 36 首。	[15]448 [17]150
80	方干	约 809—888	唐	以诗作闻名江南。其弟子辑有其遗诗 370 余首，成《玄英先生诗集》10 卷。	[15]262 [18]26 [22]540
81	栖白	约 847 前后在世	唐	著有集 1 卷，（《全唐诗》）传世。	[16]465
82	朱可名		唐	诗《应举日寄兄弟》收录进《全唐诗》卷五五七。	[22]539
83	刘威		唐	诗《早秋归》收录进《全唐诗》卷五六二。	[22]584
84	范摅	约 877 前后在世	唐	著有《云溪友议》3 卷，（《新唐书志》）传世。	[16]486
85	吴融	？—903	唐	有《唐英歌诗》行世。《全唐诗》存其诗 4 卷，《全唐文》存其文 16 篇。	[15]9 [16]498 [17]165 [18]95 [22]742
86	周镛		唐末	诗《诸暨五泄山》收录进《全唐诗》卷七二七。	[22]782
87	钟谟	？—960	唐	诗《代京妓越宾答徐铉》收录进《全唐诗》卷七五七。	[22]796

编号	姓名	年份	年代	注释	页码
88	徐铉	917—992	五代宋	宋 984—987 年间，参与校《说文解字》，世称该《说文解字》为"大徐本"。又参与编纂《文苑英华》。所著还有文集 30 卷，《质凝论》若干卷。著有小说集《稽神录》，今存。有《徐公文集》（一作《骑省集》）行世。	[15]98 [17]179 [22]801
89	徐锴	920—974	五代宋	著有《徐锴集》《方舆记》，编有《赋苑》，均佚。著有《说文解字系传》，今存。《全唐诗》存其诗 5 首，《全唐文》存其文 6 篇。	[15]104 [17]176
90	钱易		宋	著有《寿云总录》100 卷，《洞征志》10 卷。	[15]309 [18]175
91	杜衍	978—1057	宋	善诗，工书法，为世所重。今存诗 11 首。有《杜祁公摭稿》1 卷。	[15]7 [17]182
92	范仲淹	989—1052	宋	在越 1 年余，在绍还撰写了《清白堂记》，集文学、书法于一统。著有《范文正公集》传世。	[15]12 [17]183 [18]130
93	陆佃	1042—1102	宋	陆游祖父。长于诗文，著有《坤雅》《陶山集》《礼象》《春秋后传》等。	[15]10 [16]618 [17]200
94	华镇	约 1093 前后在世	宋	除《云溪集》今存 30 卷外，余皆亡佚。	[16]629 [17]204
95	贺铸	1052—1125	宋	北宋诗坛大家。著有《庆湖遗老集》20 卷，《东山寓声乐府》3 卷。其子又搜求而编《后集补遗》。	[15]266 [17]204 [18]162
96	石公弼	1061—1115	宋	著有《台省因话录》《柏台杂著》各 1 卷。	[15]100
97	姚舜明	1070—1135	宋	遗有诗文集《补楚辞》等。	[15]15
98	李光	1077—1159	宋	著有《读易详说》《庄简集》（18 卷）、《椒亭小集》《李庄简词》等。	[15]8 [16]647 [17]212
99	陆淞	约 1147 前后在世	宋	陆佃之孙。曾赋《鹤仙词》，一时盛传。	[16]694

编号	姓名	年份	年代	注释	页码
100	姚宽	1105—1162	宋	有《西溪丛语》3卷，《西溪居士集》12集及《史记注》《战国策补注》等传世。	[15]14 [16]697
101	陆洸	1124—1195	宋	陆游胞兄。善诗文。	[15]11
102	陆游	1125—1209	宋	现存诗9300多首。集有《剑南诗稿》《渭南文集》《放翁逸稿》《南唐书》《家世旧闻》和《老学庵笔记》等。《关山月》《书愤》《农家叹》《示儿》等篇均为世所传诵。艺术上光彩夺目，为我国古诗人中独树一帜的大家。伟大的爱国主义诗人。"亘古男儿一放翁"（梁启超）。	[15]264 [16]714 [17]229 [18]124 [19]60
103	冯时敏	1160进士	宋	以诗文撰述见称于时。	[15]5
104	吕定	1169前后在世	宋	著有《说剑集》一卷传世。	[16]721 [17]255
105	李孟传	1126—1219	宋	著有《磐溪诗文稿》50卷、《宏词类稿》10卷、《记善》《记异》各5卷。	[15]101 [16]734
106	唐琬	1126—1159	宋	陆游表妹。因一阕《钗头凤》词和陆游同名题词而闻名于世。	[23]187
107	黄度	1138—1213	宋	著有《诗说》《书说》《周礼说》《艺祖宪监》《仁皇从谏录》《历代边防》《屯田便宜》等。	[15]18
108	高似孙	1158—1231	宋	著有《剡录》，与宋《新安志》《吴郡志》齐名。所著尚有《子略》《纬略》《疏寮小集》等。	[15]111
109	苏泂	约1200前后在世	宋	原有词集1卷，已佚，今仅存词2首。著有《冷然斋集》。	[16]762 [17]231
110	葛天民		宋	有《无怀小集》1卷传世。	[17]235
111	吕声之		宋	有《雁山吟》1卷传世。	[17]247
112	杨皇后	1162—1233	宋	有《杨太后宫词》1卷传世。	[17]247

编号	姓名	年份	年代	注释	页码
113	高观国	1190 前后在世	宋	"南宋十杰士"之一。存词 100 余首，著有《竹屋痴语》等。	[15]266 [16]746 [17]249 [18]179
114	詹骙	1175 状元	宋	以文学和政绩闻名天下。	[15]21
115	冯时行	?—1195	宋	著有《缙云论文集》。	[15]5
116	赵师恪	1190—1272	宋	撰有《年谱》《鹤巢字说》《流寓纪略》《归隐诗》等。	[21]207
117	尹焕	约 1231 前后在世	宋	著有《梅津集》。	[16]798
118	姚镛	约 1231 前后在世	宋	有《雪蓬稿》1 卷传世。	[16]798 [17]255
119	姚勉	1216—1262	宋	著有《雪坡文集》50 卷传世。	[15]21 [16]834 [17]261
120	王沂孙	1240—1290	宋	清人陈延焯等称王沂孙与周邦彦、姜夔为"词坛三绝"。诗、文已散佚殆尽，今存词 60 余首。词集有《碧山乐府》2 卷，亦称《玉笥山人词集》《花外集》。	[15]261 [16]842 [17]264 [18]17
121	陈恕可	约 1274 前后在世	宋	著有《乐府补题》1 卷，(《词林纪事》) 传世。	[16]846
122	王英孙	1279 结"吟社"	宋	1279 年，聚 14 人结成"吟社"，吟社之作刻成《乐府补题》诗集。宋末元初是文学团体"汐社"成员。	[15]261
123	王易简	1279 前后在世	宋末	著有《山中观史吟》,(《词林纪事》) 传世。	[16]858
124	吴大有	1279 前后在世	宋末	著有《松下偶抄》《千古功名镜》及《雪后》《清音》《归来》《幽庄》等集传世。	[16]858

编号	姓名	年份	年代	注释	页码
125	唐珏	1247—?	宋	作《冬青行》2首。曾与唐艺孙等唱和于天柱山房。	[15]456 [16]867
126	王修竹		宋末	宋末元初，与黄庚（星甫）、林景熙、胡天放组织"越中诗社"。后针对元僧杨琏真伽盗发宋六陵，又组织"汐社"，结社歌吟，抒发民族感情。	[15]261
127	萧国宝	1310前后在世	元	有《辉山存稿》1卷，仅存诗24首。《元诗选》初集有《辉山存稿》1卷，录其诗12首。	[16]896 [17]291
128	韩性	1266—1341	元	著有《春秋本义》30卷、《春秋或问》10卷、《礼记说》4卷、《诗音释》1卷、《书辨疑》1卷、《郡志》8卷、文集《五云漫稿》12卷。	[15]89 [16]890 [17]303
129	潘音	1270—1355	元	有《待清轩遗稿》传世。	[16]894 [17]306
130	王艮	1278—1348	元	《元诗选》三集辑有其《止止斋稿》1卷。	[15]3 [16]906 [17]310
131	王冕	1287—1359	元	著有《梅谱》《竹斋诗集》《武林往哲遗著》等。	[15]306 [16]916 [17]317 [18]10 [19]64
132	杨维桢	1296—1370	元	有诗坛领袖之称，首创《竹枝词》，为一代学问宗师。集有《东维子文集》《铁崖古乐府》《复古诗集》《铁崖文集》。传世墨迹有《虞相古剑歌》《诗帖》等。画有《岁寒图》《玉井香图》等。1370年得重病，危时撰有《归全堂记》，顷刻而成，掷笔而卒。	[15]263 [16]933 [17]322 [18]85 [19]67
133	钱宰	1299—1394	明	其诗吐词清拔，寓意高雅。著作原有百余卷，今尚存《临安集》6集。	[15]88 [16]938 [17]334
134	月鲁不花	1308—1366	元	《元诗选》三集辑有其《芝轩集》1卷。	[17]327
135	刘兑		元明间	所作杂剧《娇红记》今存。	[17]336

编号	姓名	年份	年代	注释	页码
136	戴良	1317—1383	元	著有《陶诗》《九灵山房集》《春秋经传考》。	[15]89 [18]221
137	韦珪	约 1338 前后在世	元	著有《梅花百咏》1 卷。	[16]805
138	魏仲远	1341 前后在世		诗坛影响大，曾为上虞"敦交诗社"倡导者。该社活动于元末，结辑印行《敦交集》和《名贤唱和集》。	[15]269
139	张宪	1341 前后在世	元	著有《玉笥集》。	[16]946 [17]330
140	唐肃	1328—1371	明	著有《丹崖画谱》，以及《密庵稿》。	[15]310 [16]981 [17]344
141	谢肃	1332—1385	明	著有《密庵稿》。	[16]984 [17]344
142	吕不用	1333—1394	明	著有《得月稿》《牧坡稿》《力田稿》等。	[15]262 [16]968
143	高启	1336—1374	明	著有诗集《缶鸣集》、文集《凫藻集》、词集《扣弦集》。后人刻有《高太史大全集》《青丘高季迪先生诗集》。	[17]346 [24]94
144	刘应龙		明	著有《小霞梅谱》《临冰梅图》。	[15]307
145	祁骏佳		明	有传奇《鸳鸯梦》传世。另有《惮悦合集》。	[15]263
146	赵甸		明	"云门十子"之一。曾修《显圣寺志》。	[15]265
147	毛肇宗		明	著有诗集《耶溪集》20 卷。	[15]262
148	朱纯		明	1424 前后结"鉴湖吟社"。著有《陶鈜》《驴背》《自怡》等诗文。	[15]262
149	张世昌	1351—1374 前后在世	明	有诗集传世。收录进《越中名人谱续编》。	[21]207

编号	姓名	年份	年代	注释	页码
150	郭传	1375 前后在世	明	被宋濂荐为"学有渊源，文章赡丽"。谭正璧《中国文学家大辞典》收录。	[16]985
151	唐之淳	1350—1401	明	著有诗文集《唐愚士诗》。	[16]991 [17]350
152	骆象贤	1371—1461	明	著有《羊枣集》《归全集》《溪园逸稿》《诸暨县志》等。	[15]111
153	漏瑜		明	著有《石轩集》。	[17]350
154	韩经	1414 前后在世	明	著有《恒轩集》。	[16]1003 [17]353
155	章敞	1376—1437	明	著有《质庵文集》40 卷。曾参修《永乐大典》。	[15]18 [16]1006 [17]355
156	刘绩		明	著有《崇阳集》，未见传本。另有笔记《霏雪录》，今存。	[17]359
157	张肃	1412—1469	明	著有《长河社稿》传世。	[21]207
158	吕昌	1413—1471	明	著有《耻斋集》，今佚。	[15]5
159	陈录	1437 前后在世	明	能诗善画。	[15]308
160	陆渊之	1480 前后在世	明	著有《东皋文集》13 卷传世。	[16]1032
161	王守仁	1472—1528	明	《王文成公全书》共 38 卷。其中《传习录》《大学问》是其主要哲学著作。	[15]85 [17]376 [18]16 [19]71
162	陶谐	1474—1546	明	有《陶庄敏集》，内奏议 11 篇，诗文 325 篇。有《抚广题稿》4 卷。所著《牧羊台赋》《芦雁横塘诗》等著称于时。另有《南川稿》。为文博厚庄严，诗宗盛唐，书有晋法。	[15]16 [16]1055 [17]377

编号	姓名	年份	年代	注释	页码
163	汪应轸	约1522前后在世	明	著有《青湖先生文选》14卷。	[15]10 [16]1079 [17]385
164	王畿	1498—1582	明	著有《龙溪全集》20卷、《龙溪语录》8卷、《舆樀全集》。	[15]85 [16]1097
165	徐子熙	1508任会试同考官	明	著有《贻谷堂集》。	[15]16
166	杨珂	1502—1572	明	诗作潇洒不群，书法宗二王，奔放纵逸。著有《草书诗册》。	[15]307
167	沈炼	1507—1557	明	存《青霞集》15卷及《鸣剑集》《塞坦尺》等。	[15]10 [16]1119 [17]395
168	朱廷立	?—1566	明	著有《盐志》《马政志》《家礼节要》《两崖集》等。	[15]5
169	谢谠	1512—1569	明	著有《海门集》，编有《皇明古虞诗集》《葛式家藏本诗抄》。另著有《四喜记》传奇。	[15]344 [16]1160 [17]398
170	陈鹤	1516—1560	明	著有传奇《孝泉记》，已佚。所作散曲多选录于《南宫词调》，还有《渔樵先生集》21卷及《思柯余韵》《越海亭诗集》。	[15]344 [16]1104 [17]390
171	翁溥	约1543前后在世	明	有《知白堂稿》15卷。	[15]16 [16]1107
172	徐学诗	1517—1567	明	著有《石龙庵诗草》。	[15]16 [16]1126 [17]396
173	章恩	1551前后在世	明	有《金陵览胜诗》1卷传世。	[16]1130
174	孟蕴		明	著有《柏楼吟》等诗集。	[21]207

（续表）

编号	姓名	年份	年代	注释	页码
175	徐渭	1521—1593	明	诗文书画无一不精，自言"吾书第一，诗二，文三，画四"。著有《南词叙录》《四声猿》等，著有《徐文长全集》，佚稿。今人合辑其诗文戏曲之作为《徐渭集》。	[15]309 [16]1138 [17]403 [18]173 [19]82
176	陶谐	1521 前后在世	明	工诗善书，诗尤佳，徐渭见陶谐诗，叹谓"会稽自陆放翁后，惟陶谐继之"。今惟存诗 2 首。	[15]267
177	吕本	1532 进士约 1583 时80 岁	明	有《明斋集》《永锡录》《四明先贤记》及诗文集若干卷。	[15]5
178	吕对明	1530 前后在世	明	"越中十子"之一。诗词、翰墨号称"两绝"。	[15]262
179	徐炼	约 1619 前后在世	明	尝以药名填成词曲，名香艸吟，又有载花舻，合称《曲波园传奇》（《朣庵笔记》）	[16]1148
180	史槃	1531—1630	明	祁彪佳《远山堂曲品》所载史槃作品有传奇《檀扇》《青蝉》《双鸳》《唾红》《朱履》《鹈钗》《合纱》《琼花》《樱桃》《李瓯》《梦磊》《双串》《忠孝》共 13 种。著杂剧《苏台奇遁》《三卜真状元》《清凉扇余》，散曲剧《齿雪作香》，有套曲、小令若干辑入《南宫词记》《吴骚会编》《太霞新奏》。所著多佚，仅存《鹈钗记》《吐榕记》等 4 种。	[15]343 [16]1159 [17]408
181	金怀玉	约 1573 前后在世	明	著有传奇《望云记》《妙相记》《八更记》（一名《凿壁记》）《桃花记》《三槐记》《完福记》《香毬记》《摘星记》《宝钗记》《绣被记》等，共 10 种，现仅存《望云记》《妙相记》《桃花记》。	[15]344 [16]1166 [17]435
182	车任远	约 1580 前后在世	明	著有传奇《弹铗记》；杂剧《福先碑》《四梦记》（今仅存《蕉鹿记》）。还著有《知希堂稿》《萤光楼识林》《濯缨集》《宝文杂钞》《存笥录》等诗集。	[15]343 [16]1177 [17]401
183	朱赓	1535—1608	明	著有《经筵奏疏》《朱文懿集》。	[15]5 [16]1171 [17]409

编号	姓名	年份	年代	注释	页码
184	张元汴	1538—1588	明	合编《绍兴府志》《会稽县志》。著有《不二斋文选》《云门志略》《翰林诸书选粹》等。	[15]21 [16]1173 [17]411
185	王骥德	1540—1623	明	有传奇《题红记》《离魂记》《救友记》等5种，杂剧有《男王后》等5种，有散曲《方诸馆乐府》及诗词《方诸馆集》等。曲论以《曲律》（4卷40个章节）最富盛名。	[15]343 [16]1230 [17]416 [18]22
186	陶大年	1541 进士	明	著有《读史日抄》《竹屏偶录》《闻见琐录》《宦辙私记》，以及诗文26篇。	[15]17
187	陶大有	1544 进士	明	著有《鸣春楼诗集》。	[15]16
188	陈性学	1546—1613	明	著有《西台疏草》及《紫瑛山藏稿》《光裕堂集》。	[15]11
189	周汝登	1547—1629	明	著有《东越证学录》。	[16]1196 [17]414
190	陶允嘉	1556—1622	明	著有《东游草》52篇、《楼居草》26篇、《贺韶吟》66篇、《中都草》101篇。后汇辑成《陶幼美先生泽农吟》。	[15]267
191	陶奭龄	1562—1640	明	著有《今是堂文集》《今是堂诗集》《小柴桑喃喃录》等。	[15]89
192	陶望龄	1562—1609	明	著有《歇庵集》《开国功臣传》《解老》《解庄》《近溪语要》《天水阁集》等。	[15]88 [17]420
193	陈汝元	约1562—1631	明	著有传奇《紫环记》《太霞记》《金莲记》等。今存《金莲记》；另著杂剧《红莲债》，今存。还订正杂剧《西天取经》。又与陶望龄、商濬等校订《稗海大观》。	[15]344 [16]1177 [17]420
194	朱期	约1596前后在世	明	著有传奇《玉丸记》，今尚存。	[15]343 [16]1202
195	赵于礼	约1596前后在世	明	著有传奇《灌园记》《画莺记》2种。另《群英类选》《缀白裘》中有其散曲入选。	[15]344 [16]1212

（续表）

编号	姓名	年份	年代	注释	页码
196	单本	约 1562—1636	明	有传奇《蕉帕记》《露绶记》《鼓盘记》《菱镜记》《合钗记》，合称《漱虹传奇五种》。尚存《蕉帕记》。有诗文集《漱虹雅调》。	[15]344 [16]1203 [17]417
197	湛然		明	著有杂剧《金渔翁证课鱼儿佛》《地狱生天》两种。有传奇《妒妇记》，今仅存《金渔翁证课鱼儿佛》（寓山居士改写本）。	[15]344 [17]419
198	王澹	约 1619 前后在世	明	著有传奇《双合记》《金椀记》《紫袍记》《兰佩记》，杂剧《樱桃园》，散曲集《欸乃编》等。	[16]1238 [17]402
199	祁承㸁	1565—1628	明	著有《澹生堂全集》《牧津集》等书 43 种 239 卷。编有《澹生堂明人集部目录》，辑有《国朝征信丛录》。	[15]101 [17]421
200	王应遴	?—1644（约 1619 前后在世）	明	著有杂剧《逍遥游》，传奇《清凉扇》《离魂》。今仅存《逍遥游》（名《衍庄新调》）。著有《乾象图书》《备书》《慈无量集》和《王应遴杂集》。	[15]343 [16]1239 [17]425
201	刘毅	1589 会试第六	明	著有《宝纶堂遗稿》8 卷。	[15]101
202	谢国		明	著有传奇《蝴蝶梦》。	[17]422
203	祁麟佳		明	祁彪佳之兄。著有诗集《问天遗草》，杂剧《太室三房四剧》，仅存 1 种。	[17]425
204	王思任	1574—1646	明	《天长道中》《快雨》《口占》《中秋示儿》等诗均显其才情。《于忠肃墓》中的名句"社稷留还我，头颅掷与君"，尤为世人所称道。诗文集有《历游记》《游唤》《庐山杂咏》《游庐山记》《弈律》《律陶》《王季重先生文集》《杂记》《尔尔集》《时文叙》《明王遂东先生尺牍存本》《王季重十种》等。《天姥》《观泰山记》《游五台山记》均为散文佳作。	[15]261 [17]426 [18]20
205	刘宗周	1578—1645	明	明末著名理学家。著有《刘子全书》40 卷、《刘子全书补遗》24 卷。今台湾有《刘宗周全集》出版。	[15]86 [16]1237 [17]427 [19]86

编号	姓名	年份	年代	注释	页码
206	沈襄	1597 任刑部侍郎	明	著有《小霞梅谱》，传世有作品《墨梅图轴》。	[15]308
207	陶崇谦	1582—1629	明	著有《镜佩楼诗选》6 卷、《企编》2 卷、《鞔录》2 卷。	[15]267
208	商濬		明	著有《古今评录》。	[17]427
209	石子斐		明	戏曲作家。著传奇《正昭阳》《大造化》《龙凤山》《镇灵山》，前两种存，后两种佚。	[17]430
210	倪元璐	1593—1644	明	著有《鸿宝应本》《倪文贞集》《儿易内仪》《儿易外仪》。	[15]15 [16]1261 [17]431
211	祁豸佳	1595—1670	明清间	诗文填词均佳，书画成就尤高。	[15]307
212	张岱	1597—1689	明清间	《石匮书》220 卷，《石匮书后集》63 卷。一生著作甚丰，以史、文见长。尚有《明易》《史阙》《义烈传》《四书遇》《张氏家谱》《夜航船》《陶庵梦忆》《西湖梦寻》《于越三不朽图赞》等 10 余种。	[15]91 [17]432 [18]110 [19]94
213	陈洪绶	1598—1652	明清间	著有《宝纶堂集》《筮仪象解》。今人辑有《陈洪绶集》。	[15]308 [16]1269 [17]439 [19]90
214	孟称舜	1600—1684	明清间	著有传奇《二胥记》《贞文记》《娇红记》等 6 种。杂剧《英雄成败》《死里逃生》《桃花人面》《花舫缘》《眼儿媚》《红颜年少》等 6 种，又有《史发》一书，著论 40 篇。曾编选元明杂剧《柳枝集》《酹江集》，合称《古今名剧合选》。今均存。	[15]344 [16]1282 [17]432 [18]144
215	祁彪佳	1602—1645	明	生平著述甚丰，有戏曲理论著作《远山堂曲品》《远山堂剧品》，另有《救荒全书》《祁忠敏公日记》《祁彪佳集》等。	[15]7 [17]433 [18]59
216	倪会鼎		明	倪元璐之子。其诗、词、古文等又别为 1 集。著有《治格会通》270 余卷，又著《明儒源流录》20 卷，《古今疆域合志》《越水詹言》若干卷。	[15]94

编号	姓名	年份	年代	注释	页码
217	韩广业		明	其诗力追唐音，所著诗文集多散佚。	[15]105
218	商景兰	1604—?	明	祁彪佳之妻，商景徽之姊。著有《锦囊集》等。名篇有《悼亡》《中秋泛舟》《咏石榴花》等。在《于越贤像传赞》中，被列为越中自古以来，80 名人之一。	[15]310 [2]367
219	商景徽		明	著有《咏雏堂诗草》。	[17]441
220	王端淑		清	一生著作甚丰。著有《吟红集》30 卷、《玉映堂集》《史愚》《荷赋》《菊赋》《秋虫赋》《历代帝王后妃考》等传世。	[15]262 [17]442
221	陶士英		清	著有《白云诗钞》等。	[23]188
222	冯肇杞	1612—约 1670		工诗词书法。画作有《墨竹图》等。	[15]307
223	谢宏仪	1637 前后 在世		著有《蝴蝶梦》传奇。	[15]22
224	张毅儒	1637 前后 在世		曾参加文学团体"枫社"。工诗文，《明诗存》为其所编。	[15]264
225	傅日	1643 前后 在世	明	著有《壮游漫草》《壮游近草》《西征草》《西归草》《纲鉴评》《史记评》《叫月前后》等集。	[15]268
226	王雨谦	1644 前后 在世	明	明"云门十子"之一。曾与女婿俞公毅共辑《廉书》。有《白岳山人诗文集》等。	[15]261
227	骆复旦	1644 前后 在世		著有《桐荫堂》《山雨楼》《至乐堂》等诗文集。	[15]266
228	章正宸	约 1646 前 后在世		著有《章格菴遗书》5 卷。	[16]1285
229	本画	约 1654 前 后在世		著《直樘诗集》7 卷。	[16]1309
230	施敞	1657 前后 在世		"龙山诗巢二十子"之一。著有《莲溪诗草》。	[15]266

编号	姓名	年份	年代	注释	页码
231	徐咸清	？—1689 前后	明	著有《资治文字》100卷。创建"蓬莱社"。	[15]99 [16]1373
232	高奕	1661 前后在世	清	著有传奇《春秋笔》《千金笔》《双侠》《一鞭仇》《古交情》《四美坊》《如意册》《固哉翁》《眉仙岭》《风雪缘》《貂裘赚》《聚兽牌》《锦中花》《揽香园》《续青楼》等15种。著《新传奇品》，收清代、明代27家作品计209种。	[15]344 [16]1336 [17]450
233	吕师濂		清	著有《何山草堂诗稿》《守斋词》、传奇《金马门》。	[17]450
234	李因	1616—1685	清	明末清初著名女诗人兼画家。曾有诗章无数，后选其中260余首辑成《竹笑轩吟草》和《续竹笑轩吟草》各1卷。清代史学开山之祖黄宗羲曾为她作传。	[15]263 [16]1296 [17]454
235	王素娥		清	诗名声颇高。"（唐李）季兰之后，又得一俊媛"（顾起纶）。有诗集《王蘗屏诗》传世。	[15]261
236	吕熊	约1674前后在世	清	有《女仙外史》一书100回，康熙五十年梓刻传世。	[16]1388
237	金以成		清	"龙山诗巢二十子"之一，著有《补仙诗存》。	[15]265
238	陈祖望		清	"泊鸥吟社"成员。所作有《思退堂诗钞》传世。	[15]264
239	王鹤龄		清	"龙山诗巢二十子"之一，有《竹中巢诗草》等传世。	[15]262
240	徐伯调		清初	以诗文称誉海内。曾与毛奇龄、何之杰结为"三子"社，唱和之作合刻成集，名为《三子集》。	[15]266
241	孙汝怿		清	有《寄庵诗词存稿》2卷传世。	[15]263
242	朱子萃	1617—1680	清	著有《送蔡君知入蜀》《夜宿荒村》等诗10余首，与《为窦建德檄秦王文》等一起，载入《文苑英华》。	[21]206

编号	姓名	年份	年代	注释	页码
243	周容	1619—1679	清	著有《春酒堂遗书》。	[17]458
244	吴兴祚	1632—1697	清	著有《巡海诗草》《宋元诗声律选》《史迁句解》《粤东舆图》等。	[15]9 [17]477
245	祁班孙	1632—1673	清	著有《东行风俗记》《紫芝轩集》。	[15]448 [17]480
246	陈字	1634—?	清	有《小莲客游诗》传世。	[15]308
247	商和	1635—1700	清	"龙山诗巢二十子"之一。	[15]267
248	王龙光	?—1676		在狱中撰写《养花说》，并作杂诗50余首。	[21]206
249	罗坤	?—约1695		著有《梦村诗词集》《平山图集》等。	[15]265
250	徐允定	?—1695前后		蓬莱文学社成员之一。与从兄徐咸清齐名文坛，世称"二徐"。善诗，著有《涉江草》《更斋诗文集》。	[15]266
251	杨宾	1650—1720	清	著有《金石源流》《晞发堂集》《柳边纪略》《大瓢偶笔》等。	[15]307 [16]1377 [17]494
252	陶滘		明末清初	著《文漪堂诗集》10卷，《山居诗》8卷，《山居读书诗》2卷，《山居度夏诗》2卷。	[15]267
253	张逊庵		明亡前后	"云门十子"之一。	[15]264
254	杨学淳	1638—1715	清	著有《就正录》《大易传质疑录》《自在吟诗集》《医学汇参》等。	[21]206
255	金古良	1661前后在世	清	集诗、书、画于一体，誉满海内。	[15]308
256	姚夒	约1668前后在世		著有《钦和堂集》，共21卷。另有《周易郡铨合璧》若干卷。	[15]14 [16]1366

编号	姓名	年份	年代	注释	页码
257	吴调侯	1678 编成《古文观止》		《古文观止》12 卷于清康熙十七年（1678）编成。"阅其选，简有赅。评注详而不繁，其审音辨字，无不精切而确当。"（吴兴祚）	[15]264
258	吴楚材	1655—?	清	《古文观止》另一位作者。此书风行海内，在古代选本中，与《唐诗三百首》堪称双璧。又与周之炯、周之灿完成编年体通史《纲鉴易知录》。	[15]264
259	李登瀛	1656—1730	清	有《诗巢二十子唱和集》《梅溪诗集》24 卷及《诗巢香火证因录》传世。	[15]263
260	沈嘉然	约 1692 前后在世	清	编演大禹治水故事，成 60 卷，120 回，后因覆舟吴江而佚。	[16]1435[17]498
261	杨陶联	1660—1726	清	著有《四书文稿》《大易文稿》及《家训》4 卷。	[21]206
262	金埴	1663—1740	清	著有《壑门诗集》和《不下带编》7 卷、《巾箱说》1 卷。	[15]265[17]500
263	陶文彬	1665—1749	清	著有《摩云文集》《金台集》《锦江集》《武夷集》和《四井记》《摩云绝句》《摩云杂咏》《方壶哀思草》（即《望儿归》）。	[15]267
264	王永俟	1669—1749	清	著有《帆川文集》2 卷、诗集 8 卷、类集 20 卷、纲目摘注 2 卷、杂录 10 卷。	[15]99
265	姚祖振		清	有《丛林轩》文集 10 卷行世。	[21]208
266	张钺	1680 前后在世		号称"越中四子"。著有《春秋订传》《艺苑筌蹄》《会心楼文集》。	[15]264
267	刘正谊	1672—1744	清	善诗，为"西园十子"之一，著有《宛委山人诗集》等传世。	[15]263
268	蔡东	约 1692 前后在世		著有《锦江沙》（一名《忠孝录》）。	[16]1428
269	陈士斌	约 1692 前后在世	清	尝演《西游记》为《西游真诠》100 回。	[16]1431
270	谢宗锡	约 1692 前后在世		著有《玉楼春》传奇（曲录）。	[16]1432

编号	姓名	年份	年代	注释	页码
271	顾元标	约1692前后在世		著有《情梦侠》传奇一本（曲录）。	[16]1432
272	李应桂	约1692前后在世		演小说《好逑传》事为《小河州传奇》，一名《双奇侠》（曲录）。	[16]1433
273	徐昭华	约1701前后在世	清	女，工诗文，名噪一时。有《徐都讲诗》1卷（附刻于《毛西河集》）。又有《花间集》。	[15]310 [16]1451 [17]485
274	余懋杞	1708前后在世	清	"龙山诗巢二十子"之一。著有《东武山房诗文集》《藕香草堂诗集》《石吟集》《刻舟集》。	[15]264
275	何嘉珝	1708前后在世	清	结诗巢，称"鉴湖画桥"，为成员之一。撰有《玉笥山房集》。	[15]264
276	许尚质	约1711前后在世	清	著有《酿川集》13卷。	[16]1470
277	陶及申	康熙五十六年（1717）岁贡	清	著有《四书博征》120卷、《纪元本末》18卷、《筼厂诗文集》10卷、《耐久集》（历纪平生师友）3卷，及《逸文偶钞》1卷等。	[15]105
278	徐廷槐	1720前后在世	清	以诗文知名于时。博通经史，著述宏富，手定凡70余种。今存有诗集《南华简钞》《墨汀诗草》。文集《百衲》10卷、《墨汀文钞》6卷及《尚书论文》《禹贡汇钞》等。医学著作有《医家恒言》《痘疹一家言》。	[15]266
279	吕抚	约1722前后在世	清	著有《二十四史通俗演义》26卷44回。	[16]1485
280	石文	1692—1729	清	有《贞石诗抄》传世。	[16]1507
281	董相	1695—1750	清	"西园吟社"成员之一。	[15]268
282	胡天游	1696—1758	清	著有《石笥山房集》。	[16]1512 [17]514 [18]146 [21]207

编号	姓名	年份	年代	注释	页码
283	周长发	1696—?	清	著有《赐书堂集》诗8卷。	[16]1512
284	鲁曾煜	约1736前后在世	清	著有《三州诗抄》4卷、《秋塍文钞》12卷,《归田文存》2卷、《诗存》3卷、《东武山人笔存》6卷。	[15]268 [16]1516
285	周大枢	约1736前后在世	清	著有《居俟堂稿》《存吾春轩诗钞》《周易井观》《鸿爪录》等。	[16]1518 [17]512
286	吴熿	1706—1769	清	著有《朴庭诗稿》。	[15]102 [16]1500
287	刘鸣玉	1708—?	清	"越中七子"社成员之一。著有《梅芝馆诗集》。	[15]263
288	商盘	1710—1767	清	"西园吟社"成员之一,一生写诗甚多,删汰后尚存3000余首,编为《质园诗集》32卷传世。又选八邑诗人之作为《越风》诗集,计30卷。	[15]18 [16]1527 [17]517
289	茅逸	1711—1750	清	"越中七子社"成员之一。著有《小菊诗钞》。	[15]265
290	俞蛟	1715—?	清	著有《读画闲评》《梦厂杂著》等。	[15]309
291	陶元藻	1716—1801	清	诗文均负盛誉。时称"会稽才子"。著有《全浙诗话》54卷、《凫亭诗话》2卷、《越谚遗编考》5卷、《泊鸥山房集》《珠江集》《广会稽风俗赋》1卷、《越画见闻》3卷、《香影词》4卷。	[15]267 [17]524
292	童钰	1721—1782	清	为"越中三子""越中七子"之一。著有《香雪斋余稿》《二树山水集》。亦有《二树今体诗》《诗略》《写梅歌续编》。	[15]311 [16]1548 [17]527
293	陶廷珍	?—1788	清	著有《远游》《鸡肋》《仇池》《关河》《午庄赋草》等集。	[15]267
294	周殊士		清	著有《珍珠塔》(一名《九松亭》),作于清乾隆时期。	[24]198
295	梁国治	1723—1786	清	曾任四库全书馆副总裁。著有《敬思堂文集》。	[15]22
296	顾开域	1726—1788	清	著有《周易融义》8卷、《左氏心知》24卷、诗古文若干卷,制艺不下千余篇,都为一集。	[21]208

（续表）

编号	姓名	年份	年代	注释	页码
297	吴璟	1727—1773	清	著有《黄琢山房集》《苏门纪游》。	[17]531
298	邵骃		清	著有《梦余诗钞》。	[17]544
299	与宏		清	著有《懒云楼诗钞》。	[17]547
300	赵裕	1732—1812	清	著有《莼塘学古录》《莼塘制艺》《莼塘杂录》等。	[21]207
301	周师濂	1750 前后在世	清	为首组织"十人书画社"。著有《竹生吟馆诗钞》《墨竹诗草》。	[15]265
302	赵鏴	1750 前后在世	清	"泊鸥吟社"成员，著有《省园诗草》《省园杂吟》。	[15]265
303	岑振祖	1750 前后在世	清	"泊鸥吟社"社长，作诗五六千首。录千余首编成《延绿斋诗存》。	[15]264
304	徐观海	1760 前后在世	清	著有《看山偶存》《鸿爪集》《袖东诗话》等。	[15]310
305	李春荣	约 1766 前后在世	清	著有《水石缘》6 卷 30 则。	[16]1559
306	章本成	约 1766 前后在世	清	结社为"西园吟社"。著有《密林诗草》传世。	[15]267
307	龚未斋	1738—1811	清	作有《游鼎湖》《何须破舌》等诗百余首。今存《雪鸿轩尺牍》。	[15]18
308	章学诚	1738—1801	清	方志学大师。主修《和州志》《永清县志》《亳州志》和《湖北通志》。著有《文史通义》《史籍考》。另著有《校雠通义》《实斋文集》《乙卯札记》《丙辰札记》《知非日记》等，后人集成《章氏遗书》。	[15]112 [16]1581 [17]540 [18]195 [19]104
309	吴寿昌	清 1769 进士	清	有《虚白斋诗文集》《馆阁诗赋编》等传世。	[15]263
310	邵无恙	1770 前后在世	清	著有《蕉雪斋》《镜西》《双阁》诗集及《易象类通》等书。	[15]265

编号	姓名	年份	年代	注释	页码
311	黄易	1744—1802	清	著有《小蓬莱阁金石文字》《小蓬莱阁诗》等。	[15]105
312	陶廷琡	1781前后在世	清	著有《南园诗草》8卷。刻其父著《全浙诗话》54卷。	[15]267
313	陈栋	1764—1802	清	著有《北泾草堂集》，含杂剧《苎萝梦》《紫姑神》《维扬梦》。	[16]1632 [17]558
314	史善长	1768—1830	清	著有《味根山房诗钞》《轮台杂记》《东还纪略》等。	[17]561
315	何一坤	1769—1816	清	"泊鸥吟社"成员。	[15]264
316	王望霖	1774—1836	清	现存诗稿4卷。著有诗集《天香楼遗泽集》《天香楼吟稿》。	[15]99
317	王衍梅	1776—1830	清	著有《兰雪轩》《小楞严斋》《静存斋文集》《红杏村人吟囊》。今尚有《绿雪堂遗集》《缘雪堂诗文集》传世。	[15]261 [16]1650 [17]567
318	潘谘	1776—1853	清	著有古文8卷、诗5卷、《常语》2卷及《潘少白古文》《林皋间集》等。	[16]1642 [16]208
319	沈复粲	1779—1850	清	著有《诗巢》《香火证因录》《娥江诗辑》《熙朝书家姓纂》《鸣野山房汇刻帖目》等著述数十种。合作辑成《蕺山刘子全书》40卷。又自辑《刘子书补遗》24卷。核刻《忠敏文集》《王门弟子渊源录》《徐文长遗事》。著有《越中金石广记》。	[15]102
320	徐承烈	1794前后在绍兴	清	以"西吴悔堂老人"署名。著有《越中杂识》（上下卷）。该书于乾隆五十九年（1794）抄成后，流到海外，为美国国会图书馆收藏，1983年1月，浙江人民出版社出第1版。	[15]111
321	杜煦	1780—1850	清	著有《苏甘廊诗文集》。	[15]101
322	杜丙杰	杜煦之弟	清	著有《会稽掇英集拾遗》20卷、《剡记》1卷、《至圣教斋书目提要》8卷及《荆花轩诗钞》。	[15]101

编号	姓名	年份	年代	注释	页码
323	屠倬	1781—1828	清	著有《是程堂集》，含《耶溪渔隐词》。	[15]310 [17]570
324	徐松	1781—1848	清	从《永乐大典》中辑出《宋会要》500卷。在《伊犁总统事略》基础上纂成《总统事略》10卷。此书后改名《新疆事略》。撰《西域水道记》，为其代表作。还著有《徐氏遗书》《新校注地理志集释》《汉书西域传补注》《唐两京城坊考》《唐登科记考》和诗集《新疆赋》等书。	[15]144 [17]571
325	李寿朋		清	著有《㮲花楼诗集》《越中名胜赋》等。	[15]308
326	沈华		清	工诗，善画，无不精妙，金石学家，朱彝尊尝赠诗赞美之。	[15]308
327	石梁	1787—?		善诗文，工书画，尤长书法。缮写乾隆《诸暨县志》44卷。潜心搜集历代名家书法，镌刻成《草字汇》，问世后为士林所推重。	[15]306
328	杨棨	1787—1862	清	"泊鸥吟社"成员。著有《一枝山房诗钞》《蝶庵诗草》传世。	[15]263
329	周元棠	1791—1851	清	有数种著作，因战乱仅留下22岁前的诗134首，名《海巢书屋诗稿》。	[21]207
330	宗稷辰	1792—1867	近代	著有《躬耻斋诗文钞》《四书体味录》等。	[16]1673 [17]580
331	俞万春	1794—1849	清	著长篇小说《荡寇志》（又名《结水浒传》）。另著有《医学辩症》《净土事相》《骑射论》《火器考》《戚南唐纪效新书释》，均未刊行。	[15]265 [16]1670 [17]581 [18]157
332	孙垓	1840前后在世		先后参加"益社"与"皋社"。有《退宜堂诗集》传世。	[15]263
333	钱埙	1804—1876	清	有《谷贻堂诗存》行世。	[21]208
334	周棠	1806—1876	近代	能诗，善画。著有《竹石画苑》。	[15]309

编号	姓名	年份	年代	注释	页码
335	陈钟祥	1806—1857	近代	著有《夏雨轩杂文》《依隐斋诗钞》《鸿爪词》《哀丝豪竹词》《菊花词》《香草词》《集牡丹亭词》，编有《赵州石刻录》。	[16]1684 [17]590
336	周光祖	1816—1865	清	"益社"成员，后又为文学团体"皋社"成员，著有《耻自集》传世。	[15]265
337	郦滋德	1817—1862	清	编辑《诸暨诗存》16卷，另著有《半情居遗集》10卷、《三国史评注》若干卷，撰有《双龙湫歌》等。	[23]186
338	章鋆	1820—1875		在福建建义学时，集有《闽儒学则》。著有《望云山馆诗文集》《治平宝鉴》等。	[15]22
339	鲍存晓	1822—1884	清	著有《东使笔记》以及《鲍太史诗集》8卷。	[21]208
340	孙廷璋	1825—1866		著有《亢艺堂文集》《勉熹堂诗集》等。	[15]263
341	沈怀祖	1826—1858		著有《同书》《广同书》8卷，《常自耕斋诗稿》4卷。	[21]206
342	周星誉	1826—1884	近代	组织文学团体"益社"。著有《东鸥草堂词》2卷及《鸥堂剩稿》《鸥堂日记》《传忠堂古文》等。	[15]265 [16]1713
343	范寅	1827—1897		著《越谚》。另著有《王鉴堂诗》《湖雅》等集。	[15]265
344	陈寿祺	1828—1867	清	著有《綦喜堂诗集》《青楼阁词》《越语》等。	[15]264
345	汪琼	1828—1891	近代	著有《随山馆全集》18卷、《无闻子》1卷、《松烟小录》6卷、《旅谭》5卷、《尺牍》2卷。殁后，其后人又选刻为《随山馆诗简编》。	[15]10 [17]604
346	李慈铭	1829—1894	近代	诗词古文，名重一时。《越缦堂日记》为士林所重。著有《后汉书集解》《越缦堂读书记》《越缦堂文集》《说文举要》等100种。	[15]263 [16]1716 [17]606 [19]118
347	赵之谦	1829—1884	近代	"海上画派"创始人之一。著有《六朝别字记》《悲庵居士文存》《补寰宇访碑录》《二金蝶堂印存》等。	[15]309 [16]1717 [17]605 [19]114

编号	姓名	年份	年代	注释	页码
348	王诒寿	1830—1881	近代	著有《缦雅堂骈体文》和《笙月》《华景》两词集。词集均入许迈孙《俞园丛书》。	[15]261 [17]606
349	王星诚	1831—1859	近代	本名于迈，又名章，字平子。著有《西凫残草》。	[16]1718 [17]607
350	平步青	1832—1896	近代	一生著述丰富，晚年编著《香雪崦丛书》20余部，《霞外捃屑》是其代表作之一。	[15]262 [17]607
351	周星诒	1833—1904		著有《窳橫诗质》及《瑞瓜堂诗钞》，并传世。	[16]1720
352	何澂	1834——1888	近代	著有《思古斋诗文集》若干卷、《思古斋随笔》10卷、《清金石诗录》16卷、《续画人姓氏录》24卷、《师友小记》1卷、《字辨》2卷、《篆汇》若干卷、《思古斋双钩汉碑篆额》3卷、《台湾杂咏合刻》1卷和《楹联大成》8卷等。	[25]192
353	曹寿铭		近代	著有《曼志堂遗稿》。	[17]608
354	施山	1835—?	近代	有《通雅堂诗钞》《苗露阁诗集》《姜露庵诗集》及《杂记》4卷传世。	[15]266 [16]1715 [17]608
355	孟一飞		清	著有《周官义疏》6卷、《望云庐稿》《百花吟》《彤史纪事诗》等。	[21]207
356	秦树敏	1863前后在世		倡导组织"皋社"，集社所刊著作有《娱园诗存》4卷，3/4系社员所作，余为秦树敏诗作。	[15]266
357	胡元薇		近代	著有《鹊华秋》《青霞梦》《樊川梦》杂剧3种及散曲2种，合称《壶庵五种曲》，另著有《玉津阁集》《壶庵论曲》。	[17]613
358	陶方琦	1845—1884	近代	著有《湘麋阁遗集》《淮南许注异同诂》《许君年表》。	[17]613
359	陈遹声	1846—1920	近代	著有《玉溪生诗类编》《历代题画丛录》《逸民诗选》《畴庐稗说》及《鉴藏要略》等。	[15]30
360	王鹏运	1848—1904	近代	著有《半塘定稿》《味梨词》等。	[15]3 [17]615

编号	姓名	年份	年代	注释	页码
361	赵然	1870 前后在世		著有《忆存书草》《隐楼诗草》等传世。	[15]265
362	娄杰	1850—1907		著有《听虚馆文存》6 卷。	[15]13
363	马星联	1856—1909	近代	著有《听香读画轩》诗词文 4 卷，现存《马逸臣先生遗著》传世。	[15]3
364	俞明震	1860—1918	近代	甲午中日战争时，在台湾与唐景崧、丘逢甲共同抗击日军。事败回国，撰有《台湾八日记》一文。著有《觚庵诗存》4 卷。	[16]1740 [17]628 [21]216
365	汪兆铺	1861—1939	近代	汪精卫（兆铭）之兄。著有《孔门弟子学行录》《补三国食货刑法志》《晋会要》《广东元遗民录》《微尚斋杂文》等 10 余种。	[15]422 [17]629
366	马秉南	1862—1874		著有《水南堂诗》2 卷、骈文 2 卷、《疏籁词》3 卷。	[15]261
367	陶传尧	1865—1925	近代	中国文学史专家，鲁迅早期的重要友人。一生写成巨著《文苑丛》，手稿成册的有 32 本。	[25]199
368	蒋智由	1866—1929	近代	与黄遵宪、夏穗卿并誉为"诗界三杰"。著述收录进《居东集》《蒋观云先生遗诗》等书。	[15]285 [17]632
369	蔡元培	1868—1940		辑有《蔡元培全集》。"学界泰斗，人世楷模"（毛泽东）。	[15]246 [18]214 [19]170
370	工钟声	1874—1911	近代	1907 年将美国作家斯托夫人的小说《汤姆叔叔的小屋》改为话剧《黑奴吁天录》，在上海兰心大戏院演出，王本人饰演黑奴。这是国内首次采用分幕、用布景配演的话剧剧目，开中国话剧之先河。不久，又演出《迦因小传》，此剧没有唱腔，不配锣鼓，是中国第一次上演的全新话剧。其后又先后演出《爱国血》等新话剧，宣传革命思想，对国内剧坛影响很大。	[15]346 [17]641
371	秋瑾	1875—1907	近代	所作诗词豪放悲壮，后人辑有《秋瑾集》。孙中山以"巾帼英雄"题赞秋瑾。	[15]60 [17]644 [18]155 [19]130

编号	姓名	年份	年代	注释	页码
372	诸宗元	1875—1932	近代	著有《大至阁诗》《吾暇堂类稿》《箧书别录》《中国书学浅说》。	[17]645
373	徐伟	1876—1943		徐锡麟二弟。目睹各地所藏古籍残缺不全，得知武汉所藏《四库全书》较为完整，去武汉手抄浙江《四库全书》的残缺部分，往返多次，直至抄完，对于浙江《四库全书》的修补完整，功不可没。《越中名人谱续编》收录。	[21]216
374	蔡东藩	1877—1945		撰写前汉（附秦朝）、后汉、两晋、南北朝、唐、五代、宋、元、明、清、民国 11 部历史通俗演义，合称《历朝通俗演义》，另有《西太后演义》《历朝史演义》2 部。	[15]95 [17]662 [19]184
375	刘大白	1880—1932		著名诗人。有新诗集《旧梦》《卖布谣》《旧诗新话》《白屋文话》及《中国文学史》等。	[15]272 [17]662 [18]476 [19]144
376	鲁迅	1881—1936		我国伟大的文学家、思想家和革命家，中国现代文学的奠基人。有 800 多万言的著译。今人辑有多种版本的《鲁迅全集》，并译成 50 多种文字。	[15]285 [17]662 [18]554 [19]154
377	蒋著超	1881—1937	近代	与徐吁公合著小说《蝶花劫》。另著有《听雨楼随笔》《蔽庐非诗话》《著超丛刊》及长篇小说《琵琶泪》《绿凤钗》《白骨散》，与张冥飞、尤玄文、何一雁合著《古今小说评林》，辑刊《民权素汇编》。	[17]651
378	马一浮	1883—1967	近代	著有《蠲戏斋诗前集》《避寇集》《蠲戏斋编年集》。今人辑有《马一浮全集》。	[15]85 [17]653 [19]209
379	许寿裳	1883—1948		著有《亡友鲁迅印象记》《我所认识的鲁迅》《章炳麟传》《鲁迅年谱》《中国文字史》《俞樾传》等。	[15]429 [17]663 [18]480
380	徐哲身	1884—？		著有《啼笑风月》《春江新潮》《巾帼英雄》《溥仪春梦记》《曾左彭》等 20 余种。	[15]282

编号	姓名	年份	年代	注释	页码
381	沈钧业	1884—1951		为南社社员。其诗新颖秀丽，慷慨激昂。著有《绍兴县氏族考》《睫巢诗话》及日记62册。	[15]29
382	陈伯平	1885—1907	近代	著有小说《海外扶余》《女英雄独立传》及《法国女英雄》弹词、《同情梦》杂剧等行世。	[15]11 [17]655
383	周作人	1885—1967		有散文集《自己的园地》《知堂回想录》等20余部。现代产量最高的散文作家之一，并开创了一个闲适小品的散文流派。	[15]279 [17]663 [18]523 [19]213
384	夏丏尊	1886—1946		著有《平屋杂文》《现代世界文学大纲》等。辑有《夏丏尊论文集》。	[15]241 [18]537
385	许啸天	1886—1948	近代	著有《文哲史讲座》《名言大辞典》《中国文学史解题》、小说《唐宫二十朝演义》《明宫十六朝演义》《清宫十三朝演义》《民国春秋》《满清奇侠大观》《上海风月》《天堂春梦》《春宵一刻》《香衾重暖记》等。另有剧作《拿破仑》《明末遗恨》《黑籍冤魂》等。	[15]272 [17]656
386	马鹤卿	1887—1952		为龙山诗巢社成员。诗作不下千首。著有《萼清诗草》。	[15]40
387	周建人	1888—1984		鲁迅研究家、科普作家。辑有《周建人文选》。	[15]32 [19]258
388	姚蓬子	1891—1969		1930年参加"左联"。1933年被当局逮捕后发表《脱离共产党宣言》。著有《银铃》《蓬子诗钞》等。有短篇小说集《浮世画》《剪影集》。	[15]281 [17]687
389	张天汉	1893—1940		1922年回绍任《越铎日报》副刊编辑，在报上常发表署名"五郎""楚卿"的诗词小品与小说。与绍兴诗人多有唱和。	[15]29
390	范文澜	1893—1969		著名史学家。著有《中国通史简编》《中国近代史》《群经概论》《文心雕龙注》等。	[15]84 [19]217
391	孙伏园	1894—1966		著有《伏园游记》《鲁迅先生二三事》等。	[15]362 [17]667
392	俞印民	1895—1949		著有长篇小说《血井》等，翻译小说《地窖密约》，剧本《战地鸳鸯》《如此人生》《还我青春》等。	[15]280

编号	姓名	年份	年代	注释	页码
393	胡愈之	1896—1986		1920年与郑振铎、沈雁冰等发起成立文学研究会。30年代，编辑出版《鲁迅全集》20集。著有《莫斯科印象记》《世界语四十年》《新兴国》《郁达夫的流亡和失踪》。译著有《西行漫记》。	[15]34 [17]669 [18]528 [19]270
394	谷剑尘	1897—1976		编写有电影剧本《花国大总统》《白玫瑰》《婚约》等，剧作集有《谷剑尘独幕剧集》《谷剑尘抗日戏剧集》等。	[15]288
395	罗家伦	1897—1969		"五四运动"的命名者。清华大学首任校长。著有小说《是爱情还是苦痛》。著有《逝者如斯集》等。	[15]432 [19]221
396	许钦文	1897—1984		20年代在北京大学组织文学团体春光社。1922年就发表第一篇作品短篇小说《晕》。集有《许钦文小说选》《许钦文散文选》，以及《鲁迅小说助读》《〈呐喊〉分析》《〈彷徨〉分析》《鲁迅小说中的"我"》等。	[15]272 [17]671 [18]481
397	朱自清	1898—1948		现代杰出散文家。一生著作近30种，300余万言。著有诗文集《踪迹》，散文集《背影》《欧游杂记》，文学论著《诗言志辨》等。	[15]271 [18]485
398	孙福熙	1898—1962		著有《山野掇拾》《归航》，译作有《越南民间故事》等。另著有小说集《春城》，杂文集《北京乎》等。	[15]362 [17]673 [18]488
399	魏金枝	1900—1972		1930年加入"左联"。著有《七封书信的自传》《越早越好》《时代的回声》《编余丛谈》《中国古代寓言选》等。辑有《魏金枝短篇小说选集》。	[15]286 [17]678 [18]563
400	川岛	1901—1981		主要作品有散文集《月夜》，回忆录《和鲁迅相处的日子》。另有《川岛散文选集》《川岛选集》出版问世。	[18]459
401	全增嘏	1903—1962		1931年开始发表作品。著有《西洋哲学简史》《不可知论批判》。主编《西方哲学史》。译有《宇宙发展史概论》。	[15]86
402	俞大缜	1904—1988		曾用英文创作若干剧作。著有《英国文学史纲》。译有《格莱格瑞专人独幕剧选》等。	[15]98

编号	姓名	年份	年代	注释	页码
403	孙大雨	1905—1997		译有意大利契利尼《自传》，英国罗伯特·勃朗宁的长诗《哈姆雷特》《奥赛罗》《麦白克》《威尼斯商人》等。将《九歌》《九章》以及《归去来辞》《赤壁赋》等译成英文。有诗集《精神与爱的女神》、长诗《自己的写照》。	[15]273 [17]686 [18]486
404	张慕槎	1906—1996		著有《五泄吟》《松韵阁文稿》等多种。	[15]46
405	孙席珍	1906—1984		作品主要有短篇小说集《花环》《到大连去》《金鞭》《女人的心》《夜姣姣》等；中篇小说《凤仙姑娘》和《战争三部曲》；长诗《雅儿的春天》《黄花》；论著《近代文艺思潮》《英国文学研究》《英国浪漫诗人》《高尔基评传》《莫泊桑生活》《辛克莱评传》等。	[18]487
406	李恩绩	1908—1976		著有长篇掌故《爱俪园——海上的迷宫》以及《爱俪园梦影录》。	[21]211
407	柯灵	1909—2000		著有《柯灵电影剧本选集》《柯灵杂文集》《电影文学丛论》《柯灵散文精编》等。	[15]280 [17]695 [18]529
408	罗大冈	1909—1998		著有《论罗曼·罗兰》等。有法文著作《先是人，然后是诗人》。尚有散文集《淡淡一笑》《罗大冈散文选集》。	[15]277 [17]695
409	钟敬之	1910—1998		1934年加入上海"左联"。著有《延安鲁艺》《在延安舞台上》《延安文艺光辉十三年》《人民电影初程纪迹》等和电影剧本《延安岁月》。	[15]289
410	徐懋庸	1910—1977		"左联"秘书长。著有《打杂集》《不惊人集》《文艺思潮小史》《街头文谈》《打杂新集》等书。译作有《托尔斯泰传》《斯大林传》等。	[15]283 [17]698 [18]541
411	陈梦家	1911—1966		16岁开始写诗。30年代诗名很大，是新月派的四大诗人之一。著有《梦家诗集》等。	[15]103 [17]699 [18]506
412	金近	1915—1989		主要作品有《小毛的生活》《红鬼脸壳》《春姑娘和雪爷爷》《春风吹来的童话》等。著有《金近文集》。	[15]278 [17]705 [18]877

（续表）

编号	姓名	年份	年代	注释	页码
413	蒋屏风	1916—1973		出版小说多部，有短篇小说，也有长篇小说，如《剪春罗》《芳草集》等。	[15]284
414	谷斯范	1916—1999		著有长篇小说《新水浒》《新桃花扇》，短篇小说集《风雨故人》《晚间来客》《山寨夜话》，散文报告文学集《沸腾的村庄》《五圣山下的故事》《最可爱的人》《我怀念朝鲜》。	[15]275 [18]509
415	冯白鲁	1917—2005		1936 年加入由夏衍等领导的"四十年代剧社"。导演电影《白衣战士》获嘉奖。另导演《刘胡兰》《母女教师》等。	[15]287
416	石钦旌	1918—		著有传记《回眸沧桑》，中篇小说《流水无情》，诗集《菩提拾零》，应用文《为他人作嫁衣裳》《疑难杂症中医实验医案》及《当今楹联集》等。	[23]180
417	陈培烈	1919—2010		著有《退谷诗词集》。	[15]30
418	张佩良	1919—		著有《茹茶斋晚晴吟草》。	[23]184
419	朱馥生	1920—		著有《敝帚集》。编著有《陈英士评传》（合作）、《秋瑾诗词研究》《纪念孙中山先生篆刻集》等 9 种。	[15]90
420	郁茹	1921—		有中篇小说《遥远的爱》，短篇小说集《龙头山下》《棕榈》、中短篇小说集《我们小时候》、儿童文学作品集《曾大惠和周小荔》《一只眼睛的风波》、报告文学集《锦绣岭南》。	[18]516
421	沈岳如	1922—		撰有电影文学剧本《天下第一桥》。	[15]364
422	周子中	1922—		著有小说《胜利的进军》，报告文学《兄弟俩》，革命故事和中短篇小说《四明山一大妈》《老房东的故事》《地方之火》。电影电视纪录片文字脚本《四明山上》等 3 部，长篇小说《险境千里》等。	[15]278
423	张开	1923—		撰有译著 30 余部。作品有《苏联电影导演艺术》等，著有小说《培养部长的学校》。	[15]365

编号	姓名	年份	年代	注释	页码
424	边应纪	1924—		著有《青城天下幽》《毛泽东的366天》《人间奇迹南街村》《毛泽东史话》等。	[15]41
425	俞础	1924前后迁孝丰		有"浙西诗人"之称。辑有《曼园随笔》8卷，《咏原乡竹枝词》百首、《西苕溪诗钞》2卷。	[15]265
426	朱仲玉	1925—		著有《章太炎》《可爱的祖国》《南唐演义》《中国通史故事》《中国古代青少年成才史话》等30余种。历史小品500余篇。	[15]90
427	萧白	1925—2013		著有长篇小说《河上的雾》《泥土与阳光》、中篇小说《翡翠谷》《雪朝》《伊田园外》《玛瑙杯子》，散文集《多色湖畔》《蓝季》《山鸟集》《白鹭之歌》《絮语》《美画》《摘云集》《叶笛》《弦外集》《花廊》《天花果集》《响在心中的水声》《浮雕》等。	[15]283
428	胡德华	1925—2009		撰有儿童文学作品、儿童文学评论多篇。系中国作家协会会员。	[15]34
429	陈澈	1925—2009		发表专访、报道、文艺评论、散文等200余万字。	[15]288
430	寿秉权	1925—		著有《百花词集》《竹木诗词选》《诸暨五十年变迁》等专辑。	[21]211
431	李锡胤	1926—		著有《李锡胤文选》《李锡胤诗存》等。	[15]97
432	钟敬又	1927—		发表散文、杂文、评论、报告文学、纪实文学数十篇，著有传记《浙江农运领袖竺清旦》《任岳王——异国飘零记》《"监狱大学"造就的剧作家林杉》和《大陈岛的奉献歌》等。	[15]289
433	何纪华	1927—		著有《剧本·导演·演员》《论契诃夫剧作的魅力》等，主编《外国剧作选》（1—6卷）。	[21]212
434	李希凡	1927—2018		与蓝翎共同撰写论文《关于〈红楼梦简论〉及其他》，引起有关《红楼梦》研究问题的大讨论。著有《红楼梦评论集》（与蓝翎合作）、《论中国古典小说艺术形象》、《〈呐喊〉〈彷徨〉的思想与艺术》、《红楼梦艺术世界》、《李希凡文学评论（当代）选》、《毛泽东文学思想的贡献》、《传神文笔足千秋——〈红楼梦〉人物论》等。	[23]182

编号	姓名	年份	年代	注释	页码
435	杨绳	1928—		在诗文大赛中多次获奖，被授予"当代中华诗神""当代中国功勋诗词艺术家"荣誉称号 17 个。著有《彩烟山诗话》《彩烟山诗词集》《剡东演义》《吕光午传奇》等多部作品。	[21]211
436	周重厚	1928—		著有《小嬝嬛集》（两卷）。	[25]195
437	蒋兆成	1929—		著有《康熙传》。	[15]95
438	李石民	1929—		撰写长诗《龙潭三部曲》3000 余行、杂文 12 篇。另有《〈越绝书〉述评》、文集《白鹤红烛——献给亡妻章鹤珍》等。	[15]108
439	何振淦	1929—		与法国影星贝尔娜苔特·拉芬合写法文电影剧本《波奈夫人和她的女儿在中国》，创作电影剧本《奔马》和《戛纳电影节的幕前幕后》等。	[15]288
440	汪流	1929—2012		创作影视剧本《无事生非》《青春无悔》《母子情深》等。	[15]288
441	祁广潮	1930—		出版有长篇小说《火炼香魂》。发表中篇 20 个。发表短篇作品约 150 万字。	[15]272
442	王克文	1932—		50 年代开始发表小说、散文、游记、诗词、故事新编、论文等百余万字。	[15]106
443	沈卜吟	1932—		著有《沈卜吟诗词选》，内有诗词 210 首、诗论 4 篇。另有论文、散文数十篇。	[23]183
444	周毓骥	1932—		著有诗集《满目青山集》2 卷。	[25]195
445	陈炳坤	1933—		散文《蓖麻赞》被编入北京出版社 1980 年《中学语文练习》（初中第二册）。	[15]366
446	邵燕祥	1933—2020		著有诗集《歌唱北京城》《到远方去》《给同志们》《献给历史的情歌》《含笑向七十年代告别》《在远方》《迟开的花》《邵燕祥抒情诗集》和《荒原》等。	[18]742

编号	姓名	年份	年代	注释	页码
447	王闰己	1933—		创作诗词200余首，著有《滋润吟草》。	[21]209
448	赵汉森	1933—		发表时评、杂文等850多篇，多次获奖。有自编文集《三水闲话》《三味文存》《三水闲话续二》《雅堂街情愫》《兰芳楼记》和《夕阳感悟》。	[21]215
449	葛焕轩	1933—		著有《小庵诗选》（与朱再康合著），参编《草塔镇志》《五泄山志》《诸暨抗日战争史》。	[21]218
450	寿能仁	1933—		著有《徐文长的故事》（合作）。2009年被评为浙江省第三批非物质文化遗产《徐文长的故事》代表性传承人。另著有《浙江民间文学丛刊》（浙江人民出版社版）、《浙江民间文学丛刊》（浙江文艺出版社版）、《山海经丛刊》。	[25]192
451	许根贤	1934—		发表《俞秀松传》《还魂带》《杏园惊梦》等文艺作品，著有《秀松长青》《桃李芬芳》等书。	[15]42
452	边平恕	1934—2023		编著《李可染语录图释》《吴昌硕语录释》等，参编《马克思主义文艺学思想发展史教程》《马克思主义文艺思想发展史》《马克思主义和当代文艺思潮》《马克思文艺学概论》《西方文艺理论教程》《西方现代文艺理论研究》《文艺学范畴论》《毛泽东美学思想概论》《西方文学理论大辞典》等。	[21]210
453	杨佩瑾	1935—		著有长篇小说《银色闪电》《剑》《霹雳》《旋风》《红尘》《黑眼睛天使》《浣纱王后》及长篇传记文学《杨尚奎传》、电影文学剧本《仇侣》《非常岁月》《雁红岭下》等。	[15]273
454	孟守介	1935—		著有文艺评论、杂文、散文近百篇。	[15]98
455	周先柏	1935—		著有《散禾集》《历史论文集》。主编《太平寺风情》《西白山览胜》《里南撷英》《浙江名镇话长乐》《五王光辉耀中华》《美哉独秀山》《寻乐翁诗集》《盛世箴言集》、名人传略《辉煌人生路》、革命故事《会稽风雨来历记》《七仙姑传说》等。	[23]185

（续表）

编号	姓名	年份	年代	注释	页码
456	赵遐秋	1935—		著有《中国现代小说史》《中国现代报告文学史》。	[25]196
457	朱顺佐	1936—2011		著有《邵力子传》、《胡愈之传》（合著）、《吴觉农传略》、《陈鹤琴传略》，传记文学《邵力子》《胡愈之》《俞秀松》等。	[15]107
458	钱佩衡	1936—2004		著有散文集《雪声集》，短篇小说集《雪线下》，长篇小说《生存》（与人合作）等。	[15]282
459	周雷	1937—		电视连续剧《红楼梦》编剧组长，电视系列片《北京》总编剧。	[15]288
460	张鸥	1937—		发表各类作品6000余件，获奖项100余项。撰写、主编《走向世纪辉煌》和民兵斗争故事集《当年》。散文《启蒙老师》《海边拾贝》《弄潮儿》、政论文《值得注意的假会资现象》、摄影作品《漩门湾海水养殖》等在全国比赛和评比中获奖。	[21]213
461	周策	1937—		发表电影剧本、大型戏曲剧本各1部，短篇小说及散文100余篇，中篇小说30多部。出版专著3部。还有长篇通俗文学《风雪花皇》。	[15]278
462	戚泉木	1937—		已发表300多万字作品，20多部著作。其中《浦东的故事》等获优秀评价。	[23]188
463	郭志平	1937—		著有长篇小说《紫花埠风情》《远去的年代》、散文随笔集《西湖夜话》《西村散记》。	[25]198
464	杜煜庄	1938—		有《拓荒者的足迹》《少年战俘》《枪口下的经历》《冒牌官》《一曲千金》《酸葡萄》等电影文学剧本。	[15]287
465	陈国治	1938—		主编《越城画册》《越城工会志》；合著《绍兴名人的佳话》、编著《绍兴名人的青少年时代》《绍兴名人的晚年情怀》、参编《绍兴工人运动史》。	[21]214
466	李铁华	1939—		著有《石鼓新响》《秦刻七碑考临》《棉笔书法的学习与欣赏》《春闺梦里人》《芳草魂》等。	[15]102

编号	姓名	年份	年代	注释	页码
467	俞国兴	1939—		继曹雪芹 80 回《红楼梦》后，又写了 75 回，计 120 余万字。被人誉为"农民才子"。	[21]216
468	张士英	1940—		创作有独幕越剧《姐妹花》，报告文学《远飞的魅力》《群星的升起》《腾飞之路》、散文《投醪河情思》《黑黑与波波》、电视专题片《水乡船头脑》，获得好评。集有《升华》。	[23]183
469	金戈	1940—		主讲《中国当代文学》课。主撰《红硕的花朵——新时期女性小说论》《五洲华人文学概观》等专著，主编《世界华人文化研究丛书》（3 本）。	[23]185
470	方志良	1941—		著有电视剧本《西施故里行》等。	[15]100
471	马元泉	1941—		著有《绍兴县馆藏清代档案集萃》、《马寅初档案》、《绍兴古代书画家名典》（与人合编）、《绍兴县馆藏商会档案集锦》等。	[21]208
472	何根土	1941—		自 1959 年发表诗歌处女作后，已发表诗歌、小说、散文、剧本等近百万字。著有剧本《争尸记》《金银沙》《大闹回龙镇》《八瓶茅台》《相思树》等、诗文集《桑荫漫吟》《错过收获的季节》《草盛豆苗稀》。	[21]212
473	孙可为	1942—		著有《中学语文教材中的鲁迅作品诠释》《鲁迅的曲笔》等。	[15]107
474	章玉安	1943—		发表散文、杂文、小说等百余篇，合作主编《龙山诗草》，撰有脚本《绍兴，我的第二故乡》。著有《章玉安四十年自选集》。	[15]111
475	裘士雄	1943—		著有《鲁海拾贝》《越歌百曲》《文史掇拾》等几十本。	[15]112
476	王春灿	1943—		有《谢安家世》、《风雨故园》（合作）、《海天奇侠》、《血荐戈壁》、《大地龙蛇》、《曹娥》等影视剧本，其中《风雨故园》摄制成影片，获国内 4 项大奖。	[15]286

编号	姓名	年份	年代	注释	页码
477	杨仲坚	1943—		著有散文集《石榴赋》《荷花赋》和《浣江赋》。	[23]181
478	袁世平	1943—		著有纪实回忆文学《支疆三部曲》：《难忘沙海情》《血染中巴路》《军垦情缘》。另有若干优秀歌词发表。	[25]197
479	高志林	1943—		著有散文集《唐诗之路散记》《情系故园》《美的絮语》《隽永的白马湖》，主编《上虞军事志》等。	[25]199
480	胡世庆	1944—		收藏家、红学家、史学家。撰有《中国文化史》（上下册）、《中国文化通史》等专著。	[15]93
481	陈刚	1944—		著有《梁柏台传》《从回山会师到陈蔡会师》等。	[15]108
482	朱巨成	1944—		发表诗词楹联作品300余首（副）。著有《朱巨成诗文选》《百永楼吟草》等诗集。	[21]210
483	邢增尧	1944—		著有散文集《如画人生》。散文《生死胡杨》《大漠君子》时为佳作。	[23]180
484	张孝评	1944—		发表文艺理论、文学评论文章80余篇，专著11部，其中专著《文学概论新编》、《邓小平文艺思想研究》（合作）、《毛泽东文艺思想与中国传统文化》、《中国当代诗学论》、《诗的文化阐释》（主编），获得好评。	[23]183
485	何兴元	1944—		著有《何兴元回文诗选》。	[25]193
486	陆纪生	1944—		发表格律诗300余首、词30余篇，著有《杏林小集》。	[25]194
487	蔡新	1944—		发表小说、散文、报告文学100余篇，著有作品集《一百零一夜》。	[25]200
488	王仲明	1945—2005		撰有中篇小说15部、短篇小说20余篇，散文、杂文、随笔140余篇，电视剧本40余集等。	[21]208

编号	姓名	年份	年代	注释	页码
489	陈佐天	1945—		编有《西施故里百咏》《枫桥之歌》《诸暨水泥之歌》《紫庐诗三百》《诗话暨阳》等诗集，编写《彩仙春秋》《彩仙人文》等地方史志及个人诗文集《紫庐诗文选》。	[23]184
490	徐忠耀	1945—		著有诗集《绿色的珍珠》。组建"剡西诗社"，创办《剡西》诗刊，任社长和主编。	[23]187
491	斯英琦	1945—		著有《观塘集·1990—1996文学批评稿》《古老常新的铜镜》《儒学理想与现实人生》。参与编著《汉语大辞典》。	[25]200
492	张瑞照	1946—		著有长篇小说《邓尉山奇缘》《信访疑案》《血染牛头山》《况钟奇案大观》《刑警009》《山兄山妹》《太湖游击队》7部；长篇纪实小说《人贵有志》等4部；民间故事选集《清奇古怪》；游记《光福揽胜》，以及中篇小说《贞女之谜》《梁红玉外传》和散文、杂文等350余篇，另有新故事《舞台后的歌星》。	[21]213
493	陆景林	1946—		著有短篇小说集《迷人的蝴蝶》、中篇小说集《熙春楼》、长篇小说《逆舟》（与人合作）和《清宫香魂》，及散文、杂文、报告文学等共220余万字。	[15]276
494	何心乐	1946—		著有散文集《雅事》《雅宝》和长篇文学传记《玫瑰夫人——魏珍传》。	[23]182
495	秋石	1946—		著有文学评论集《我为鲁迅茅盾辩护》、长篇评传《两个倔强的灵魂》，编辑并注释巴金与黄源通信录《我们都是鲁迅的学生》。	[23]186
496	何正武	1946—		著有《范蠡外传》和《江南好》等电视系列片多部。	[25]193
497	袁道之	1946—		著有小说和传记《古董大玩家》《紫色密码》《驼峰酋长行动》《蓝色巨人——IBM在中国》《决战》《同创崛起》《圣火》《创造企业神话》《天堂之门》《跨国公司商战经典》《网络——席卷全球的风暴》《名将史迪威》《第四空间》《七号花园》，另有长篇小说《黑色破局》。	[25]197

（续表）

编号	姓名	年份	年代	注释	页码
498	张万谷	1948—		著有长篇小说《强盗》，长篇报告文学《追赶太阳的人们》，长篇传记文学《岁月无言》（与人合作），中短篇小说、散文35万字左右。著有电视连续剧《承诺》（30集，与人合作）、《乱世兄弟》（20集）、《侠骨柔情》（21集）。	[15]275
499	娄如松	1949—		著有《绍兴古迹笔谭》《绍兴》《〈陶庵梦忆〉佐读》等。	[15]110
500	王泉根	1949—		著有《周作人与儿童文学》、《中国现代儿童文学史》（与蒋风等合著）、《现代儿童文学的先驱》、《儿童大学审美指令》、《华夏姓名面面观》。	[18]861
501	季东山	1949—		著有长篇历史小说《龙床颠凤》，中短篇小说、散文、报告文学、随笔《舞伴》《金太阳·灰太阳》《绿色的希望》《大山的儿子》《水》《南池》《花落花开》等。	[21]214

表二 绍兴的文学家谱系：文学家籍贯

编号	姓名	年份	年代	籍贯或客籍	页码
	作者不详	不详	黄帝时期	《弹歌》	[1]5,85 [2]4 [3]14 [4]925 [5]19 [6]2 [7]18 [8]21 [9]38 [10]36 [11]15
	作者不详	不详	尧帝时期	《击壤歌》	[1]5 [2]4 [4]927 [8]21 [9]38 [10]36
	作者不详	不详	夏禹时期	《候人歌》	[2]5 [3]18 [5]17 [7]21 [8]21 [9]38 [12]52 [13]11 [14]10
	作者不详	公元前550前后	东周	《越人歌》	[2]21 [4]967 [5]90
1	王充	27—约97	东汉	随父居上虞章家埠。	[15]85
2	赵晔	约40前后在世	东汉	山阴（今绍兴）人。	[15]110
3	袁康	约40前后在世	东汉	会稽郡（今绍兴）人。	[15]111

（续表）

编号	姓名	年份	年代	籍贯或客籍	页码
4	吴平	约 40 前后在世	东汉	会稽郡（今绍兴）人。	[15]111
5	魏朗	?—169 左右	东汉	会稽上虞人。	[16]59
6	韩说	约 168 前后在世	东汉	会稽山阴（今绍兴）人。	[16]61
7	谢承	约 222 前后在世	三国吴	山阴（今绍兴）人。	[15]95
8	骆统	193—228	东汉	会稽（今绍兴）乌伤人。	[16]84
9	阚泽	?—243	三国吴	山阴（今绍兴）人。	[15]20
10	嵇康	223—263	三国魏	祖籍谯国铚县（今安徽亳州），后迁上虞长塘广陵。	[15]268
11	贺循	260—319	三国吴	会稽山阴（今绍兴）人。	[15]224
12	孔欣			山阴（今绍兴）人。	[15]262
13	杨方	317 前后在世	西晋	会稽（今绍兴）人。	[16]132
14	孙统	约 326 前后在世	东晋	原籍太原中都（今山西平遥西南）。家居会稽。	[17]35
15	葛洪	约 283—343		祖籍丹阳，祖上迁居上虞。《舆地志》云上虞县兰芎山，葛稚川（葛洪）所栖隐也。	[15]450 [20]]233
16	王旷	318 前后在世		会稽（今绍兴）人。	[16]134
17	孔坦	286—336		会稽山阴（今绍兴）人。	[15]85
18	王羲之	303—361	东晋	原籍琅琊（今山东临沂），西晋末家族南迁，定居山阴（今绍兴）。	[15]306

编号	姓名	年份	年代	籍贯或客籍	页码
19	许询		东晋	寓居会稽，与谢安、王羲之、支遁游处，渔弋山水，言咏属文。	[17]35
20	孙绰	314—371	东晋	原籍太原中都（今山西平遥），定居会稽（今绍兴）。	[15]263
21	李充	?—约350	东晋	以山水美景著称的会稽是很多文士的卜居之所。谢安、王羲之、孙绰、李充、许询和僧人支遁都曾在会稽生活过，并组成了一个紧密的文学圈子。（《剑桥中国文学史》）	[20]242
22	支遁	314—366	东晋	陈留（治今河南开封东南）人，一说河东林虑（今河南林州西）人。后入剡，于沃州小岭立寺行道。	[17]36
23	谢沈	约292—344	东晋	会稽（今绍兴）人。	[15]95 [20]243
24	孔严	?—370	东晋	会稽山阴（今绍兴）人。	[16]146
25	谢敷	313—362	东晋	会稽（今绍兴）人。	[16]150
26	谢安	320—385	东晋	西晋末年，家族随朝南迁，后览东山（今上虞区上浦东山）之胜，遂择居之……隐居东山。	[15]20 [19]46
27	谢万	321—361	东晋	原籍陈郡阳夏（今河南太康），徙居上虞东山。	[15]268
28	王徽之	338—386	东晋	原籍山东琅琊（今临沂），后迁居会稽（今绍兴）。	[15]3
29	王凝之	334—399	东晋	原籍山东琅琊（今临沂），后迁居会稽山阴（今绍兴）。	[15]262
30	孙嗣	约362前后在世	东晋	孙绰子。原籍太原中都（今山西平遥）。	[17]37
31	谢道韫	约335—401	东晋	世居上虞上浦东山。	[15]268

编号	姓名	年份	年代	籍贯或客籍	页码
32	谢朗	323—361	东晋	陈郡阳夏人，谢安的从子。	[16]158
33	孔汪	？—392	东晋	会稽山阴（今绍兴）人。	[16]159
34	王献之	344—386	东晋	祖籍琅琊（今山东临沂）。生于山阴（今绍兴）。	[15]306
35	帛道猷	373 前后在世	东晋	山阴（今绍兴）人。	[15]449
36	朱百年	368—454	东晋	会稽山阴（今绍兴）人。	[16]168
37	孔琳之	369—423	东晋	山阴（今绍兴）人。	[15]4
38	孔宁之	？—425	南朝宋	山阴（今绍兴）人。	[15]262
39	谢灵运	385—433	南朝宋	原籍陈郡阳夏，迁居会稽始宁东山（今属上虞）。	[15]268
40	谢惠连	407—433	南朝宋	世居上虞上浦东山。	[15]268
41	贺弼	？—459	南朝宋	会稽山阴（今绍兴）人。	[16]184
42	戴法兴	414—465	南朝宋	南朝宋山阴（今绍兴）人。	[15]20
43	谢超宗	430—483	南朝齐	谢灵运孙。	[17]48
44	孔逭	480 前后在世	南朝齐	会稽（今绍兴）人。	[16]207
45	孔广	480 前后在世	南朝齐	会稽（今绍兴）人。	[16]207
46	孔稚珪	447—501	南朝齐	山阴（今绍兴）人。	[15]262

编号	姓名	年份	年代	籍贯或客籍	页码
47	谢朓	464—499	南朝齐	与谢灵运同族，上虞上浦人。	[15]268
48	孔仲智		南朝齐	会稽山阴（今绍兴）人。	[17]50
49	虞炎	482 前后在世	南朝齐	南朝齐会稽（今绍兴）人。	[15]269
50	虞骞	502 前后在世	南朝梁	会稽（今绍兴）人。	[15]269
51	孔休源	469—532	南朝齐	山阴（今绍兴）人。	[15]100
52	孔子祛	496—546	南朝梁	会稽山阴（今绍兴）人。	[16]258
53	慧皎	497—554	南朝齐末梁初	上虞人。	[15]451
54	孔翁归	539 前后在世	南朝梁	会稽（今绍兴）人。	[16]261
55	洪偃	504—564	南朝陈	山阴（今绍兴）人。	[15]449
56	孔奂	514—583	南朝陈	山阴（今绍兴）人。	[15]4
57	王琳	526—573	南朝梁	会稽山阴（今绍兴）人。	[16]291
58	贺德仁	558—672	隋唐间	越州山阴（今绍兴）人。	[16]307 [21]208
59	孔范	595 前后在世	南朝陈	会稽山阴（今绍兴）人。	[16]308
60	孔德绍	?—621	隋	会稽（今绍兴）人。	[17]78

编号	姓名	年份	年代	籍贯或客籍	页码
61	叶简			据诗题注，为吴越时剡（今嵊州）人。	[22]826
62	孔绍安	577—622左右	隋唐间	越州山阴（今绍兴）人。	[16]319
63	贺知章	659—744	唐	越州永兴县（今萧山）人。早年迁居山阴（今绍兴）。	[15]266
64	贺朝	705前后在世	唐	越州（今绍兴）人。	[15]266
65	万齐融	711前后在世	唐	越州（今绍兴）人。	[15]261
66	崔国辅	678—755	唐	山阴（今绍兴）人。	[15]267
67	徐浩	703—782	唐	越州（今绍兴）人。	[16]383
68	秦系	720—810	唐	越州会稽（今绍兴）人。	[15]266
69	朱放	?—约788	唐	襄州（今湖北襄阳）人。后徙居山阴（今绍兴）。	[17]121
70	严维	约722—770	唐	山阴（今绍兴）人。	[15]263
71	鲍防	722—790	唐	襄阳人。大历初为浙京节度使。在浙东时，为越州诗坛盟主，与严维等联唱，编为《大历年浙东联唱集》2卷。	[17]118
72	陈寡言		唐	越州暨阳（今绍兴诸暨）人。	[22]325
73	朱湾	?—约795	唐	大历初归隐江南，曾隐于会稽山阴别墅。	[22]220
74	清江	782前后在世	唐	会稽（今绍兴）人。	[16]413

编号	姓名	年份	年代	籍贯或客籍	页码
75	灵澈	746—816	唐	越州会稽（今绍兴）人。	[16]415
76	陈允初		唐	越州会稽（今绍兴）人。	[22]188
77	罗让	806 前后在世	唐	会稽（今绍兴）人。	[15]265
78	朱庆余	797—?	唐	越州（今绍兴）人。	[15]262
79	良价	807—869	唐	诸暨人。	[15]448
80	方干	约 809—888	唐	原籍新定（今富阳西南），隐居越州山阴县（今绍兴）鉴湖。	[15]262
81	栖白	约 847 前后在世	唐	越中人。	[16]465
82	朱可名		唐	越州（今绍兴）人。	[22]539
83	刘威		唐	据其诗，家当在会稽一带。	[22]584
84	范摅	约 877 前后在世	唐	自号五云溪人。	[16]486
85	吴融	?—903	唐	山阴（今绍兴）人。	[15]9
86	周镛		唐末	越州诸暨人。	[22]782
87	钟谟	?—960		其先会稽（今绍兴）人，后徙建安（今福建建瓯）。	[22]796
88	徐铉	917—992	五代宋	会稽（今绍兴）人。	[15]98
89	徐锴	920—974	五代宋	会稽（今绍兴）人。	[15]104

编号	姓名	年份	年代	籍贯或客籍	页码
90	钱易		宋	会稽（今绍兴）人。	[15]309
91	杜衍	978—1057	宋	越州山阴（今绍兴）人。	[15]7
92	范仲淹	989—1052	宋	吴县（今江苏苏州）人。宋宝元二年（1039）徙知越州（今绍兴），在越一年多。	[15]12
93	陆佃	1042—1102	宋	山阴（今绍兴）人。	[15]10
94	华镇	约1093前后在世	宋	会稽（今绍兴）人。	[16]629
95	贺铸	1052—1125	宋	原籍山阴（今绍兴），生于卫州（今河南卫辉市）。	[15]266
96	石公弼	1061—1115	宋	新昌人。	[15]100
97	姚舜明	1070—1135	宋	祖籍嵊县（今绍兴嵊州），徙居诸暨。	[15]15
98	李光	1077—1159	宋	上虞人。	[15]8
99	陆淞	约1147前后在世	宋	山阴（今绍兴）人。	[16]694
100	姚宽	1105—1162	宋	嵊州人。	[15]14
101	陆洸	1124—1195	宋	山阴（今绍兴）人。	[15]11
102	陆游	1125—1209	宋	山阴（今绍兴）人。	[15]264
103	冯时敏	1160进士	宋	诸暨紫岩人。	[15]5
104	吕定	1169前后在世	宋	新昌人。	[16]721

编号	姓名	年份	年代	籍贯或客籍	页码
105	李孟传	1126—1219	宋	宋上虞人。	[15]101
106	唐琬	1126—1159		山阴（今绍兴）人。	[23]188
107	黄度	1138—1213	宋	新昌人。	[15]18
108	高似孙	1158—1231	宋	嵊州中爱高家村人。	[15]111
109	苏泂	约 1200 前后在世	宋	山阴（今绍兴）人。	[16]762
110	葛天民		宋	越州山阴（今绍兴）人，徙台州黄岩（今浙江临海）。	[17]235
111	吕声之		宋	越州新昌人。	[17]247
112	杨皇后	1162—1233	宋	会稽（今绍兴）人。	[17]247
113	高观国	1190 前后在世	宋	山阴（今绍兴）人。	[15]266
114	詹骙	1175 状元	宋	会稽（今绍兴）人。	[15]21
115	冯时行	1100—1163	宋	诸暨紫岩人。	[15]5
116	赵师恪	1190—1272		自皋亭（今杭州）迁绍兴偏门，再迁暨阳（今绍兴诸暨）之西南蒲岱。	[21]207
117	尹焕	约 1231 前后在世		山阴（今绍兴嵊州）人。	[16]798
118	姚镛	约 1231 前后在世	宋	剡溪（今绍兴嵊州）人。	[16]798
119	姚勉	1216—1262	宋	新昌人。	[15]21

（续表）

编号	姓名	年份	年代	籍贯或客籍	页码
120	王沂孙	1240—1290	宋	会稽（今绍兴）人。	[15]261
121	陈恕可	约1274前后在世		越州（今绍兴）人。	[16]846
122	王英孙	1279结"吟社"	宋	会稽（今绍兴）人。	[15]261
123	王易简	1279前后在世	宋末	山阴（今绍兴）人。	[16]858
124	吴大有	1279前后在世	宋末	嵊县（今绍兴嵊州）人。	[16]858
125	唐珏	1247—？	宋	山阴（今绍兴）人。	[16]867
126	王修竹		宋末	会稽（今绍兴）人。	[15]261
127	萧国宝	1310前后在世	元	山阴（今绍兴）人。	[16]896
128	韩性	1266—1341	元	山阴（今绍兴）人。	[15]89
129	潘音	1270—1355	元	绍兴新昌南州村人。	[16]894
130	王艮	1278—1348	元	诸暨店口人。	[15]3
131	王冕	1287—1359	元	诸暨郝山下（今枫桥镇桥亭村）人。	[15]306
132	杨维桢	1296—1370	元	诸暨枫桥全堂人。	[15]263
133	钱宰	1299—1394	明	会稽（今绍兴）人。	[15]88
134	月鲁不花	1308—1366	元	蒙古逊都思氏，居绍兴。	[17]327

编号	姓名	年份	年代	籍贯或客籍	页码
135	刘兑		元明间	绍兴人。	[17]336
136	戴良	1317—1383	元	诸暨浦江马剑人。	[15]89
137	韦珪	约 1338 前后在世	元	山阴（今绍兴）人。	[16]805
138	魏仲远	1341 前后在世		上虞夏盖山人。	[15]269
139	张宪	1341 前后在世	元	山阴（今绍兴）人。	[16]946
140	唐肃	1328—1371	明	山阴（今绍兴）人。	[15]310
141	谢肃	1332—1385	明	上虞人。	[16]984
142	吕不用	1333—1394	明	新昌城关人。	[15]262
143	高启	1336—1374	明	祖籍开封，随宋室南渡，居家山阴（今绍兴）。	[24]94
144	刘应龙		明	山阴（今绍兴）人。	[15]307
145	祁骏佳		明	山阴（今绍兴）梅墅人。	[15]263
146	赵甸		明	山阴（今绍兴）人。	[15]265
147	毛肇宗		明	山阴（今绍兴）人。	[15]262
148	朱纯		明	山阴（今绍兴）人。	[15]262
149	张世昌	（1351—1374）前后在世	明	居诸暨诸山乡。	[21]207

编号	姓名	年份	年代	籍贯或客籍	页码
150	郭传	1375 前后在世	明	会稽（今绍兴）人。	[16]985
151	唐之淳	1350—1401	明	山阴（今绍兴）人。	[16]991
152	骆象贤	1371—1461	明	诸暨枫桥人。	[15]111
153	漏瑜		明	会稽（今绍兴）人。	[17]350
154	韩经	1414 前后在世	明	山阴（今绍兴）人。	[16]1003
155	章敞	1376—1437	明	会稽（今绍兴）人。	[15]18
156	刘绩		明	山阴（今绍兴）人。	[17]359
157	张肃	1412—1469	明	诸暨草塔平阔人。	[21]207
158	吕昌	1413—1471	明	新昌人。	[15]5
159	陈录	1437 前后在世	明	会稽（今绍兴）人。	[15]308
160	陆渊之	1480 前后在世	明	上虞人。	[16]1032
161	王守仁	1472—1529	明	祖籍山阴县（今绍兴），生于绍兴府余姚县（今宁波余姚），10 岁后迁回山阴。	[15]85
162	陶谐	1474—1546	明	会稽（今绍兴）陶堰人。	[15]16
163	汪应轸	约 1522 前后在世	明	山阴（今绍兴）人。	[15]10
164	王畿	1498—1582	明	山阴（今绍兴）人。	[16]1097

编号	姓名	年份	年代	籍贯或客籍	页码
165	徐子熙	1508 任会试同考官	明	上虞人。	[15]16
166	杨珂	1502—1572	明	祖籍绍兴府余姚县（今宁波余姚），迁居山阴县（今绍兴）。	[15]307
167	沈炼	1507—1557	明	会稽（今绍兴）人。	[15]10
168	朱廷立	?—1566	明	湖广通山人。嘉靖初知诸暨县。	[15]5
169	谢谠	1512—1569	明	上虞人。	[16]1160
170	陈鹤	1516—1560	明	山阴（今绍兴）人。	[15]344
171	翁溥	约 1543 前后在世	明	诸暨人。	[16]1107
172	徐学诗	1517—1567	明	上虞下管人。	[15]16
173	章恩	1551 前后在世	明	山阴（今绍兴）人。	[16]1130
174	孟蕴		明	诸暨十二都人。	[21]207
175	徐渭	1521—1593	明	山阴（今绍兴）人。	[15]309
176	陶谐	1521 曾游京师	明	会稽（今绍兴）陶堰人。	[15]267
177	吕本	1532 进士约 1583 时 80 岁	明	原籍绍兴府余姚县（今宁波余姚），后迁绍兴新河弄。	[15]5
178	吕对明	1530 前后在世	明	新昌人。	[15]262
179	徐炼	约 1619 前后在世	明	会稽（今绍兴）人。	[16]1148

（续表）

编号	姓名	年份	年代	籍贯或客籍	页码
180	史槃	1531—1630	明	会稽（今绍兴）人。	[15]343
181	金怀玉	约1573前后在世	明	会稽（今绍兴）人。	[15]344
182	车任远	约1580前后在世	明	上虞人。	[15]343
183	朱赓	1535—1608	明	山阴（今绍兴）人。	[15]5
184	张元汴	1538—1588	明	山阴（今绍兴）人。	[16]1173
185	王骥德	1540—1623	明	会稽（今绍兴）人。	[15]343
186	陶大年	1541进士		会稽（今绍兴）陶堰人。	[15]17
187	陶大有	1544进士		会稽（今绍兴）陶堰人。	[15]16
188	陈性学	1546—1613	明	诸暨枫桥人。	[15]11
189	周汝登	1547—1629	明	嵊县（今绍兴嵊州）人。	[16]1196
190	陶允嘉	1556—1622	明	会稽（今绍兴）陶堰人。	[15]267
191	陶奭龄	1562—1640	明	会稽（今绍兴）陶堰人。	[15]89
192	陶望龄	1562—1609	明	会稽（今绍兴）陶堰人。	[15]88
193	陈汝元	约1562—1631	明	会稽（今绍兴）人。	[15]344
194	朱期	约1596前后在世	明	上虞人。	[16]1202

编号	姓名	年份	年代	籍贯或客籍	页码
195	赵于礼	约 1596 前后在世	明	上虞人。	[16]1212
196	单本	约 1562—1636	明	会稽（今绍兴）人。	[15]344
197	湛然		明	会稽东关（今属上虞）人。	[15]344
198	王澹	约 1619 前后在世	明	会稽（今绍兴）人。	[16]1238
199	祁承爜	1565—1628	明	山阴（今绍兴）梅墅人。	[15]101
200	王应遴	?—1644（约 1619 前后在世）	明	山阴（今绍兴）人。	[15]343
201	刘毅	1589 会试第六		山阴（今绍兴）人。	[15]101
202	谢国		明	会稽（今绍兴）人。	[17]422
203	祁麟佳		明	山阴（今绍兴）人。	[17]425
204	王思任	1574—1646	明	山阴（今绍兴）人。	[15]261
205	刘宗周	1578—1645	明	山阴城内水澄里（今绍兴越城区）人。	[15]86
206	沈襄	1597 任刑部侍郎	明	山阴（今绍兴）人。	[15]308
207	陶崇谦	1582—1629	明	会稽（今绍兴）陶堰人。	[15]267
208	商澹		明	会稽（今绍兴）人。	[17]427
209	石子斐		明	绍兴人。	[17]430

（续表）

编号	姓名	年份	年代	籍贯或客籍	页码
210	倪元璐	1593—1644	明	上虞小越人。	[15]15
211	祁豸佳	1595—1670	明	山阴（今绍兴）梅墅人。	[15]307
212	张岱	1597—1689	明清间	山阴（今绍兴）人。	[15]91
213	陈洪绶	1598—1652	明清间	诸暨枫桥陈家村人。	[15]308
214	孟称舜	1600—1684	明清间	山阴（今绍兴）人。	[15]344
215	祁彪佳	1602—1645	明	山阴（今绍兴）人。	[15]7
216	倪会鼎		明	上虞小越倪梁人。	[15]94
217	韩广业		明	上虞人。	[15]105
218	商景兰	1604—?		会稽（今绍兴）人。	[15]310 [2]367
219	商景徽		清	会稽（今绍兴）人。	[17]441
220	王端淑		清	山阴（今绍兴）人。	[15]262
221	陶士英		清	会稽（今绍兴）人。	[23]188
222	冯肇杞	1612—约1670		会稽（今绍兴）人。	[15]307
223	谢宏仪	1637 前后在世		会稽（今绍兴）人。	[15]22
224	张毅儒	1637 前后在世		山阴（今绍兴）人。	[15]264

编号	姓名	年份	年代	籍贯或客籍	页码
225	傅日	1643 前后在世	明	山阴（今绍兴）人。	[15]268
226	王雨谦	1644 前后在世	明	山阴（今绍兴）人。	[15]261
227	骆复旦	1644 前后在世		诸暨人。	[15]266
228	章正宸	约 1646 前后在世		会稽（今绍兴）人。	[16]1285
229	本画	约 1654 前后在世		绍兴平阳寺僧。	[16]1309
230	施敞	1657 前后在世		会稽（今绍兴）人。	[15]266
231	徐咸清	?—1689 前后	明	上虞人。	[15]99
232	高奕	1661 前后在世	清	会稽（今绍兴）人。	[15]344
233	吕师濂		清	山阴（今绍兴）人。	[17]450
234	李因	1616—1685	清	会稽（今绍兴）人。	[15]263
235	王素娥		清	山阴（今绍兴）人。	[15]261
236	吕熊	约 1674 前后在世		吴人（中国通俗小说书目云：疑浙江新昌人）。	[16]1387
237	金以成		清	会稽（今绍兴）人。	[15]265
238	陈祖望		清	会稽（今绍兴）人。	[15]264
239	王鹤龄		清	会稽（今绍兴）人。	[15]262

（续表）

编号	姓名	年份	年代	籍贯或客籍	页码
240	徐伯调		清初	山阴（今绍兴）人。	[15]266
241	孙汝怿		清	会稽（今绍兴）人。	[15]263
242	朱子萃	1617—1680	清	诸暨草塔人。	[21]2006
243	周容	1619—1679	清	会稽（今绍兴）人。	[17]458
244	吴兴祚	1632—1697	清	山阴（今绍兴）人。	[15]9
245	祁班孙	1632—1673	清	山阴（今绍兴）人。	[15]448
246	陈字	1634—？	清	诸暨枫桥陈家村人。	[15]308
247	商和	1635—1700	清	祖籍绍兴府嵊县（今绍兴嵊州），迁居会稽（今绍兴）。	[15]267
248	王龙光	？—1676		会稽（今绍兴）人。	[21]2006
249	罗坤	？—约1695		会稽（今绍兴）人。	[15]265
250	徐允定	？—1695前后		上虞人。	[15]266
251	杨宾	约1671前后在世	清	山阴（今绍兴）人。	[15]307
252	陶滘		明末清初	会稽（今绍兴）陶堰人。	[15]267
253	张逊庵		明亡前后	绍兴人。住绍兴平水云门寺。	[15]264
254	杨学淳	1638—1715	清	诸暨草塔杨家溇人。	[21]206

编号	姓名	年份	年代	籍贯或客籍	页码
255	金古良	1661 前后在世	清	山阴（今绍兴）人。	[15]308
256	姚夔	约 1668 前后在世		山阴（今绍兴）人。	[15]14
257	吴调侯	1678 编成《古文观止》		山阴（今绍兴）州山人。	[15]264
258	吴楚材	1655—?	清	山阴（今绍兴）州山人。	[15]264
259	李登瀛	1656—1730	清	山阴（今绍兴）人。	[15]263
260	沈嘉然	约 1692 前后在世	清	山阴（今绍兴）人。	[16]1435
261	杨陶联	1660—1726	清	诸暨草塔杨家楼人。	[21]206
262	金埴	1663—1740	清	山阴（今绍兴）人。	[15]265
263	陶文彬	1665—1749	清	会稽（今绍兴）陶堰人。	[15]267
264	王永俟	1669—1749	清	绍兴人。	[15]99
265	姚祖振		清	绍兴东浦后社姚家人。	[21]208
266	张钺	1680 前后在世		会稽（今绍兴）人。	[15]264
267	刘正谊	1672—1744	清	山阴（今绍兴）人。	[15]263
268	蔡东	约 1692 前后在世		会稽（今绍兴）人。	[16]1428
269	陈士斌	约 1692 前后在世	清	山阴（今绍兴）人。	[16]1431

（续表）

编号	姓名	年份	年代	籍贯或客籍	页码
270	谢宗锡	约1692前后在世		绍兴人。	[16]1432
271	顾元标	约1692前后在世		绍兴人。	[16]1432
272	李应桂	约1692前后在世		山阴（今绍兴）人。	[16]1433
273	徐昭华	约1701前后在世	清	上虞人。	[15]310
274	余懋杞	1708前后在世	清	诸暨高湖人。	[15]264
275	何嘉玶	1708前后在世	清	山阴（今绍兴）人。	[15]264
276	许尚质	约1711前后在世	清	山阴（今绍兴）人。	[16]1469
277	陶及申	康熙五十六年（1717）岁贡	清	会稽（今绍兴）陶堰人。	[15]105
278	徐廷槐	1720前后在世	清	会稽（今绍兴）人。	[15]266
279	吕抚	约1722前后在世	清	新昌人。	[16]1485
280	石文	1692—1729	清	上虞人。	[16]1507
281	董相	1695—1750	清	山阴（今绍兴）人。	[15]268
282	胡天游	1696—1758	清	山阴（今绍兴）人。	[16]1512
283	周长发	1696—?	清	山阴（今绍兴）人。	[16]1512

编号	姓名	年份	年代	籍贯或客籍	页码
284	鲁曾煜	约 1736 前后在世	清	会稽（今绍兴）人。	[15]268
285	周大枢	约 1736 前后在世	清	山阴（今绍兴）人。	[16]1518
286	吴爟	1706—1769	清	山阴（今绍兴）人。	[15]102
287	刘鸣玉	1708—?	清	山阴（今绍兴）人。	[15]263
288	商盘	1710—1767	清	原籍嵊县（今绍兴嵊州），生于会稽（今绍兴）。	[15]18
289	茅逸	1711—1750	清	会稽（今绍兴）人。	[15]265
290	俞蛟	1715—?	清	山阴（今绍兴）人。	[15]309
291	陶元藻	1716—1801	清	会稽（今绍兴）陶堰人。	[15]267
292	童钰	1721—1782	清	山阴（今绍兴）人。	[15]311
293	陶廷珍	?—1788	清	会稽（今绍兴）陶堰人。	[15]267
294	周殊士		清	山阴（今绍兴）人。	[24]198
295	梁国治	1723—1786	清	上虞百官梁巷村人。	[15]22
296	顾开域	1726—1788	清	诸暨草塔人。	[21]208
297	吴璜	1727—1773	清	山阴（今绍兴）人。	[17]531
298	邵飘		清	山阴（今绍兴）人。	[17]544

编号	姓名	年份	年代	籍贯或客籍	页码
299	与宏		清	山阴（今绍兴）人。	[17]547
300	赵裕	1732—1812	清	诸暨草塔大房人。	[21]207
301	周师濂	1750 前后在世	清	山阴（今绍兴）人。	[15]265
302	赵鏸	1750 前后在世	清	会稽（今绍兴）人。	[15]265
303	岑振祖	1750 前后在世	清	祖籍绍兴府余姚县（今宁波余姚），后迁山阴县，居越城后街。	[15]264
304	徐观海	1760 前后在世	清	会稽（今上虞）人。	[15]310
305	李春荣	约 1766 前后在世	清	会稽（今绍兴）人。	[16]1559
306	章本成	约 1766 前后在世	清	会稽（今绍兴）人。	[15]267
307	龚未斋	1738—1811	清	山阴（今绍兴）人。	[15]18
308	章学诚	1738—1801	清	会稽道墟（今上虞）人。	[15]112
309	吴寿昌	清 1769 进士	清	山阴（今绍兴）人。	[15]263
310	邵无恙	1770 前后在世	清	世居山阴（今绍兴）龙尾山。	[15]265
311	黄易	1744—1802	清	原籍钱塘（今杭州），久居山阴（今绍兴）。	[15]105
312	陶廷琡	1781 前后在世	清	会稽（今绍兴）陶堰人。	[15]267
313	陈栋	1764—1802	清	会稽（今绍兴）人。	[16]1632

编号	姓名	年份	年代	籍贯或客籍	页码
314	史善长	1768—1830	清	山阴（今绍兴）人。	[17]561
315	何一坤	1769—1816	清	山阴（今绍兴）人。	[15]264
316	王望霖	1774—1836	清	上虞梁湖人。	[15]99
317	王衍梅	1776—1830	清	会稽（今绍兴）人。	[15]261
318	潘谘	1776—1853	清	会稽（今绍兴）人。	[16]1642
319	沈复粲	1779—1850	清	绍兴东浦人。	[15]102
320	徐承烈	1794 前后在绍兴	清	德清人。乾隆年间来绍兴，住西郊。	[15]111
321	杜煦	1780—1850	清	山阴（今绍兴）人。	[15]101
322	杜丙杰	杜煦之弟	清	山阴（今绍兴）人。	[15]101
323	屠倬	1781—1828	清	山阴（今绍兴）人，侨居钱塘（今杭州）。	[15]310
324	徐松	1781—1848	清	上虞人。	[15]144
325	李寿朋		清	山阴（今绍兴）人。	[15]308
326	沈华		清	山阴（今绍兴）人。	[15]308
327	石梁	1787—？		诸暨湄池长澜村人。	[15]306
328	杨棨	1787—1862		山阴（今绍兴）人。	[15]263

（续表）

编号	姓名	年份	年代	籍贯或客籍	页码
329	周元棠	1791—1851	清	会稽（今绍兴）人。	[21]207
330	宗稷辰	1792—1867	清	会稽（今绍兴）人。	[16]1673
331	俞万春	1794—1849	清	山阴（今绍兴）下方桥人。	[15]265
332	孙垓	1840 前后在世		会稽（今绍兴）人。	[15]263
333	钱埙	1804—1876	清	嵊州长东人。	[21]208
334	周棠	1806—1876		山阴（今绍兴）人。	[15]309
335	陈钟祥	1806—1857	清	山阴（今绍兴）人。	[16]1684
336	周光祖	1816—1865	清	山阴（今绍兴）人。	[15]265
337	郦滋德	1817—1862	清	诸暨人。	[23]186
338	章鋆	1820—1875		山阴（今绍兴）人，寄籍鄞县（今宁波鄞州）。	[15]22
339	鲍存晓	1822—1884	清	绍兴高车头人。	[21]208
340	孙廷璋	1825—1866		会稽（今绍兴）人。	[15]263
341	沈怀祖	1826—1858		山阴（今绍兴）东浦人。	[21]206
342	周星誉	1826—1884	清	原籍河南祥符，定居山阴（今绍兴）。	[15]265
343	范寅	1827—1897		会稽（今绍兴）皇甫庄人。	[15]265

编号	姓名	年份	年代	籍贯或客籍	页码
344	陈寿祺	1828—1867	清	山阴（今绍兴）人。	[15]264
345	汪琭	1828—1891	近代	绍兴人。	[15]10 [17]604
346	李慈铭	1829—1894	近代	会稽（今绍兴）人。	[15]263 [16]1716 [17]606 [19]118
347	赵之谦	1829—1884	近代	会稽（今绍兴）城内大坊口人。	[15]309 [16]1717 [17]605 [19]114
348	王诒寿	1830—1881	近代	山阴（今绍兴）人。	[15]261 [17]606
349	王星诚	1831—1859	近代	山阴（今绍兴）人。	[16]1718 [17]607
350	平步青	1832—1896	近代	山阴（今绍兴）人。	[15]262 [17]607
351	周星诒	1833—1904		山阴（今绍兴）人。	[16]1720
352	何澂	1834—1888	清	山阴（今绍兴）峡山村人。	[25]192
353	曹寿铭		近代	浙江会稽（今绍兴）人。	[17]608
354	施山	1835—？	近代	会稽（今绍兴）小皋埠人。	[15]266 [16]1715 [17]608
355	孟一飞		清	诸暨夫概里人。	[21]207
356	秦树敏	1863 前后 在世		会稽（今绍兴）小皋埠村人。	[15]266

（续表）

编号	姓名	年份	年代	籍贯或客籍	页码
357	胡元薇		近代	山阴（今绍兴）人。	[17]613
358	陶方琦	1845—1884	近代	会稽（今绍兴）人。	[17]613
359	陈遹声	1846—1920		诸暨枫桥人。	[15]30
360	王鹏运	1848—1904	近代	祖籍山阴（今绍兴），生于广西临桂（今广西桂林）。	[15]3 [17]615
361	赵然	1870前后在世		山阴（今绍兴）人。	[15]265
362	娄杰	1850—1907		山阴（今绍兴）人。	[15]13
363	马星联	1856—1909	近代	绍兴安昌人。	[15]3
364	俞明震	1860—1918	近代	山阴（今绍兴）人。	[16]1740
365	汪兆镛	1861—1939	近代	原籍绍兴，后入籍广东番禺。	[15]422
366	马秉南	1862—1874		住会稽（今绍兴）小皋埠村。	[15]261
367	陶传尧	1865—1925	清	绍兴陶堰人。	[25]199
368	蒋智由	1866—1929	近代	诸暨紫东人。	[15]285
369	蔡元培	1868—1940		祖籍诸暨陈蔡，生于绍兴城内笔飞弄。	[15]246
370	王钟声	1874—1911	近代	祖籍上虞，生于河南。	[15]346
371	秋瑾	1875—1907	近代	祖籍山阴（今绍兴），生于福建闽县。	[15]60
372	诸宗元	1875—1932	近代	绍兴人。	[17]645

编号	姓名	年份	年代	籍贯或客籍	页码
373	徐伟	1876—1943		绍兴东浦孙家溇人。	[21]216
374	蔡东藩	1877—1945		绍兴府山阴县临浦（今属萧山）人。	[15]95
375	刘大白	1880—1932		生于绍兴平水。	[15]272
376	鲁迅	1881—1936		生于绍兴城内东昌坊口。	[15]285
377	蒋著超	1881—1937	近代	绍兴人。	[17]651
378	马一浮	1883—1967	现代	祖籍上虞东关后庄村，生于成都，5岁还乡。	[15]85
379	许寿裳	1883—1948		绍兴人。	[15]429
380	徐哲身	1884—？		嵊县（今绍兴嵊州）仙岩白岩村人。	[15]282
381	沈钧业	1884—1951		绍兴张墅人。	[15]29
382	陈伯平	1885—1907	近代	祖籍会稽（今绍兴），生于山东济宁。	[15]11
383	周作人	1885—1967		绍兴城区人。	[15]279
384	夏丏尊	1886—1946		上虞崧厦人。	[15]241
385	许啸天	1886—1948	近代	上虞人。	[15]272 [17]656
386	马鹤卿	1887—1952		绍兴孙端吴融村人。	[15]40
387	周建人	1888—1984		绍兴城区人。	[15]32 [19]258
388	姚蓬子	1891—1969		诸暨姚公埠人。	[15]281

（续表）

编号	姓名	年份	年代	籍贯或客籍	页码
389	张天汉	1893—1940		绍兴人。	[15]29
390	范文澜	1893—1969		生于绍兴城内锦鳞桥范家台门。	[15]84
391	孙伏园	1894—1966		绍兴城区人。	[15]362
392	俞印民	1895—1949		上虞大勤人。	[15]280
393	胡愈之	1896—1986		上虞丰惠人。	[15]34
394	谷剑尘	1897—1976		上虞百官人。	[15]288
395	罗家伦	1897—1969		绍兴柯桥人。	[15]432
396	许钦文	1897—1984		生于绍兴东浦。	[15]272
397	朱自清	1898—1948		原籍绍兴，生于江苏东海。	[15]271
398	孙福熙	1898—1962		绍兴城区人。	[15]362
399	魏金枝	1900—1972		嵊州白泥坎人。	[15]286
400	川岛	1901—1981		上虞人。	[18]459
401	全增嘏	1903—1984		绍兴人。	[15]86
402	俞大缜	1904—1988		绍兴人。	[15]98
403	孙大雨	1905—1997		诸暨人。	[15]273
404	张慕槎	1906—1996		诸暨嵊峋村人。	[15]46

编号	姓名	年份	年代	籍贯或客籍	页码
405	孙席珍	1906—1984		绍兴人。	[18]487
406	李恩绩	1908—1976		绍兴安昌人。	[21]211
407	柯灵	1909—2000		原籍绍兴，生于广州。	[15]280
408	罗大冈	1909—1998		上虞长塘人。	[15]277 [17]695
409	钟敬之	1910—1998		祖籍绍兴，生于嵊州。	[15]289
410	徐懋庸	1910—1977		上虞下管人。	[15]283
411	陈梦家	1911—1966		上虞人。	[15]103
412	金近	1915—1989		上虞沥东人。	[15]278
413	蒋屏风	1916—1973		绍兴城区人。	[15]284
414	谷斯范	1916—1999		上虞人。	[18]509
415	冯白鲁	1917—2005		绍兴城区人。	[15]287
416	石钦旌	1918—		新昌县羽林街道泉清村人。	[23]180
417	陈培烈	1919—2010		诸暨人。	[15]30
418	张佩良	1919—		诸暨浣东街道盛一村人。	[23]184
419	朱馥生	1920—		绍兴人。	[15]90
420	郁茹	1921—		祖籍诸暨，生于杭州。	[18]516

编号	姓名	年份	年代	籍贯或客籍	页码
421	沈岳如	1922—		绍兴钱清人。	[15]364
422	周子中	1922—		嵊州开元人。	[15]278
423	张开	1923—		嵊州人。	[15]365
424	边应纪	1924—		诸暨牌头人。	[15]41
425	俞础	1924 前后迁孝丰		原籍新昌，1924 年迁孝丰（今属安吉）。	[15]265
426	朱仲玉	1925—		绍兴城区人。	[15]90
427	萧白	1925—2013		诸暨人。	[15]283
428	胡德华	1925—2009		上虞丰惠人。	[15]34
429	陈澈	1925—		绍兴城区人。	[15]288
430	寿秉权	1925—		诸暨同山殿前村人。	[21]211
431	李锡胤	1926—		绍兴湖塘人。	[15]97
432	钟敬又	1927—		祖籍绍兴，生于嵊州。	[15]289
433	何纪华	1927—		嵊州城关人。	[21]212
434	李希凡	1927—2018		祖籍绍兴，生于北京通县（今北京通州区）。	[23]182
435	杨绳	1928—		新昌回山上市场村人。	[21]211
436	周重厚	1928—		诸暨店口人。	[25]195

编号	姓名	年份	年代	籍贯或客籍	页码
437	蒋兆成	1929—		诸暨人。	[15]95
438	李石民	1929—		原籍仙居，定居绍兴。	[15]108
439	何振淦	1929—		上虞人。	[15]288
440	汪流	1929—2012		绍兴人。	[15]288
441	祁广潮	1930—		绍兴人。	[15]272
442	王克文	1932—		祖籍绍兴，生于苏州。	[15]106
443	沈卜吟	1932—		绍兴县孙端镇（今绍兴越城区）后桑盒村人。	[23]183
444	周毓骥	1932—		上虞市人。	[25]195
445	陈炳坤	1933—		上虞道墟人。	[15]366
446	邵燕祥	1933—2020		绍兴人。	[18]742
447	王闰己	1933—		绍兴城区人。	[21]209
448	赵汉森	1933—		诸暨草塔都府村人。	[21]215
449	葛焕轩	1933—		绍兴县柯桥区（今绍兴柯桥区）协进乡平阳村人。	[21]218
450	寿能仁	1933—		祖籍绍兴，生于安徽蚌埠。	[25]192
451	许根贤	1934—		诸暨人。	[15]42
452	边平恕	1934—2023		诸暨同山里杭村人。	[21]210

（续表）

编号	姓名	年份	年代	籍贯或客籍	页码
453	杨佩瑾	1935—		诸暨街亭高岑下村。	[15]273
454	孟守介	1935—		诸暨人。	[15]98
455	周先柏	1935—		嵊州里南乡小溪环村人。	[23]185
456	赵遐秋	1935—		原籍绍兴福全赵家坂，生于河南省安阳县。	[25]196
457	朱顺佐	1936—2011		原籍义乌，定居绍兴。	[15]107
458	钱佩衡	1936—2004		诸暨人。	[15]282
459	周雷	1937—		诸暨人。	[15]288
460	张鸥	1937—		嵊州长乐雅张村人。	[21]213
461	周策	1937—		绍兴人。	[15]278
462	戚泉木	1937—		诸暨大唐镇戚家市村人。	[23]188
463	郭志平	1937—		祖籍诸暨，生于义乌。	[25]198
464	杜煜庄	1938—		会稽长塘杜家堡（今属上虞）人。	[15]287
465	陈国治	1938—		绍兴柯岩秋湖村人。	[21]214
466	李铁华	1939—		嵊州黄泽人。	[15]102
467	俞国兴	1939—		新昌大明市村人。	[21]216
468	张士瑛	1940—		绍兴城区人。	[23]183

编号	姓名	年份	年代	籍贯或客籍	页码
469	金戈	1940—		祖籍诸暨，生于延安。	[23]185
470	方志良	1941—		诸暨高湖斗门村人。	[15]100
471	马元泉	1941—		绍兴城区人。	[21]208
472	何根土	1941—		诸暨安华矿亭村人。	[21]212
473	孙可为	1942—		绍兴人。	[15]107
474	章玉安	1943—		原籍绍兴兰亭，生于北京。	[15]111
475	裘士雄	1943—		嵊州崇仁人。	[15]112
476	王春灿	1943—		诸暨人。	[15]286
477	杨仲坚	1943—		诸暨人。	[23]181
478	袁世平	1943—		绍兴城区人。	[25]197
479	高志林	1943—		上虞沥海人。	[25]198
480	胡世庆	1944—		绍兴湖塘西跨湖村人。	[15]93
481	陈刚	1944—		新昌人。	[15]108
482	朱巨成	1944—		诸暨草塔人。	[21]210
483	邢增尧	1944—		嵊州城关人。	[23]180
484	张孝评	1944—		绍兴县（今绍兴柯桥区）兰亭镇紫洪山村人。	[23]183

（续表）

编号	姓名	年份	年代	籍贯或客籍	页码
485	何兴元	1944—		绍兴城区人。	[25]193
486	陆纪生	1944—		绍兴皋埠人。	[25]194
487	蔡新	1944—		诸暨东蔡村人。	[25]200
488	王仲明	1945—2005		诸暨江藻沙汀村人。	[21]208
489	陈佐天	1945—		诸暨枫桥彩仙村人。	[23]184
490	徐忠耀	1945—		嵊州长乐镇人。	[23]187
491	斯英琦	1945—		原籍诸暨市东白湖镇，生于上海。	[25]200
492	张瑞照	1946—		嵊州长乐雅张村人。	[21]213
493	陆景林	1946—		上虞东关大庙前人。	[15]276
494	何心乐	1946—		诸暨安华宣何人。	[23]182
495	秋石	1946—		绍兴人。	[23]186
496	何正武	1946—		诸暨市安华镇矿亭村人。	[25]193
497	袁道之	1946—		祖籍诸暨浣东，生于义乌。	[25]198
498	张万谷	1948—		嵊州人。	[15]275
499	娄如松	1949—		绍兴马山人。	[15]110
500	王泉根	1949—		上虞县（今绍兴上虞区）人。	[18]861
501	季东山	1949—		绍兴安昌人。	[21]214

绍兴的文学家谱系（表一和表二）
参考文献清单

[1] 方汉文主编：《世界文学史教程》，北京师范大学出版社，2014。

[2] 黄淑贞：《用年表读通中国文学史》，上海交通大学出版社，2018。

[3] 刘跃进：《简明中国文学史读本》，中国社会科学出版社，2019。

[4] 上海辞书出版社文学鉴赏辞典编纂中心编：《先秦诗鉴赏辞典》（新一版），
上海辞书出版社，2016。

[5] 游国恩、王起、萧涤非等主编：《中国文学史》（修订本）（一），人民文学出
版社，1963 第一版，2002 第二版。

[6] 孙静、周先慎编著：《简明中国文学史》（第二版），北京大学出版社，2001
第一版，2015 第二版。

[7] 褚斌杰编著：《中国文学史纲·先秦秦汉文学》（第四版），北京大学出版社，
2016。

[8] 袁行霈主编：《中国文学史》（第三版）第一卷，高等教育出版社，2014。

[9] 方铭主编：《中国文学史》（先秦秦汉卷），长春出版社，2013。

[10] 郑振铎：《插图本中国文学史》，北京出版社，1999。

[11] 袁世硕、张可礼：《中国文学史》（上），中国人民大学出版社，2006。

[12] 谢无量：《中国大文学史》，安徽文艺出版社，2022。

[13] 顾实：《中国文学史大纲》，商务印书馆，1926；安徽文艺出版社，2021。

[14] 中国科学院文学研究所中国文学史编写组编写：《中国文学史》（一），人民
文学出版社，1962。

[15] 何信恩、高军主编：《越中名人谱》，研究出版社及杭州出版社，2003。

[16] 谭正璧编：《中国文学家大辞典》，上海书店，1981。

[17] 上海辞书出版社文学鉴赏辞典编纂中心编：《中国文学家辞典》，上海辞书
出版社，2017。

[18] 高占祥、朱自强、张德林、赵云鹤主编：《中国文化大百科全书》（文学

卷），长春出版社，1994。

[19] 鲁孟河主编：《影响中国的绍兴名人》，中央文献出版社，2007。

[20] 孙康宜、宇文所安主编，刘倩等译：《剑桥中国文学史》（上卷），生活·读书·新知三联书店，2013。

[21] 何信恩主编：《越中名人谱续编》，杭州出版社，2006。

[22] 卢盛江编纂：《浙东唐诗之路唐诗全编》（上、下册），中华书局，2022。

[23] 杨旭、张文博主编：《越中名人谱第三卷》，杭州出版社，2009。

[24] 李修生编著：《中国文学史纲·明清文学》（第四版），北京大学出版社，2016。

[25] 杨旭主编：《越中名人谱第四卷》，杭州出版社，2015。

三

绍兴：一座有 129 部长篇小说的古都

越人多著述。[1] 绍兴向为人文荟萃之地，历代文人的著作浩如烟海。近代绍兴籍学者的著述也多得难以统计。绍兴文学家对中国文学史的卓越贡献由此而来。著名绍兴地方文化研究者冯建荣在其著作《绍兴有意思》中论述"越人多著述"时，叙述道："绍兴人文渊薮，尚文学而多翰墨之士，好吟咏而多风骚之才，论道立说、卓荦成家者代见辈出，创意选言、名动天下者继踵接武，历朝皆有传世之作，各代俱见磐磐之构。"[2] 以下举几个例子。

《四库全书总目提要》。《四库全书》是中华文化宝典。成书于清乾隆时的《四库全书总目提要》收录了历史上山阴、会稽两县 112 人的 164 种著述，计1795 卷，分别占了种数的 1.6%、卷数的 1%，举凡经史子集、医卜星相，无所不包。[3, 4] 这 164 种著述的提要，由中华书局 2004 年以《〈四库全书〉中绍兴人著录提要》为名，辑为一书出版。[5] 实际上，越人著述远不止这些。

《会稽掇英总集》。从先秦时期出现《诗经》以来，诗是中国古代文化的最高代表，并在唐代达到最高峰。绍兴现存最早的诗文总集是《会稽掇英总集》。[6]

---

1 冯建荣：《绍兴有意思》，浙江工商大学出版社，2021，203 页。

2 同上。

3 同上，129 页。

4 同上，211 页。

5 同上。

6 〔北宋〕孔延之编，李石民笺注：《会稽掇英总集》，宁夏人民出版社，2007。

作者孔延之，他在越州只做了 18 个月的官，却收录了越地自秦始皇三十七年（前 210）至宋熙宁五年（1072）名人集外 336 位全国著名作者 805 篇经典诗文，编成《会稽掇英总集》。[1,2]《四库提要》称该书为"在宋人总集之中最为珍笈"。[3] 该书具有很高的传世文学价值。

《绍兴市志》。绍兴文学家的诗词作品多如繁星。在 1996 年出版的《绍兴市志》中，"辑录的越人的著录书目达 8012 种之多"。[4] 第四册[5,6]卷 37 "艺术"编中，第二章收录了始周迄清古代绍兴的诗 365 首、词 37 阕、曲 6 支。第四章收录了始周迄清古代绍兴著述 4025 种，分为经、史、子、集。其中收录"楚辞类"著述 5 种、"总集类"著述 98 种、"别集类"著述（主要是个人诗集）979 种、词类 61 种、曲类 19 种。"这是越人为中华文明做出的历史性贡献。"[7]

《成语典故文选》。成语是中国传统文化的一大特色，是中华文化中一颗璀璨的明珠。山东教育出版社 1984 年 12 月出版的李毓芙选注的《成语典故文选》（修订本），收录了从先秦到清代的 1383 篇文章，也就是 1383 个成语典故的原文、出处，其中与越地、越人直接相关的有 89 个，占 6.4%。这是一个不小的比例。[8] 在这 89 个成语中有卧薪尝胆、柳暗花明、绝妙好辞、千岩万壑、云兴霞蔚、应接不暇、触类旁通、合浦还珠、乘车戴笠等。绍兴文学家对中国文学乃至中华文化的贡献由此亦可见一斑。

改革开放初期（1980 年），中国青年出版社编辑出版了题为《中国古典文学名著题解》的集子，介绍了 263 部古典文学名著，其中的 16 部就是 15 位（鲁迅的有 2 本）与绍兴有关的文学家的名著，占 6%。他们是嵇康、谢灵运、谢

1　〔北宋〕孔延之编，李石民笺注：《会稽掇英总集》，宁夏人民出版社，2007。

2　冯建荣：《绍兴有意思》，浙江工商大学出版社，2021，209 页。

3　李永鑫：《序一》（探索宝藏滋泽人文），〔北宋〕孔延之编，李石民笺注：《会稽掇英总集》，宁夏人民出版社，2007。

4　冯建荣：《绍兴有意思》，浙江工商大学出版社，2021，203 页。

5　同上。

6　绍兴市地方志编纂委员会编：《绍兴市志》（第四册），浙江人民出版社，1996。

7　冯建荣：《绍兴有意思》，浙江工商大学出版社，2021，203 页。

8　同上，223 页。

朓、王充、赵晔、袁康、鲁迅、范文澜、范仲淹、陆游、张岱、章学诚、吴楚材、吴调侯、秋瑾。这16本被该集子介绍的文学名著是《嵇康集》《谢康乐集》《谢宣城集》《论衡》《文心雕龙注》《吴越春秋》《越绝书》《西京杂记》《古小说钩沉》《唐宋传奇集》《范文正公集》《陆放翁全集》《陶庵梦忆》《文史通义》《古文观止》《秋瑾集》。[1]

在全国干部培训教材编审指导委员会2001年组织编写的《古今文学名篇》（上）中，收录了古今文学名篇270篇，其中反映了赵晔《吴越春秋》，袁康、吴平《越绝书》，收录了王羲之《兰亭集序》、谢灵运《石壁精舍还湖中作》、谢朓《之宣城郡出新林浦向板桥》、贺知章《回乡偶书》、贺铸《青玉案（凌波不过横塘路）》《六州歌头·少年侠气》、陆游《游山西村》《书愤》《秋夜将晓出篱门迎凉有感》《沈园二首》《示儿》《卜算子·咏梅》、王冕《墨梅》、张岱《湖心亭看雪》、秋瑾《黄海舟中日人索句并见日俄战争地图》，共12位绍兴文学家的17篇作品，[2]占6.3%。

2007年，徐如麒主编出版了《一生的美文计划——中国名家美文180篇》，在180篇中，绍兴文学家的作品有18篇（18位文学家），占10%，这是一个不小的数目。这18位文学家及其作品是：蔡元培《我在北京大学的经历》、经亨颐《杭州回忆》、刘大白《龙山梦痕序》、鲁迅《从百草园到三味书屋》、马寅初《北大之精神》、马一浮《新唯识论序》、周作人《乌篷船》、夏丏尊《钢铁假山》、蒋梦麟《中国生活面面观》、竺可桢《丧偶日记》、范文澜《研究中国三千年历史的钥匙》、孙伏园《长安道上》、胡愈之《辛亥革命与我》、罗家伦《悲观与乐观》、朱自清《桨声灯影里的秦淮河》、孙福熙《清华园之菊》、全增嘏《小顺子，珠儿，玛丽》、陈梦家《新月诗选·序言》。[3]

2020年，上海辞书出版社出版了新一版的《现代散文鉴赏辞典》，共收五四新文化运动发生以来百年间的散文作品323篇，其中有绍兴文学家蔡元培、

1　中国青年出版社编：《中国古典文学名著题解》，中国青年出版社，1980。

2　全国干部培训教材编审指导委员会组织编写：《全国干部学习读本·古今文学名篇》（上），人民出版社，2002。

3　徐如麒主编：《一生的美文计划——中国名家美文180篇》，团结出版社，2007。

鲁迅、周作人、夏丏尊、朱自清、魏金枝、柯灵、陈从周、胡品清的 38 篇作品，占 11.8%。出版社在"出版说明"中说，"散文是智慧的结晶、哲理的升华、历史的记录"。"特别在现代文学中，散文的成功，'几乎在小说戏曲和诗歌之上'（鲁迅《小品文的危机》）。"[1]

上面我们一直在叙述"越人多著述"。但这里有个分界线。

中国文学发展到明代，出现了一个新的文学体裁——章回小说。袁行霈主编的《中国文学史》认为：[2] "中国古代长篇小说主要的甚至是唯一的体裁——章回小说的发展和定型，是明代对中国文学作出的最为宝贵的贡献。""章回小说是在宋元讲史等话本的基础上发展而形成的。它的特色是分章叙事，分回标目，每回故事相对独立，段落整齐，但又前后勾连、首尾相接，将全书构成统一的整体。"

在章回小说出现以前，中国文学的主流是诗歌。邹志方、李永鑫在《历代名人咏绍兴》前言中，就指出了这个事实："诗歌是中国文学的主流，唐代是中国诗歌的高峰。"[3] 方铭主编的《中国文学史》说："明以前的文坛以诗文为正统，小说是'小道''末流'，说书者被视为贱役，一般正统文人不屑一顾。明代随着小说创作成就日益突出，社会各阶层对小说的普遍接受，小说的价值开始受到了广泛的肯定。"[4]

小说的形式比起正统的诗文来要自由、活泼，更适宜于反映当时丰富、复杂的生活，特别是语言的通俗、浅近，容易为广大群众所接受；加之这时印刷术的空前发达，又为它们的广泛流传提供了有利的条件。[5] 元末明初，在过去话本的基础上，产生了一些长篇章回小说，其中《三国演义》《水浒传》这两部作品，在思想、艺术上都有很高的成就。中国小说从此进入了一个新的历史时

1 上海辞书出版社文学鉴赏辞典编纂中心编：《现代散文鉴赏辞典》（新一版），上海辞书出版社，2020。

2 袁行霈主编：《中国文学史》（第三版）第四卷，高等教育出版社，2014，11 页。

3 邹志方、李永鑫编：《历代名人咏绍兴》，云南美术出版社，2004，前言第 1 页。

4 方铭主编：《中国文学史》（明清卷），长春出版社，2013，163 页。

5 游国恩、王起、萧涤非等主编：《中国文学史》（修订本）（四），人民文学出版社，1964 第一版，2002 第二版，10 页。

期。[1] 综上所述，可以这样说，代表文化最高成就的是长篇小说。看一看在今天作家们潜在的创作心态中，其实一直都在把能否写出一部或几部优秀的长篇小说当作自己的一种追求目标，就可以知道，上述结论距离真理并不远。那么，绍兴的文学人士究竟写了多少部长篇小说呢？本文的不完全统计见"表三绍兴文学家的129部长篇小说"。因为对长篇小说的至爱，把1949年后出生的作家所写的长篇小说也统计其中了。换句话说，绍兴是一座有129部长篇小说的古都。[2]

在表三中，第一列从"吕熊"开始，他的编号是"236"，这个编号是表一和表二中的编号（"吕熊"在表一和表二中编号为236）。表三中"年份"这一列给出了该文学家出生与去世的年份。表中最后一列给出了该文学家资料的参考文献（用方括号给出）及该作家长篇小说出现时的所在页码（方括号后的数字）。表中方括号中的数字是参考文献的编号，和表一、表二方括号中的编号一致。后面的编号从28开始，到52结束。从这里并不完全的统计看，52位绍兴文学家写了129部长篇小说。从编号28"李迪群"开始，表三记录了1950年及以后出生的绍兴文学家的作品情况，最年轻的长篇小说作者，是1994年出生的厉嘉威，他的作品是《幽默水浒》和《校园侦探三人组》。129部不是一个小数字，在中国城市，甚至世界城市中也是罕见的。

在章回小说刚刚诞生的初期，历史题材的小说占了全部小说的一半以上。从表三中也可以看到这个现象，反映了绍兴文学家当时也奋斗在中国文学发展历史的潮流中。清朝起始于1616年（1644年入关），表三也起源于这个时期。清朝初期的小说创作基本沿袭着明代中叶以来的强劲发展趋势，取得了丰硕的成果。[3] 表三中所列作者蔡东藩所写的系列长篇小说，从秦朝一直到民国都写到了。蔡东藩用10年时间完成了从秦朝至民国九年（1920）的13部《中国历代

---

1 游国恩、王起、萧涤非等主编：《中国文学史》（修订本）（四），人民文学出版社，1964第一版，2002第二版，13页。

2 作者注：本书进入校对后，又发现了绍兴文学家的第130部长篇小说：郁茹，《西湖，你可记得我》，浙江少年儿童出版社，1983。郁茹在表一的编号是420。

3 方铭主编：《中国文学史》（明清卷），长春出版社，2013，274页。

通俗演义》小说，共计 735 万字，被誉为"修史育人，一代宗师"，是中国近现代杰出的历史学家和演义作家，人称中国演义小说大王（大家）。[1,2]

蔡东藩（1877—1945），清山阴县（今绍兴）临浦镇（今属杭州市萧山区）人。"出身于一户店员家庭，天资聪慧，勤学苦读，被称为才子。""因家中经济困顿、父母早亡和生活艰辛，使他萌发过'科举救国'、'清官救国'的想法，曾中过秀才，去京城参加朝考，录一等前列，被皇上召见，分配到福建省以知县候补。但封建官场的腐败让他摒弃了这一想法。"[3]"其时'科学救国'、'教育救国'、'实业兴国'等口号响彻各地，尤以辛亥革命胜利，使他看到希望。他在《中等新论说文范》中说：'窃谓为新国民，当革奴隶性；为新国问，亦不可不革奴隶性……'但不久，孙中山辞职，袁世凯窃取大总统宝座。1914年 5 月，袁世凯废除了'临时约法'，妄图恢复帝制，与日本缔结卖国条约。这时不少人想从历史的教训中，唤醒人们对封建帝制的再不可为。因此有一股希冀利用历史救国救民，用通俗小说教育群众，激励国民爱国热情的思潮。"[4]蔡东藩在这种思潮影响下，选择了"演义救国"这条路。于是从 1915 年开始首先着手写《清史通俗演义》。他认为写此小说的目的是让人认清"仍返前清旧辙"是逆于潮流，恢复帝制是违背人心。[5]1916 年，65 万字的《清史通俗演义》写成。这以后，他义无反顾，以一人之力，接连写了 13 部小说，从秦朝建立一直写到 1920 年，演义了 2141 年的漫长历史，创造了中国小说史上的惊人壮举，史无前例。[6]

蔡东藩在这些小说的写作中，"坚持历史真实为第一要义"。[7]如《民国演义》中，他着重写了武昌起义、孙文辞职、袁氏称帝、蔡锷讨袁、张勋复辞、五四运动等重大事件，对孙中山践约辞职表示崇高敬意，并作诗云："功成身退不

1　鲁孟河：《影响中国的绍兴名人》，中央文献出版社，2007，184 页。

2　冯建荣：《绍兴有意思》，浙江工商大学出版社，2021，176 页。

3　鲁孟河：《影响中国的绍兴名人》，中央文献出版社，2007，184 页。

4　同上，185 页。

5　同上。

6　同上。

7　同上，186 页。

贪荣，让位非徒践凤盟。细数年来诸巨子，如公才算是真诚。"[1]对五四运动的起因认为是："麻木不仁之政府，与夫行尸走肉之官吏，不能因势利导，曲为养成，而且漠视之、推抑之，坐致有用之人才被人凌辱，窃恐志士灰心，英雄短气，大好河山，将随之而俱去也。"明确指出北京、上海学生均是因"为国家力争领土"而爆发此运动。[2]鲁孟河认为蔡东藩写《民国演义》时是 1920 年前后，当时对五四运动还褒贬不一，他能如此充分肯定和颂扬，非有博大之胆识不可。[3]

蔡东藩在写作中十分注意语言的个性化和形象性，如《清史通俗演义》五十三回写葛云飞英勇殉国，用墨不多，但描写细腻，把一位顶天立地的爱国将领精神面貌刻画入微，使其一心为国、坚贞不屈的英雄形象屹立在人们面前。[4]

至 1926 年 9 月，13 部演义小说全部出版，初版就发行 10 万套，在社会上引起强烈反响。中共党史专家逄先知曾说："在延安时期，读书条件好了一些，毛泽东托人买了两套《中国历代通俗演义》。"[5]

《三国演义》的出现有着重要的意义，它不仅是我国章回小说的开山作品，也是我国最有成就的长篇历史小说。[6]《三国演义》在宋元讲史的基础上，大大迈开一步，它标志着历史小说的辉煌成就。从此以后，历史小说开始大量兴起，中国各个历史时代在小说中都有反映。[7]在表三中可以看到许多小说是历史小说。到了晚明，小说在人们心目中已经有了比较高的地位，其积极的社会教育作用也被人普遍认识。[8]中国文学史认为，[9]明嘉靖以后，文学变革狂飙突

---

1 鲁孟河：《影响中国的绍兴名人》，中央文献出版社，2007，186 页。

2 同上。

3 同上。

4 同上，187 页。

5 同上。

6 游国恩、王起、萧涤非等主编：《中国文学史》（修订本）（四），人民文学出版社，1964 第一版，2002 第二版，14 页。

7 同上，29 页。

8 方铭主编：《中国文学史》（明清卷），长春出版社，2013，163 页。

9 同上，274 页，279 页。

至，迅猛异常，尤其是小说作为通俗文体更是开启了一个新的时代，也激发着清代文人的创作热情，从演述历史、杜撰神怪，到表现人生、描摹世情，抒发对社会生活的感受，凸显出作家的主体意识。这时涌现出一大批作品，流派纷呈，形成了群星争辉的繁盛局面。尤其是鸿篇巨制空前盛行。

明清小说的发展表现出两个十分重要的趋向。[1] 第一是由群众与文人的集体创作发展为文人作家的独立创作。《三国演义》《水浒传》《西游记》，都是在长期民间传说和说书艺人创作的基础上，由作家整理、加工、再创作而最后成书的。明中叶以后，出现了由文人独立创作的署名兰陵笑笑生的长篇小说《金瓶梅》。这个"兰陵笑笑生"据绍兴市越文化研究会名誉会长盛鸿郎考证出版《萧鸣凤与金瓶梅》一书，认为是绍兴山阴文人萧鸣凤的笔名，其表姐夫徐渭参与修改。《儒林外史》和《红楼梦》是完全由作家独立创作的皇皇巨作，鲜明地显示了作家的艺术个性和风格特色。第二是在内容上由历史题材发展为现实题材。《三国演义》《水浒传》《西游记》是历史题材为主的作品，而《金瓶梅》《红楼梦》等作品，则是以现实生活为题材，从中反映出重大的社会主题，显示了中国古典小说的现实主义发展到更加成熟的阶段。全面审视表三中绍兴文学家的作品，这两点也是非常鲜明的特点。

历史发展到近代，小说的创作颇为繁荣，所谓繁荣，主要指数量多。袁世硕、张可礼的《中国文学史》[2] 引用日本学者樽木照雄编的《新编清末民初小说目录》，其中著录1840—1919年间创作的小说7466种，翻译小说2545种，另有短篇小说6800多篇。比此前中国历代小说的总和多出数倍。小说那种无足轻重的地位已有重大改变。相反，小说作为救国的工具被列为文学的最上乘。小说的繁荣带来了绍兴文学家的129部长篇小说，而这么大量的长篇小说出现在古都绍兴人的笔下，也正好印证了长篇小说的繁荣。

新世纪以来，小说创作中一个不容否认的明显事实，也是长篇小说的异常繁荣，这是体量庞大的长篇小说更能够涵容表现时代生活内容，能够更集中地

1　孙静、周先慎编著：《简明中国文学史》（第二版），北京大学出版社，2001 年第一版，2015 年第二版，327 页。

2　袁世硕、张可礼：《中国文学史》（下），中国人民大学出版社，2006，816 页。

凸显作家的艺术创造能力从而体现作家高端写作成就的缘故。[1] 越来越多的中国作家把自己的主要写作精力投入到了长篇小说这一文体的写作之中。尽管文学刊物也推出了一系列堪以精致称之的短篇小说，但作家们的主要创作精力依然放在了长篇小说创作上，因为长篇小说一向被理解为厚重地记载时代生活的里程碑。[2]

表三中有一部小说值得一提，该小说反映了从历史演义到英雄传奇的发展。方铭等在《中国文学史》[3]中指出，明清鼎革，民族政权转移，对深受华夷思想影响的汉族文人震动尤为强烈，巨大的心理落差带来的痛苦造成了对易代而立的清王朝产生的潜意识的反抗，使得明清之际的文学创作更多地通过演述历史照映现实，表现出一种浓厚的"忧患"意识，笼罩着悲壮感伤的情绪，呼唤英雄人物拯救社会。而作者为了增强作品的吸引力，也有意改革历史演义小说的旧有格局，以顺应时代和读者的要求。这部小说就是表三中第一部，绍兴文学家吕熊的长篇小说《女仙外史》。产生于清初的历史演义小说《女仙外史》，以明初燕王朱棣同建文帝朱允炆叔侄争皇位斗争为背景，叙写农民起义女领袖唐赛儿"起兵勤王"的故事。书中一方面依据《明史纪事本末》记述"靖难之变"，具有历史演义小说的基本特征，另一方面，又对唐赛儿及其一生业绩做了大量虚构，将其描绘成月宫嫦娥下凡，法力高强，并有天上诸仙临界相助，"杂以仙灵幻化之情，海市楼台之景"，带有浓重的传奇色彩。作品揭露了专制统治者的残酷暴虐，客观上反映了是时的农民起义及其社会背景。[4]

表三中另一部长篇小说《荡寇志》（又名《结水浒传》）值得引起关注。见表三中编号 326，作者为山阴（今绍兴）人俞万春。

长篇小说《水浒传》出版后，家喻户晓，表明了它深受人民的喜爱及其流

1　张艳梅：《新世纪中短篇小说观察》，山西出版传媒集团·北岳文艺出版社，2014，王春林代序，1 页。

2　王春林：《新世纪长篇小说地图》，山西出版传媒集团·北岳文艺出版社，2014，5 页。

3　方铭主编：《中国文学史》（明清卷），长春出版社，2013，274 页。

4　同上，275 页。

传的广泛。它对后世的影响是巨大的，多方面的。[1] 它的反抗精神、革命乐观主义的精神和理想化的英雄人物，一直活在人民中间，像一团烈火一样，照亮了人民起义的道路，从明末李自成起义到太平天国、义和团起义，甚至民间秘密的反清组织天地会等，无不受其影响。[2] 他们从《水浒传》中获得了巨大的力量，汲取了丰富的斗争经验和各色各样的斗争方法。正因为这样，就不能不引起封建统治阶级的痛恨，清代康、雍、乾等朝都曾严禁此书。《荡寇志》是在这样的背景下出现的。《中国文学史》指出，[3] 更为恶毒的是道光六年，封建统治阶级的御用文人俞万春写了反动的小说《荡寇志》，想以此抵制《水浒传》的巨大影响。这部小说被认为是思想倾向倒退的作品，[4] 反映了古典小说发展到道光、咸丰年间（1821—1861），出现的衰落状态。

《荡寇志》作者俞万春（1794—1849），字仲华，别名忽来道人，浙江山阴（今绍兴）人。出身诸生。长于骑射，又善医术。其父宦粤，曾随之往任所，参加镇压瑶民起义。[5] 可以看出，由于他出身于地方官宦家庭，生活在太平天国之时，参加过数次镇压农民起义的行动，其著书立论，要使"天下后世深明盗贼忠义之辨，丝毫不容假借"，以抵制《水浒传》的传播，故自名其书为《荡寇志》。[6] 作者目的是想以此宣扬"俾世之敢于跳梁，借水浒为词者，知忠义之不可伪托，而盗贼之终不可为"（半月老人《〈荡寇志〉续序》）。[7] 俞万春受父命作《荡寇志》。[8]《荡寇志》创作长达二十余年，具有鲜明的现实政治意义。作者有感于时事动荡、盗贼蜂起，认为"既是忠义必不做强盗，既是强盗必不算忠义"，所以撰书立意"以尊王灭寇为主"，要使"天下后世深明盗贼忠义之

1　游国恩、王起、萧涤非等主编：《中国文学史》（修订本）（四），人民文学出版社，1964 第一版，2002 第二版，51 页。

2　同上。

3　同上，52 页。

4　同上，350 页。

5　刘大杰：《中国文学发展史》（下卷），复旦大学出版社，2016，183 页。

6　方铭主编：《中国文学史》（明清卷），长春出版社，2013，285 页。

7　李修生编著：《中国文学史纲·明清文学》（第四版），北京大学出版社，2016，225 页。

8　刘大杰：《中国文学发展史》（下卷），复旦大学出版社，2016，183 页。

辨，丝毫不容假借"（《〈荡寇志〉引言》）[1]。全书对梁山英雄采取了刻骨的仇视态度。[2]

小说接续金圣叹译本之 70 回《水浒传》而作，写到 140 回，总共 70 回，末尾加个"结子"，因此又名《结水浒传》。[3] 作品主要写退职提辖陈希真与其女陈丽卿，因高俅父子迫害，"权作绿林豪客"。他们不甘"落草为寇"，为洗刷自己"犯上"之罪，专与梁山为敌。[4] 他们落草于猿臂寨，把剿灭梁山农民起义作为向封建统治者的进身礼，后来由于他们在攻打梁山英雄方面建立了"功绩"，为朝廷录用，陈希真升官至都统制。最后他们又和云天彪一起，在张叔夜的统领下，消灭了梁山英雄，[5] 梁山众好汉"被张叔夜擒拿正法"。[6]

《荡寇志》是一部封建法权的艺术图释。[7] 作者深憾于"凡斯世之敢于行忤逆者，无不借梁山之鸱张跋扈为词，反自以为任侠而无所忌惮"（半月老人《〈荡寇志〉续序》），于是书中对梁山一百单八将大张挞伐，斩尽杀绝，以便"使天下后世，晓然于盗贼之终无不败，忠义之不容假借混朦，庶几尊君亲上之心油然而生"，盖以"尊王灭寇"（徐佩柯《〈荡寇志〉序》）为主旨。[8] 该书一出现，就深得反动统治者的欢迎，纷纷为它作序，甚至说作者"功德无量"。[9] 据钱湘的续刻序中所说：咸丰三年，岭南民变四起，"当道诸公，急以袖珍版刻播是书于乡邑间，以资劝惩"。[10] 同年（1853），《荡寇志》刻板印行，时值太平天国攻下南京，清政府官员将书版带至苏州大量印行。咸丰十年

1　刘跃进：《简明中国文学史读本》，中国社会科学出版社，2019，619 页。

2　刘大杰：《中国文学发展史》（下卷），复旦大学出版社，2016，184 页。

3　方铭主编：《中国文学史》（明清卷），长春出版社，2013，285 页。

4　同上，285 页。

5　游国恩、王起、萧涤非等主编：《中国文学史》（修订本）（四），人民文学出版社，1964 第一版，2002 第二版，350 页。

6　方铭主编：《中国文学史》（明清卷），长春出版社，2013，285 页。

7　袁行霈主编：《中国文学史》（第三版）第四卷，高等教育出版社，2014，400 页。

8　同上。

9　游国恩、王起、萧涤非等主编：《中国文学史》（修订本）（四），人民文学出版社，1964 第一版，2002 第二版，351 页。

10　刘大杰：《中国文学发展史》（下卷），复旦大学出版社，2016，184 页。

（1860），太平军攻克苏州，将书版焚毁。太平天国失败后，同治七年，当道又续刻是书，俾其广为流传。[1]

　　小说在艺术上有一定成就。[2] 如善于通过行动、细节、语言描写人物；擅长战争的描写，攻守进退，调动自如；语言也精练流畅，富有表现力。[3] 鲁迅在《中国小说史略》中说："书中造事行文，有时几欲摩前传之垒，采录景象，亦颇有施罗所未试者。"[4,5]

1　刘跃进：《简明中国文学史读本》，中国社会科学出版社，2019，619页。

2　游国恩、王起、萧涤非等主编：《中国文学史》（修订本）（四），人民文学出版社，1964第一版，2002第二版，351页。

3　方铭主编：《中国文学史》（明清卷），长春出版社，2013，285页。

4　李修生编著：《中国文学史纲·明清文学》（第四版），北京大学出版社，2016，225页。

5　鲁迅：《中国小说史略》，中华书局，2010，91页。

表三 绍兴文学家的129部长篇小说

编号	文学家姓名	年份	长篇小说名	页码
236	吕熊	约1674前后在世	[1]《女仙外史》一百回	[16]1388
259	沈嘉然	约1692前后在世	[2]《大禹治水》一百二十回	[17]498
268	陈士斌	约1692前后在世	[3]《西游真诠》一百回	[16]1431
278	吕抚	约1722年后在世	[4]《二十四史通俗演义》四十四回	[16]1485
326	俞万春	1794—1849	[5]《荡寇志》(又名《结水浒传》)	[15]265
368	蔡东藩	1877—1945	[6]《前汉通俗演义》 [7]《后汉通俗演义》 [8]《两晋通俗演义》 [9]《南北史通俗演义》 [10]《唐史通俗演义》 [11]《五代史通俗演义》 [12]《宋史通俗演义》 [13]《元史通俗演义》 [14]《明史通俗演义》 [15]《清史通俗演义》 [16]《民国通俗演义》 [17]《西太后演义》 [18]《历朝史演义》	[15]95
371	蒋著超	1881—1937	[19]《琵琶泪》 [20]《绿凤钗》 [21]《白骨散》	[17]651

（续表）

编号	文学家姓名	年份	长篇小说名	页码
374	徐哲身	1884—?	[22]《汉宫二十八朝演义》* [23]《春江新潮》 [24]《啼笑风月》 [25]《巾帼英雄》 [26]《溥仪春梦记》 [27]《曾左彭》 [28]《峨嵋剑侠》*	[15]282
379	许啸天	1886—1948	[29]《清宫十三朝演义》 [30]《明宫十六朝演义》 [31]《唐宫二十朝演义》 [32]《满清奇侠大观》 [33]《上海风月》 [34]《天堂春梦》 [35]《春宵一刻》 [36]《香衾重暖记》	[15]272
386	俞印民	1895—1949	[37]《血井》 [38]《贩毒记》*	[15]280
413	蒋屏风	1916—1973	[39]《剪春罗》	[15]284
414	谷斯范	1916—1999	[40]《新水浒》 [41]《新桃花扇》	[18]509
422	周子中	1922—	[42]《险境千里》	[15]278
426	朱仲玉	1925—	[43]《南唐演义》	[15]90
427	萧白	1925—	[44]《河上的雾》 [45]《泥土与阳光》	[15]283
437	蒋兆成	1929—	[46]《康熙传》	[15]95
441	祁广潮	1930—2015	[47]《火炼香魂》	[15]272

* 摘自百度

编号	文学家姓名	年份	长篇小说名	页码
453	杨佩瑾	1935—	[48]《银色闪电》 [49]《剑》 [50]《霹雳》 [51]《旋风》 [52]《红尘》 [53]《黑眼睛天使》 [54]《浣纱王后》	[15]273
458	钱佩衡	1936—2004	[55]《生存》（合作）	[15]282
461	周策	1937—	[56]《风雪花皇》	[15]278
463	郭志平	1937—	[57]《紫花埠风情》 [58]《远去的年代》	[25]198
467	俞国兴	1939—	[59]《续八十回红楼梦》	[21]216
493	陆景林	1946—	[60]《逆舟》（合作） [61]《清宫香魂》	[15]276
492	张瑞照	1946—	[62]《邓尉山奇缘》 [63]《信访疑案》 [64]《血染牛头山》 [65]《况钟奇案大观》 [66]《刑警009》 [67]《山兄山妹》 [68]《太湖游击队》	[21]213
497	袁道之	1946—	[69]《黑色破局》	[25]197
498	张万谷	1948—	[70]《强盗》	[15]275
501	季东山	1949—	[71]《龙床颠凤》	[21]214
28	李迪群	1950—	[72]《侠侣奇缘》（与人合作）	[15]274
29	周煦凤	1951—	[73]《红烛情影》	[15]279

（续表）

编号	文学家姓名	年份	长篇小说名	页码
30	王云根	1952—	[74]《超界》	[15]269
31	杨小白	1952—	[75]《越王勾践》	[15]273
32	施放	1952—	[76]《伤悼》 [77]《铁营房》 [78]《弹头十字架》	[21]216
33	钱增祥	1952—	[79]《孤衾春寒》	[23]186
34	卢钰	1952—	[80]《止战》	[25]191
35	田渭法	1953—	[81]《西施后传》 [82]《铜人血祭》 [83]《浣江血祭》	[15]271
36	顾志坤	1953—	[84]《东山再起》 [85]《冲出死海》 [86]《梁山伯与祝英台》	[15]281
37	周建华	1953—	[87]《负薪行歌》 [88]《无品芝麻官》	[23]185
38	袁敏	1954—	[89]《白天鹅》	[15]281
39	陈军	1954—	[90]《北大之父蔡元培》	[15]276
40	侯大康	1954—	[91]《战地浪漫曲》 [92]《战地文工团》	[25]196
41	浩岭	1955—	[93]《血炕》 [94]《彷徨之城》	[21]217
42	裘山山	1958—	[95]《我在天堂等你》 [96]《到处都是寂寞的心》	[15]286
43	周飞	1959—	[97]《放飞》	[15]278

编号	文学家姓名	年份	长篇小说名	页码
44	周建达	1961—	[98]《裸女与村庄》	[23]185
45	吴瑞贤	1963—	[99]《水中的火焰》 [100]《河神》 [101]《来生有约》 [102]《绞死黄帝》	[23]182
46	艾伟	1966—	[103]《越野赛跑》 [104]《爱人同志》	[21]209
47	竺华松	1968—	[105]《流浪族》 [106]《笼中人》	[21]214
48	陈海飞	1971—	[107]《花雕》 [108]《壹千寻》 [109]《你的身体充满鸦片》 [110]《何延安》* [111]《惊蛰》* [112]《战春秋》* [113]《风尘里：锦衣英雄》* [114]《琥珀》* [115]《醒来》* [116]《长亭镇》* [117]《叛徒》* [118]《江南役》* [119]《苏州河》*	[25]194
49	卢江良	1972—	[120]《城市蚂蚁》 [121]《在街上奔走喊冤》	[21]210
50	何文杰	1979—	[122]《我心中的梦》 [123]《人生》 [124]《校园里的第三世界》	[21]211
51	骆烨	1986—	[125]《海迪历险记》 [126]《问题学生》 [127]《青春沦陷》	[25]196
52	厉嘉威	1994—	[128]《幽默水浒》 [129]《校园侦探三人组》	[23]179

四

绍兴：一座中国文学史上群星闪耀的古都

如前所述，绍兴是一座充满文学光芒的古都、一座平均每4年产生一位文学家的古都。从表一或者表二可以看到，从公元27年到1949年，在这个范围内，表中提供的绍兴文学家达到了501位。实际上，表一和表二是不完全统计，遗漏是不可避免的。另外，其中一些，籍贯并不是绍兴，但在绍兴做过一段时间的地方官，或居住在绍兴，表中也收录了，因为文献上也是这么处理的，这样做可能会有一些不同的意见，但也不会改变古都绍兴所产生的文学家数量之巨的状况。在最后整理时，本文又发现了一些没有收录在表一和表二中的绍兴文学家，共有181位，表四列出了这些文学家和他们的简要介绍。本文注意到何信恩于2019年出了一本内部版《集外集》，其中《绍兴百位有文献留存于世的已故名人》一文，介绍了本文还没收录的15位文学家，本文亦在表四中收录。加上表四的181位，绍兴文学家（截止到1949年）有682位。这意味着平均不到3年产生一位文学家。

绍兴文学家群体数量这么大，产生的规模效应是十分明显的。这里产生了一个新的价值，称为历史城市的整体性价值。[1]一个城市在中国文学发展中出现如此突出的文学家数量，令人叹为观止。今天，谈到历史上绍兴有这么多文学家，故乡人民一定十分自豪。绍兴文学家的整体图像引发进一步联想和好奇的一点是——如果说，可以把绍兴文学家群体看作凸显在中华民族文学发展史上

1　张广汉、陈伯安：《历史城市保护的中国经验》，中国名城，2023第2期，3—7页。

的"青藏高原"，那么是否存在高原上的"喜马拉雅山"呢？换句话说，这么多绍兴文学家在中国文学史上的地位如何？他们的文学成就如何？应该说，这才是值得十分重视的核心问题。历史文化名城的价值在于它的整体价值。[1] 下面我们看看古城绍兴在这一点上怎么样。

实际上古都绍兴在中国文学史上堪称群星璀璨，光彩夺目，可谓举世罕见，绝无仅有。

表五提供了绍兴文学家被收录进《中国文学家辞典》等大型典籍的情况（在以下的叙述中，为了方便，都以 501 位绍兴文学家作为叙述对象）。表中信息，一是来自有关中国文学家的辞典，二是来自有关中国文学史大事年表、中外文学史对照年表等。收录于其中的绍兴文学家，毫无疑问是在中华民族文学发展史上有全国影响且成就巨大的文学家。由于不同的大型典籍编者在编辑思路上的差异，这些文献中收录的绍兴文学家数量不会是一致的。表五从 6 部作品中得到了共 268 位绍兴文学家。表五中第一列的编码，是与表一和表二中的编码一致的，以便读者对照。表五的表注给出了 6 部作品具体的书名等信息。具体某位文学家在文献中的页码，由表中的信息给出（表中数字即文学家出现的页码）。

有 268 位绍兴文学家出现在《中国文学家辞典》等大型典籍之中，确实令人赞叹。

今天，许多高等学校设有文学院或文学系，这些学院、系在开设"中国文学史"课程时会介绍许多历史上各个时期有代表性的、影响久远的文学家。换句话说，只有那些文学史上的"明星"，才会出现在大学生的课堂之中。那么，绍兴文学家在其中的情况如何？值得指出的是，进入大学的课程是十分重要的，"中国文学史"课程使"中国文学"有了生命，被介绍的文学家都是了不起的、出类拔萃的文学家。他们会被一代又一代文学专业的大学生们、文学创作者和文学研究工作者所研究、学习，推动文学的发展。

表六提供了绍兴文学家被收录到《中国文学史》高校教材或同名专著中的

---

1 张广汉、陈伯安：《历史城市保护的中国经验》，中国名城，2023 第 2 期，3—7 页。

情况。表中的信息来自 13 部《中国文学史》作品。从 13 部作品中可以得到共 92 位绍兴文学家。与表五一样，表六中第 1 列的编码，与表一和表二中的编码一致，以便读者对照。表六的表注给出了 13 部作品具体的书名等信息。具体某位文学家在文献中的页码，由表中的信息给出（表中数字即文学家在文献中出现的页码）。表六中的符号①、②、③表示某一作品的第一、第二、第三本等。

比较表五和表六可以看到，虽然在 501 位绍兴文学家中有 268 位被收录到了中国文学家辞典、文学史年表和大事记中，但只有 92 位出现在《中国文学史》课程教材中。这就显示了文学"青藏高原"和高原上像"喜马拉雅山"那样的座座山峰，它们是由 501、268、92 这几个数字组成，并逐渐向着某个文学"高峰"接近（某一层次上文学家数量的减少标志着"山峰高度"在增加）。越是"高峰"之上名单中的绍兴文学家，他们的文学成就越大，在历史上以及在全国（文学界等）的影响也越大。能够有 92 位绍兴文学家进入高等学校等《中国文学史》教材、专著之中，令人惊叹，堪称奇迹。这也是古都绍兴对于文学史无与伦比的贡献。那么，在这个规律中，再下一个"高峰"是怎样的呢？

中国文学史不同的研究者，研究思路或者撰写原则上的轻微差异，以及文本篇幅上的限制，都会导致收录于他们著作、教材中不同时期文学家在取舍和数量上的不同。这种不同在表五和表六中十分明显。值得指出的是，这些作者，他们都是中国文学史一流的研究者和作者。虽有不同，但还是可以看出许多"共识"。共识是文学史研究的主流。比如说，有一些文学家的影响和成就相比另一些绍兴文学家要大，被不同的中国文学史作品提及的频次和成就就要多一些。还有一些绍兴文学家影响更大，他们不但被编入了《中国文学史》教材和专著，而且进入了《中国文学史》教材、专著的"节"和"章"的标题之中。不是每个文学家都可以出现在"节"和"章"的标题之中的。换句话说，他们堪称开辟中国文学史"新篇章"的文学家。因为这些文学家，文学史有了崭新的一"页"。在表六研究过的 13 部《中国文学史》作品中，可以注意到有 20 位绍兴文学家出现在"节"的标题上，涉及 9 部作品；有 3 位绍兴文学家还出现在"章"的标题上，涉及 8 部作品。就是说，正是绍兴文学家中的这些佼佼者为中国文学史在某一节点内翻开了新的篇章。是他们，使古都绍兴大放异彩，格外闪耀。出现在"节"标题上的这20位绍兴文学家是王充、赵晔、袁康、嵇康、王羲之、许询、孙绰、谢灵运、谢朓、方干、范仲淹、贺铸、陆游、王沂孙、王冕、杨维桢、高启、王守仁、徐渭、秋瑾。范仲淹（989—1052）是吴县（今苏州）人，他曾经在绍兴做官一年半左右，出现在本文的名录中，是因为"范仲淹这位一代名臣，在越州留下的业绩，越州百姓是刻骨铭心的"[1]。他在绍兴留下了不朽的作品。出现在"章"标题上的这3位绍兴文学家是王充、谢灵运、陆游。表七给出了绍兴文学家出现于9部《中国文学史》二级标题（节）中的情况。表中给出了完整的标题。表八给出了中国文学史中翻开新一章的绍兴文学家。

综上所述，在中国文学史上，绍兴文学家的影响力和文学成就"标高"是由"501"，"268"，"92"，"20"，"3"这样一个数列向着文学的最高峰发展着，这些数字所代表的每一个绍兴文学家，都是文学史"高峰"上闪闪发光、光芒四射的明珠，他们成为照耀千秋的文学之光。他们留下了光照古今的不朽作品。已经有2500多年建城史的古都绍兴，出现了令人惊羡不已的文学家数量，且绍兴文学家的影响力和文学成就的阵列，具有规律性，由多到少具有一个数列的形式，这是罕与比匹的。501，268，92，20，3，1这样的数列中的具体数字可能会有修正，但其中的规律十分清楚。这就是说，绍兴文学家群体的影响力和文学成就是分层的，大致分为6个层次，这就是上文所说的文学史研究中的"共识"。像古都绍兴那样的文学家群体，再也找不出第二个来，在中国文学史上可谓独一无二、极具特色。我们仿佛看到了他们杰出而又巍峨的身姿。当然，数列中的1是谁，这是最令人感兴趣的。

绍兴文学家分层数列501，268，92，20，3，1，是一个文学成就与文学影响力数列，这个数列从形象上看，就是一个"金字塔"。历代绍兴文学家群体所呈现的"金字塔"使绍兴更加灿烂辉煌，是古都十分令人震撼的特色。那么，居这个绍兴文学家"金字塔"之巅的是谁？数列的1是谁？这个答案在绍

1　鲁锡堂、卢祥耀、张观达等：《越地风光》，西泠印社出版社，2008，29页。

兴是家喻户晓的——他，就是鲁迅。（本节后图一给出了一个绍兴文学家群体"金字塔"图）

细心的读者一定会产生这样一个疑问：在十分重要的表七和表八中为什么没有统计到鲁迅？这里有必要指出，这跟中国文学史的分期有关。在表七所用的 9 本教材和著作中，同样都是"中国文学史"，作品注 1、注 4、注 6、注 8、注 9 等只写到了清朝。注 2、注 3、注 5 这几本只写到了"近代文学"，即写了从 1840 年鸦片战争到 1919 年"五四"新文化运动的兴起这一时期的中国文学。近代文学的开山作家是龚自珍，[1] 定格于近代文学末期的文学家以秋瑾[2]为影响较大者之一，她是卓越的中国民主主义革命活动家，中国妇女解放运动先驱，闻名中外的巾帼英雄。这几本只写到"近代文学"的教材和著作不可能写鲁迅。因为只有在"现代文学"中才写到鲁迅，鲁迅被尊称为中国现代文学的奠基者。在表七引用的作品注 7 中，第九编介绍了现代文学（1911—1949），讲到"艰难开启现代化历程""'文学革命'与'五四新文学'""'国民革命'和左翼文学的兴起""抗日战争时期的文学形态""新的方向：解放区文学简论"，虽然其中讲到了鲁迅，但篇幅不大。因为鲁迅的文学成就被放到了"现代文学"宏观场景之中，这是这个读本的特色。

在表八所用到的 8 本教材和著作中，也是同样的情况（没有写鲁迅）。实际上，在表八中作品注 2（孙静，周先慎编《简明中国文学史》）的最后一章写的是"近代文学"，但也只写到了 1919 年"五四"之前。表八的作品注 1、注 3、注 4、注 5、注 6、注 7、注 8 等就是表六中的作品注 6（三）、注 5、注 12（二）、注 7③、注 3 第二卷、注 3 第三卷、注 4（下）。这里符号③表示这一套书的第三本。

那么，在中国现代文学史中是什么情况呢？为此，本文研究了高等学校"中国现代文学史"课程有关教材或者著作。表九给出了在中国现代文学史课程中介绍鲁迅文学业绩的情况。可以看到，被引用的 6 本教材用专章介绍了鲁

---

1 游国恩、王起、萧涤非等主编：《中国文学史》（修订本）（四），人民文学出版社，2012 第二版，327 页。

2 鲁孟河：《影响中国的绍兴名人》，中央文献出版社，2007，130 页。

迅，无一例外，而且在课程之初就介绍（这当然和鲁迅中国现代文学奠基人的身份有关）。作品注 3 在章标题中只写"20 年代小说（一）"，没有直接写"鲁迅"为章标题，但所含 4 节，写的都是鲁迅的作品。

现在已经十分清楚，居绍兴文学家"金字塔"之巅的，是鲁迅。实际上，中国文学迄今为止的"珠穆朗玛峰"正是鲁迅。那么，鲁迅是谁？他真的是中国文学"珠穆朗玛峰"吗？

1918 年 5 月，在文学革命浪潮中，一篇格式别致、忧愤深广、署名"鲁迅"的小说《狂人日记》在《新青年》月刊四卷五号上发表了，这是"鲁迅"这个光辉的名字第一次在中国出现。[1] 胡风评论《狂人日记》说："这是一道鲜血淋漓的战书。它破天荒地第一次宣布了中国数千年的历史是人吃人的历史，判决了封建社会底死刑。"[2] 早在 1925 年，人们就认识到了《狂人日记》的不一般之处。张定璜说："读《狂人日记》时，我们就譬如从薄暗的古庙的灯明底下骤然间走到夏日的炎光里来，我们由中世纪跨进了现代。"[3] 换句话说，鲁迅是一位开辟了一个崭新的时代——中国现代文学新时代的伟大文学家。张梦阳说："认识到鲁迅是中国精神文化从'中世纪跨进了现代'的转型期的文学家，张定璜是第一人。"[4]

鲁迅是谁？毛泽东在《新民主主义论》中说："鲁迅是中国文化革命的主将，他不但是伟大的文学家，而且是伟大的思想家和伟大的革命家。鲁迅的骨头是最硬的，他没有丝毫的奴颜和媚骨，这是殖民地半殖民地人民最可宝贵的性格。鲁迅是在文化战线上，代表全民族的大多数，向着敌人冲锋陷阵的最正确、最勇敢、最坚决、最忠实、最热忱的空前的民族英雄。鲁迅的方向，就是中华民族新文化的方向。"毛泽东说这段话，是在 1940 年。林志浩在他主编的

1　张梦阳：《中国鲁迅学史》，江苏凤凰文艺出版社，2021，34 页。

2　胡风：《以〈狂人日记〉为起点——为文协五四特刊写》，见《五四谈文艺》，全国文协总会编辑出版，1948。转引自张梦阳：《中国鲁迅学史》，江苏凤凰文艺出版社，2021，306 页。

3　张定璜：《鲁迅先生》，现代评论，第一卷第 7、第 8 期，1925。转引自张梦阳：《中国鲁迅学史》，江苏凤凰文艺出版社，2021，53 页。

4　张梦阳：《中国鲁迅学史》，江苏凤凰文艺出版社，2021，53 页。

《中国现代文学史》中就毛泽东的这一评价说："毛泽东同志最了解鲁迅，他对鲁迅的一生战斗业绩和精神作了崇高的评价。"[1]

在同一篇文章中，毛泽东说，鲁迅是中国"文化新军的最伟大和最英勇的旗手"。他说："在'五四'以后，中国产生了完全崭新的文化生力军，这就是中国共产党人所领导的共产主义的文化思想，即共产主义的宇宙观和社会革命论……由于中国政治生力军即中国无产阶级和中国共产党登上了中国的政治舞台，这个文化生力军，就以新的装束和新的武器，联合一切可能的同盟军，摆开了自己的阵势，向着帝国主义文化和封建文化展开了英勇的进攻。这支生力军在社会科学领域和文学艺术领域中，不论在哲学方面，在经济学方面，在政治学方面，在军事学方面，在历史学方面，在文学方面，在艺术方面（又不论是戏剧，是电影，是音乐，是雕刻，是绘画），都有了极大的发展。二十年来，这个文化新军的锋芒所向，从思想到形式（文字等），无不起了极大的革命。其声势之浩大，威力之猛烈，简直是所向无敌的。其动员之广大，超过中国任何历史时代。而鲁迅，就是这个文化新军的最伟大和最英勇的旗手。"

毛泽东在《新民主主义论》中还指出了鲁迅是怎么成为"中国文化革命的伟人"的。他说，第三个时期是 1927 年至 1937 年的新的革命时期。……这一时期，是一方面反革命的"围剿"，又一方面革命深入的时期。这时有两种反革命的"围剿"：军事"围剿"和文化"围剿"。也有两种革命深入：农村革命深入和文化革命深入。这两种"围剿"，在帝国主义策动之下，曾经动员了全中国和全世界的反革命力量，其时间延长至十年之久，其残酷是举世未有的，杀戮了几十万共产党员和青年学生，摧残了几百万工农人民。从当事者看来，似乎以为共产主义和共产党是一定可以"剿尽杀绝"的了。但结果却相反，两种"围剿"都惨败了。作为军事"围剿"的结果的东西，是红军的北上抗日；作为文化"围剿"的结果的东西，是 1935 年"一二·九"青年革命运动的爆发。而作为这两种"围剿"之共同结果的东西，则是全国人民的觉悟。这三者都是积极的结果。其中最奇怪的，是共产党在国民党统治区域内的一切文化机关

---

1 林志浩主编：《中国现代文学史》，中国人民大学出版社，1979，96 页。

中处于毫无抵抗力的地位，为什么文化"围剿"也一败涂地了？这还不可以深长思之吗？而共产主义者的鲁迅，却正在这一"围剿"中成了中国文化革命的伟人。

早在发表《新民主主义论》之前，毛泽东就已经把鲁迅和中国历史上的圣人孔子相提并论。1937年10月19日是鲁迅的周年祭日，陕北公学校长成仿吾请毛泽东到校做了一场专门论鲁迅的演讲，这是毛泽东第一次公开而全面地评价鲁迅。[1]毛泽东在演讲中说："鲁迅在中国的价值，据我看要算是中国的第一等圣人，孔子是封建社会的圣人，鲁迅是新中国的圣人。"1938年3月胡风主编的《七月》第3期上，发表了当时的青年学员汪大漠据毛泽东演讲记录整理的全文。

关于中国社会各界对"鲁迅是谁"的早期回应，还可以给出一些例子。1926年年初，《京报副刊》举办过一次在政治、哲学、文学、教育等界推选"新中国柱石"的活动。张申府参加了这次活动，他在投票后的一文（1926年2月10日《京报副刊》）中说："鲁迅是今日中国文学界第一人。"[2]1930年，邢桐华发文说："我们可以简说：他仍然在中国是最伟大的思想家与艺术家和战士，十个胡适之换不来一个鲁迅先生；十个郭沫若也换不来鲁迅先生底几本小说，数集杂感；五个郁达夫，四个周作人，都换不来鲁迅先生对于中国的难磨的功绩。他是绝对地伟大的，立在中国新文学界里的最崇高的大树，没有人能及得上他的。"[3]1932年，胡云翼的《新著中国文学史》评价鲁迅认为："在近代中国小说界中，最伟大的莫如鲁迅（周树人）。"[4]1933年瞿秋白以"何凝"之名在上海青光书店出版了《鲁迅杂感选集》。该书的序言（瞿秋白作）[5]被

1　张梦阳：《中国鲁迅学史》，江苏凤凰文艺出版社，2021，244页。

2　同上，59页。

3　邢桐华：《关于〈中国文艺论战〉并及鲁迅先生——寄李何林先生》，新晨报，1930年4月29日。转引自张梦阳：《中国鲁迅学史》，江苏凤凰文艺出版社，2021，103页。

4　胡云翼：《新著中国文学史》，北新书局，1932年版，第十编第二十八章《最近十余年的中国文坛》。转引自张梦阳：《中国鲁迅学史》，江苏凤凰文艺出版社，2021，116页。

5　瞿秋白：《鲁迅杂感选集》序言，上海青光书店，1933。

认为是有关评价鲁迅的具有里程碑意义的事件。张梦阳归纳序言的要点如下[1]：鲁迅是谁？鲁迅是具有"为着将来和大众而牺牲的精神"、不断冲决和批判"皇帝和奴才的经验"与"奴隶规则"、坚持最清醒的现实主义和"韧"的战斗、充分表现了反自由主义和反虚伪的精神的"无产阶级和劳动群众的真正的友人，以至于战士"。

以上对鲁迅的评价是在鲁迅生前。

1936年10月19日凌晨5时25分，鲁迅先生在上海北四川路大陆新村内九号寓所逝世。鲁迅出世，曾在中国精神文化界响起惊雷；鲁迅逝世，也如惊雷震撼了中国，震撼了世界。[2]

当日及第二日上海及全国各主要媒体都报道了鲁迅先生逝世的消息，并在大标题中对"鲁迅是谁？"给出了各自的答案。

张梦阳总结了其中的一部分，[3]他说，由此可见，鲁迅在当时精神文化界的影响确实是非同一般的。他已被主要媒体公认为"中国文坛巨星""中国新文化运动领导者""世界前进文学家""中国文化界革命领袖世界新文化运动战士著作家""中国民族解放运动英勇战士""世界之中国唯一学术家"……

鲁迅逝世后，当时处于困难时期的中国共产党很快就发出了三则唁电，表示深切的悼念。第一则唁电为"为追悼鲁迅先生告全国同胞和全世界人士书"。其中誉鲁迅先生为"中国文学革命的导师、思想界的权威、文坛上最伟大的巨星"。[4]第二则唁电是"致许广平女士的唁电"。其中誉鲁迅先生为"中华民族最伟大的文学家""热忱追求光明的导师""献身于抗日救国的非凡的领袖""共产主义苏维埃运动之亲爱的战友"。[5]第三则唁电是"为追悼与纪念鲁迅先生致中国国民党中央委员会与南京国民党政府电"。其中称鲁迅先生为"我国文学革命的导师、思想上的权威、文坛上最灿烂光辉的巨星"。[6]

---

1 张梦阳：《中国鲁迅学史》，江苏凤凰文艺出版社，2021，126页。

2 同上，179页。

3 同上，182页。

4 同上。

5 同上，184页。

6 同上。

以上唁电对鲁迅的评价，概括起来主要是："中国文学革命的导师、思想界的权威、文坛上最伟大的巨星""最前进最无畏的战士""最伟大的文学家，热忱追求光明的导师，献身于抗日救国的非凡的领袖，共产主义苏维埃运动之亲爱的战友""在无论如何艰苦的环境中，永远与人民大众一起与人民的敌人作战，他永远站在前进的一边，永远站在革命的一边。他唤起了无数的人们走上革命的大道，他扶助着青年们使他们成为像他一样的革命战士，他在中国革命运动中，立下了超人一等的功绩"。[1]

两年后的1938年，《鲁迅全集》问世。全集中蔡元培先生的序，无疑是一篇十分重要的文献，他对"鲁迅是谁"给出的答案是：最近时期，为旧文学殿军的，有李越缦先生，为新文学开山的，有周豫才先生，即鲁迅先生。[2]该版《鲁迅全集》问世以后受到广泛欢迎，这充分反映了人民群众对待鲁迅的态度。[3]同一年的10月，上海"孤岛"十多个对鲁迅思想有兴趣的哲学社会科学工作者，举行了一次研究鲁迅思想的座谈会，参加人有许广平、罗稷南、胡曲园、孙冶方、陈珪如、吴清友、蓝天宇、樊英、何封、潘蕙田、郭箴一、王绍文、吴大琨、旅冈、李平心等。会后，由李平心执笔，写成长篇论文《思想家的鲁迅》，刊登在1938年11月10日上海《公论丛书》第三辑上，署名"鲁座"。该文对"鲁迅是谁"给出的答案是，鲁迅"是现代中国的大文豪""中国新文学的开山""照耀中国现代史的杰出的思想家"，"鲁迅是以民族号手兼民众代言人的雄姿出现在中国的现代史上的"。[4]周扬曾经与鲁迅发生过矛盾，[5]他在1938年发表文章纪念鲁迅，其中关于"鲁迅是谁"给出的答案是："鲁迅的一生和中华民族解放不能分开的""他是一个伟大的民主主义的现实主义者""彻底的民主主义，严峻的现实主义，加上对于人民的深挚的爱，使他走向了无产

1　张梦阳：《中国鲁迅学史》，江苏凤凰文艺出版社，2021，185页。

2　同上，259页。

3　同上，292页。

4　同上，264页，265页。

5　同上，270页。

阶级"。[1]

张梦阳是著名的鲁迅研究专家。他有两次给出了对"鲁迅是谁"的叙述。1983 年他给出的是：鲁迅是中国近代最伟大的天才之一。他作为"五四"文化新军最伟大和最英勇的旗手，作为中国文化革命的主将和伟大的文学家、思想家、革命家，以浩大的气势、猛烈的威力、锐利的笔锋、深湛的思想深入到文学、哲学、历史学、伦理学、社会学等各个文化领域，锋芒所向，几乎无不引起带整体性、全局性的深刻革命，在中国近代思想史、文化史和文学史上创立了奇迹般的功绩。他去世后的近五十年，人们日益感到他的伟大和重要的历史地位，特别是当以后的历史实践日益证明他思想的深刻性和预见的正确性时，人们不禁要回首仰视这位文化巨人的巍峨雄姿，发出啧啧惊叹之声。[2] 2021 年他给出的是："回眸百年来的中国精神文化史，无论你站在什么立场，持有什么观点，甚至怀着什么成见，都不能不正视这样一个重要的现象：一位文化巨人，身材瘦小，疾病缠身，仅生存了半个多世纪，著作不算浩繁，也没有鸿篇巨制，却能在生前就以雷霆般的精神力量震撼了中国精神文化界；身后更以其精神之力撼动着一代又一代的灵魂，几乎所有的政治派别、文化群体都要对他做出反响，所有历史阶段的思想论争、精神碰撞都要迸发出他的火光，有的崇拜，有的赞颂，有的利用，有的扭曲，有的攻击，有的讥讽，有的谩骂。无论生前还是身后，他所遭遇的精神反弹都是无人可以比拟的。他的存在和对他的反响，构成了百年中国精神文化史上的一个重要景观，形成了一个不能不正视的重要的精神文化现象。""这位文化巨人，就是鲁迅。"[3]

鲁迅的文学业绩主要体现在《呐喊》《彷徨》《故事新编》《野草》《朝花夕拾》，以及收录于他的 16 部杂文集中的大量杂文。他在短篇小说、散文、散文诗、历史小说、杂文等各种文学体裁的创作中，表现出了全新的艺术创造力，

1　周扬：《一个伟大的民主主义的现实主义者的路——纪念鲁迅逝世二周年》，（延安）《解放》周刊，1938 年 11 月 7 日，第 56 期。转引自张梦阳：《中国鲁迅学史》，江苏凤凰文艺出版社，2021，270 页。

2　张梦阳：《中国鲁迅学史》，江苏凤凰文艺出版社，2021，4—5 页。

3　同上，4 页。

也最先显示了五四文学革命的成果，因此在中国 20 世纪文学发展史上具有崇高的地位。[1]

1918 年 5 月，鲁迅在《新青年》发表了在现代文学史上具有划时代意义的第一篇白话小说《狂人日记》，小说发表后立即引起巨大反响。[2]它把矛头指向几千年的封建制度，包含了巨大的思想革命的现代性内容。[3]在思想上提出了"礼教吃人"而呼唤"人的解放"的主题。[4]震动了新文学界。[5]狂人所说的每一句话，都是疯话，但又都真实地揭露了生活的真相。[6]《狂人日记》以其彻底反封建的战斗性，以其革命民主主义的思想震动了当时的文化思想界。[7]《狂人日记》使鲁迅声名鹊起。[8]《狂人日记》成为中国现代小说的伟大开端，开辟了我国文学（小说）发展的一个新的时代。[9]另一本《中国现代文学史》也给出了同样的评论："《狂人日记》是中国现代文学史上第一篇成功的白话小说，中国文学由此真正跨入现代。"[10]

此后，鲁迅陆续创作了一批小说，并结集出版了小说集《呐喊》《彷徨》。1918 至 1922 年的 15 篇小说，于 1923 年编为《呐喊》，1924 至 1925 年的 11 篇小说，于 1926 年编为《彷徨》。《呐喊》《彷徨》是中国现代小说的艺术高峰，[11]

1　王小曼编著：《中国现当代文学》，北京大学出版社，2015，7 页。

2　朱栋霖、丁帆、朱晓进主编：《中国现代文学史 1917～1997》（上册），高等教育出版社，1999，30 页。

3　同上，19 页。

4　刘中树、张福贵、王学谦主编：《现代文学基础》，北京大学出版社，2009，59 页。

5　同上。

6　林志浩主编：《中国现代文学史》（上册），中国人民大学出版社，1979，98 页。

7　同上，99 页。

8　程光炜、刘勇、吴晓东、孔庆东、郜元宝：《中国现代文学史》（第二版），中国人民大学出版社，2007，59 页。

9　钱理群、温儒敏、吴福辉：《中国现代文学三十年》（修订本），北京大学出版社，1998，30 页。

10　程光炜、刘勇、吴晓东、孔庆东、郜元宝：《中国现代文学史》（第二版），中国人民大学出版社，2007，59 页。

11　朱栋霖、丁帆、朱晓进主编：《中国现代文学史 1917～1997》（上册），高等教育出版社，1999，40 页。

也是中国现代小说的成熟之作。[1]"中国现代小说在鲁迅手中开始，又在鲁迅手中成熟，这在历史上是一种不多见的现象。"[2,3]

《故事新编》是鲁迅取材于中国历史、神话、传说而写成的，是中国现代文学中一部杰出的历史小说。[4]包括八篇作品：《补天》《奔月》《铸剑》写于1922到1926年，《理水》《非攻》《采薇》《出关》《起死》写于1934到1935年。钱理群、温儒敏、吴福辉认为：[5]"《故事新编》8篇有5篇写于鲁迅生命的最后时期，面临死亡的威胁，处于内外交困、身心交瘁之中，《故事新编》的总体风格却显示出从未有过的从容、充裕、幽默与洒脱。""这表明鲁迅思想与艺术都达到了一个新的境界、具有某种超前性。"林志浩认为：[6]"作为一位伟大的前驱，他在艺术领域的许多方面，必然要表现出拓荒创造的精神，而《故事新编》正是他的一个伟大的创造。""概括起来说，历史题材和当前斗争的密切结合，现实主义原则和浪漫主义想象的和谐统一，这是《故事新编》最根本的特色，这个特色在后期几篇作品里，有了更突出、更鲜明的表现。所以《故事新编》是一部现实的、理想的、战斗的作品，是鲁迅的一个出色的创造。"[7]中国现代文学史认为，[8]《故事新编》是中国现代历史小说的开山之作，也是这一小说门类中的杰作。

鲁迅是中国现代文学史上大量尝试散文诗创作的第一人。[9]1924年12月1日，鲁迅在《语丝》杂志上发表了《秋夜》，随后又陆续在该杂志上发表了一组散文诗。1927年结集为《野草》出版。《野草》被认为是鲁迅文学世界中最

1　钱理群、温儒敏、吴福辉：《中国现代文学三十年》（修订本），北京大学出版社，1998，30页。

2　同上。

3　严家炎：《鲁迅小说的历史定位》，见《求实集》，北京大学出版社，1983，101页。

4　林志浩主编：《中国现代文学史》（上册），中国人民大学出版社，1979，410页。

5　钱理群、温儒敏、吴福辉：《中国现代文学三十年》（修订本），北京大学出版社，1998，301页。

6　林志浩主编：《中国现代文学史》（上册），中国人民大学出版社，1979，411页。

7　同上，419页。

8　程光炜、刘勇、吴晓东、孔庆东、郜元宝：《中国现代文学史》（第二版），中国人民大学出版社，2007，66页。

9　朱栋霖、丁帆、朱晓进主编：《中国现代文学史1917～1997》（上册），高等教育出版社，1999，125页。

独异的存在。[1]《野草》从一开始发表就是充分成熟的艺术精品。集印成册以后，即成为中国现代散文诗的经典之作。[2]《野草》收散文诗 23 篇，作于 1924 年至 1926 年间北洋军阀统治下的北京。钱理群、温儒敏、吴福辉认为，[3]"鲁迅不仅创造了现代小说的经典《呐喊》《彷徨》《故事新编》，更在传统文学最具实力的散文领域（另一个领域是诗歌），也创造了堪称经典的《朝花夕拾》与《野草》：这真正显示了鲁迅的创造活力"。《野草》是中国散文诗的新尝试、新成就。[4]《野草》以简约凝练的诗性话语囊括了复杂深邃的思想情感，这个特点是鲁迅其他作品没有的。新文学很早就有散文诗的自觉，但将这种文学形式推向极致的是《野草》。[5]鲁迅自己说过，他的"哲学"就在《野草》里面。[6]

《朝花夕拾》是 1926 年所作的散文集，共十篇。前五篇作于北京，后五篇作于厦门。这部作品以优美的笔调，沉郁的感情，挥洒自如地记述了作者从童年到辛亥革命时期的片段经历，侧面地勾画了古老中国的社会风貌。[7]《中国现代文学史》评论道，《朝花夕拾》是新文学散文创作的硕果，它的显著的艺术特征，是在热烈的抒情中闪射出讽刺的火花，在平静的叙述里夹杂着大有深意的妙语，严肃的思想常借幽默的笔调来表现。[8]中国现代文学史认为，老中国灰暗而深邃的背景烘托着清新活泼的童真世界，人类生存永恒的泥土气息混合着源于传统与原始人性的美善情感，是《朝花夕拾》特见神采处。长妈妈的仁慈，藤野先生的善良，范爱农对友情的至死不忘，"人而鬼，理而情，可怖而又可爱"的"无常"，是那样自然而充沛地表现着"国民性"中最缺乏的"诚

1 刘中树、张福贵、王学谦主编：《现代文学基础》，北京大学出版社，2009，71 页。

2 朱栋霖、丁帆、朱晓进主编：《中国现代文学史 1917～1997》（上册），高等教育出版社，1999，125 页。

3 钱理群、温儒敏、吴福辉：《中国现代文学三十年》（修订本），北京大学出版社，1998，39 页。

4 林志浩主编：《中国现代文学史》（上册），中国人民大学出版社，1979，148 页。

5 程光炜、刘勇、吴晓东、孔庆东、郜元宝：《中国现代文学史》（第二版），中国人民大学出版社，2007，69 页。

6 同上，66 页。

7 林志浩主编：《中国现代文学史》（上册），中国人民大学出版社，1979，149 页。

8 同上，152 页。

与爱"，《山海经》的神话人物，"迎神赛会"的淳朴民风，百草园的花木虫鸟，三味书屋的琅琅书声，还有少年人丰富的感性与无羁的想象，令人不胜神往之至。[1] 如果可以用一句话来概括《朝花夕拾》，那么中国现代文学史研究者认为，《朝花夕拾》则是带有回忆性质的叙事散文，充满了鲁迅对滋养过他生命的人和事物的深情回忆和怀念。[2] 总之，《朝花夕拾》"通过白描手法塑造了一批活灵活现的人物形象"。"鲁迅让真挚的情感流淌于笔端，如数家珍般追怀往事，细说早期的一些重要经历和思想演进的历程。""鲁迅的文字简洁质朴、意境深远的特点在《朝花夕拾》中表现得淋漓尽致，他结合灵活多变的艺术表现形式和手法，融入自己对中国文化传统及社会内涵的深刻认识，形散神凝，意涵无穷。可以说，《朝花夕拾》不仅丰富了鲁迅的文学创作领域，更给我们打开了一扇近距离观察鲁迅的窗口，而且创造了现代中国文学史上第一流的回忆性的叙事、写人散文，对中国散文的创作产生着深远的影响。"[3]

现在要说说鲁迅的杂文。"鲁迅一生的著作和译作近 1000 万字，其中杂文集达 16 部之多，如前期的《坟》《热风》《华盖集》和 1928 年以后的《三闲集》《二心集》《南腔北调集》等。杂文是鲁迅创作数量最多的文学体裁，不但记录了鲁迅一生思想战斗的历程，也记录了鲁迅所处时代的中国思想、文化的发展历程。尤其值得一提的是，鲁迅常常以杂文为武器，鼓励、赞颂新文化及新思想，讽刺、揭露和批判各种旧思想及旧文化，并与各种攻击他的言论作斗争。在鲁迅的手中，'杂文'这种传统的文学形式显示出了独特的艺术魅力、巨大的思想潜力和强大的战斗力。"[4]

杂文是鲁迅对中国现代文学的一个独创的艺术贡献。[5] 林志浩评价说："鲁迅是开拓和丰富这一新的文学形式的先驱。"[6] "鲁迅杂文与他不同时期的小说、

1 程光炜、刘勇、吴晓东、孔庆东、郜元宝：《中国现代文学史》（第二版），中国人民大学出版社，2007，71 页。

2 王小曼编著：《中国现当代文学》，北京大学出版社，2015，8 页。

3 刘中树、张福贵、王学谦主编：《现代文学基础》，北京大学出版社，2009，73 页，74 页。

4 王小曼编著：《中国现当代文学》，北京大学出版社，2015，7 页。

5 刘中树、张福贵、王学谦主编：《现代文学基础》，北京大学出版社，2009，74 页。

6 林志浩主编：《中国现代文学史》（上册），中国人民大学出版社，1979，127 页。

戏剧、诗歌、取材命意和写法都具有密切联系，从而构成浩大严整的著作体系，杂文则是这体系的灵魂。"[1] 现代杂文正因为鲁迅的积极倡导和大力实践而得以踏入文学殿堂。[2] 在杂文的发展过程中，他是开拓、丰富这一战斗的新形式的先驱，并且为它的健康发展尽了捍卫的作用。[3] 他坚持不懈地把自己的文学才能和思想修养熔铸在杂文里。[4]

事实上鲁迅的名字是与杂文紧紧联系在一起的。[5] 人们一提到杂文，首先想到的就是鲁迅。"他的这些杂文，短篇的精悍泼辣，切中要害；长篇的论证绵密，剖析深入。特别是作者善于运用形象的比喻和生动的语言，来展开思路，阐明问题，因此这些杂文不仅战斗性强，而且具有高度的艺术感染力和说服力。"[6] 刘中树等评价认为，"鲁迅杂文在艺术上最突出的特征，便是其文字中所透出的论辩性与讽刺性。"[7] "鲁迅自称自己的杂文为'感应的神经'、'攻守的手足'，而这种锋利性首先来自于文章的逻辑性与哲理性。这是鲁迅杂文艺术的又一特点。"[8]

鲁迅写杂文的笔被喻为"匕首"和"投枪"，他的文章如熊熊的火炬，在暗夜中照彻大地，风吹不熄，雨淋不灭，划破夜幕，击退黑暗，给了国统区人民以希望和力量。[9] 不止于此，"鲁迅杂文全面而深刻地反映了现代中国人痛苦地忍受挣扎与热情地寻求创造相交织的心灵轨迹，称得上经纬现代中国人思想生活的大典"。[10]

1　程光炜、刘勇、吴晓东、孔庆东、郜元宝：《中国现代文学史》（第二版），中国人民大学出版社，2007，76 页。

2　朱栋霖、丁帆、朱晓进主编：《中国现代文学史 1917～1997》（上册），高等教育出版社，1999，243 页。

3　林志浩主编：《中国现代文学史》（上册），中国人民大学出版社，1979，382 页。

4　同上，127 页。

5　钱理群、温儒敏、吴福辉：《中国现代文学三十年》（修订本），北京大学出版社，1998，289 页。

6　林志浩主编：《中国现代文学史》（上册），中国人民大学出版社，1979，132 页。

7　刘中树、张福贵、王学谦主编：《现代文学基础》，北京大学出版社，2009，75 页。

8　同上。

9　林志浩主编：《中国现代文学史》（上册），中国人民大学出版社，1979，398 页。

10　程光炜、刘勇、吴晓东、孔庆东、郜元宝：《中国现代文学史》（第二版），中国人民大学出版社，2007，79 页。

绍兴文学家群体"金字塔"的塔尖是世界级大文豪鲁迅,换句话说,鲁迅是中国文学史的"珠穆朗玛峰"。在"金字塔"接下来的那一层,是王充、谢灵运、陆游。他们是谁?简要介绍如下。

本文在第一部分"绍兴:一座充满文学光芒的古都"结尾处讲到了王充,"王充著《论衡》而成为我国古代杰出的思想家"。这引自刘跃进《简明中国文学史读本》。[1]多数中国文学史称王充为"我国古代杰出的思想家",[2,3]或者"东汉著名的思想家"。[4]游国恩等则称王充为"东汉杰出的唯物主义思想家"。[5]他们认为:"东汉一代今文派经学和谶纬之学特盛,整个学术文化领域充满着愚妄和迷信。能够首先冲破这个沉闷的时代,并给以深刻有力的批判的是东汉初年的王充。"[6]"所著《论衡》八十五篇,是我国思想史上一部重要著作。在这里,王充以唯物主义观点批判了当时统治者所提倡的对于天道神权命运的迷信。他自言《论衡》是一部'疾虚妄'之书。这种鲜明的态度表现了作者反正统思想的战斗精神。"[7]周桂钿在其《桓谭 王充评传》中,称王充为"中国东汉时代杰出的哲学家"[8]"中国东汉时代颇有特色的哲学家"[9]"东汉时代著名哲学家"[10]"唯物主义哲学家"[11]。鲁孟河认为,王充是"东汉杰出唯物主义哲学家,无神论集大成者,是中国封建社会异端思想的先驱。他的《论衡》以'疾虚妄'为旨,从理论上对神学思想进行了系统、彻底的清算,在中国历史上首次

---

1 刘跃进:《简明中国文学史读本》,中国社会科学出版社,2019,113 页。

2 刘大杰:《中国文学发展史》,复旦大学出版社,2006,126 页。

3 中国科学院文学研究所中国文学史编写组编写:《中国文学史》(一),人民文学出版社,1962,145 页。

4 方铭主编:《中国文学史》(先秦秦汉卷),长春出版社,2013,403 页。

5 游国恩、王起、萧涤非等主编:《中国文学史》(修订本)(一),人民文学出版社,2002,173 页。

6 同上,172 页。

7 同上,173 页。

8 钟肇鹏、周桂钿:《桓谭 王充评传》,南京大学出版社,1993,85 页。

9 同上,87 页。

10 同上,153 页。

11 同上,538 页。

建立了无神论理论体系"[1]。冯友兰称王充为"唯物主义哲学阵营里"的"一个大哲学家"。[2] 冯友兰说："正在官方经学和唯心主义阵营努力加强其地位的时候，唯物主义哲学阵营里出了一个大哲学家，王充。他的哲学体系完整，斗争性极强。在两汉哲学斗争的战线上，他是唯物主义阵营的主将，他的哲学体系是董仲舒的哲学体系的对立面。"这是 1964 年出版的他的《中国哲学史新编》中的评价。[3]

西方学者霍克氏（Docter Forke）认为王充"无疑乃为中国之伏尔泰"[4]。伏尔泰（Voltaire 1694—1778）是法国启蒙思想家、作家和哲学家。他揭露封建贵族，抨击天主教会，反对宗教迷信。王充和伏尔泰在反对迷信方面是有一致之处的。[5] 苏联学者阿·阿·彼得洛夫则认为王充跟希腊伊壁鸠鲁一样。他写道："马克思给伟大的希腊思想家伊壁鸠鲁的评语，可以应用到王充身上。马克思写道，伊壁鸠鲁乃是'古代真正的、激进的启蒙思想家，他公开地抨击了古代宗教。……'唯物主义者、无神论者、迷信和愚昧无知的不共戴天的敌人、真实知识的宣传者——王充，同样是中国古代真正的、激进的启蒙思想家。"[6]

大约于东汉章和二年（88），王充自动辞职，回家居住。又继续整理自己的文章。这时，同郡友人谢夷吾上书章帝，推荐王充。他说："充之天才，非学所加，虽前世孟轲、孙卿，近汉扬雄、刘向、司马迁，不能过也。"[7] 实际上，两部史书同时记载了谢夷吾推荐王充才学的事。[8] 一是，范晔《后汉书》王充本

1 鲁孟河：《影响中国的绍兴名人》，中央文献出版社，2007，36 页。

2 冯友兰：《中国哲学史新编》，1984 年修订第三册第 239 页。（转引自钟肇鹏、周桂钿：《桓谭　王充评传》，南京大学出版社，1993，537 页）

3 冯友兰：《中国哲学史新编》，1964。（转引自钟肇鹏、周桂钿：《桓谭　王充评传》，南京大学出版社，1993，537 页）

4 日本学者狩野直喜《中国哲学史》（岩波书店出版）引霍克氏（Docter Forke）语。（转引自钟肇鹏、周桂钿：《桓谭　王充评传》，南京大学出版社，1993，534 页）

5 钟肇鹏、周桂钿：《桓谭　王充评传》，南京大学出版社，1993，534 页。

6 《王充——中国古代的唯物主义者和启蒙思想家》一书结论。（转引自钟肇鹏、周桂钿：《桓谭　王充评传》，南京大学出版社，1993，534 页）

7 谢承《后汉书》，见范晔《后汉书·王充传》注引（范晔《后汉书·王充传》李贤注引谢承《后汉书》。（转引自钟肇鹏、周桂钿：《桓谭　王充评传》，南京大学出版社，1993，161 页）

8 钟肇鹏、周桂钿：《桓谭　王充评传》，南京大学出版社，1993，108 页。

传载:"友人同郡谢夷吾上书荐充才学,肃宗特招公车征,病不行。"[1] 二是,谢承《后汉书·王充传》明确记载:"夷吾荐充曰:'充之天才,非学所加,虽前世孟轲、孙卿,近汉扬雄、刘向、司马迁,不能过也。'"[2]

对王充《论衡》的研究,代不乏人。这一世纪,学术界研究《论衡》成了一种热门,研究者相当多,海内外出版的专著、校释,约有几十种,发表的研究论文上千篇。[3]关于《论衡》,钟肇鹏说:"王充《论衡》不仅在中国而且在世界哲学之林也是一部当之无愧的唯物主义巨著。"[4]

王充死后一百多年,虞翻称王充"洪才渊懿,学究道源,著书垂藻,骆驿百篇,释经传之宿疑,解当世之槃结,或上穷阴阳之奥秘,下摅人情之归极"。[5]

《论衡》开始只在吴地流传。蔡邕到吴地得到《论衡》,"叹其文高,度越诸子"[6],"恒秘玩以为谈助"。[7]回到中原地区以后,"诸儒觉其谈论更远",谈论水平有很大提高。大家怀疑他可能得到什么"异书",果然从他家隐蔽处搜出《论衡》来。后来,王朗到会稽任太守,也得到《论衡》,当他返回北方时,"时人称其才进"。其原因:"不见异人,当得异书"。问他,果然是由于读了异书《论衡》。[8]东汉末(时过一百年左右),蔡邕、王朗在东吴发现了《论衡》,读后才学有了明显提高,由于蔡邕、王朗的赏识、传播,《论衡》成为时髦的"异书",社会上争相传阅,很快流行起来,盛行一时。此书流传,蔡、王之功不可磨灭。[9]晋代葛洪认为王充是"冠伦大才"[10],又引谢夷吾的话说:王充是

1 钟肇鹏、周桂钿:《桓谭 王充评传》,南京大学出版社,1993,107 页。

2 同上,108 页。

3 同上,86 页。

4 钟肇鹏:《王充年谱》,齐鲁书社,1983。(转引自钟肇鹏、周桂钿:《桓谭 王充评传》,南京大学出版社,1993,536 页)

5 《三国志·吴书·虞翻传》注引《会稽典录》。

6 《太平御览》卷六〇二引《抱朴子》。(转引自钟肇鹏、周桂钿:《桓谭 王充评传》,南京大学出版社,1993,162 页)

7 范晔《后汉书·王充传》李贤注引《袁山松书》。(转引自钟肇鹏、周桂钿:《桓谭 王充评传》,南京大学出版社,1993,162 页)

8 钟肇鹏、周桂钿:《桓谭 王充评传》,南京大学出版社,1993,162 页。

9 同上,172 页,178 页。

10 葛洪:《抱朴子·喻蔽》。

"一代英伟，汉兴以来，未有充比".[1] 唐代大文学家韩愈写了《后山三贤赞》，王充是其中一员。[2]

周桂钿在《桓谭　王充评传》中说，[3] 北宋进士杨文昌在整理《论衡》一书后所作的序言中说，"释物类同异，正时俗嫌疑，订百氏之增虚，诘九流之拘诞。天人之际，悉所会通，性命之理，靡不穷尽，析理择衷，此书为多"，"其文取譬连类，雄辩宏博，岂止为'谈助'、'才进'而已哉！信乃士君子之先觉者也"。认为《论衡》有极丰富的思想，并且形成系统的理论，哪里是王朗、蔡邕那样只当作闲聊的资料或增加一点知识呢？他认为这是知识分子先觉悟者的声音。元朝韩性为《论衡》作序说："盖其为学博，其用功勋，其著述诚，有出于众人之表者也。""自汉以来，操觚之士焦心劳思，求一言之传而不可得，《论衡》之书独传至今，譬之三代鼎彝之器，宜乎为世之所宝也。"[4] 周桂钿评论说，觚是木简，操谓作文，操觚之士指著述的知识分子。汉以来，那么多知识分子千方百计想将自己的哪怕是一句话流传下去，却做不到，而王充《论衡》却能流传至今，成为难得的国宝，像三代鼎彝那样珍贵。[5] 明清之际的沈云楫和熊伯龙都引王充为"千载知音"。[6] 明万历沈云楫为《论衡》作序云："仲任有神，必咤为千载知音也已。"[7] 清顺治熊伯龙《无何集·自述二》云："仲任有知，必以先生为千载知音矣。"[8] 沈云楫认为，如能深刻理解《论衡》的精神实质，就不会被"伪书伪儒"所欺骗。沈云楫序云："当世博雅诸士，能《论衡》之精，而始不为伪儒之所涠。"[9] 熊伯龙说："余博览古书，取释疑解惑之说，以

1　《北堂书钞》卷一百注引《抱朴子》，《太平御览》卷五百九十九所引略同。（转引自钟肇鹏、周桂钿：《桓谭　王充评传》，南京大学出版社，1993，163页）

2　钟肇鹏、周桂钿：《桓谭　王充评传》，南京大学出版社，1993，163页。

3　同上。

4　同上，163页，164页。

5　同上。

6　同上。

7　同上。

8　同上。

9　同上。

《论衡》为最。特摘其尤者，参以他论，附以管见，名曰《无何集》。欲以醒世之惑于神怪祸福者。"[1] 熊伯龙是"顺治己丑榜眼，任国子监祭酒，内秘书院侍读学士"，并且"精字母反切之学，知西洋天文算法，又能通佛经，解翻译"，"楷法、篆隶，弓马、琴棋，无一不工"。[2] 这么一个博学多才的学者对千年之前的王充如此推崇，实在难得！[3] 清代李慈铭说：《论衡》一书，"理浅词复……惟言多警俗，不嫌俚直，以晓愚蒙，间亦有理解，故世争传之"。他认为《论衡》一书内容针对现实，语言通俗易懂，有启蒙作用，所以得到广泛流传。[4] 孙人和在《论衡举正》自序中说：王充"远知卓识，精深博雅，自汉以来，未之有也"。"余雅好是书，不能释手。"[5] 莫伯骥说："后来如金李纯甫、明李卓吾，著书每与孔孟为难，当导源于此。言论解放，不为古今人束缚，表现怀疑派哲学精神，王氏实开其端。"[6] 莫氏把王充看作中国怀疑哲学的始祖。

章太炎对王充也很推崇，他在《检论·学变》篇中说："汉得一人焉，足以振耻，至于今亦鲜有能逮者也。"[7]

《桓谭　王充评传》中有这么一段话，本文全文引用如下：[8]

中国学者认为王充和培根有更多的相似之处。蒋维乔说王充："能使我国思想的趋势一变，并且所变的方面，还是由神秘而实在的，和培根的情形大略相同，这不能不说是他的伟大功绩！"[9] 弗兰西斯·培根（Francis

---

1　熊伯龙：《无何集·自述一》，6页。（转引自钟肇鹏、周桂钿：《桓谭　王充评传》，南京大学出版社，1993，164页）

2　"衡衡子书"，见《无何集·自述一》后。（转引自钟肇鹏、周桂钿：《桓谭　王充评传》，南京大学出版社，1993，164页）

3　钟肇鹏、周桂钿：《桓谭　王充评传》，南京大学出版社，1993，164页。

4　同上。

5　同上，165页。

6　莫伯骥《五十万卷楼群书跋文》子部一《论衡》。（转引自钟肇鹏、周桂钿：《桓谭　王充评传》，南京大学出版社，1993，164页，165页）

7　钟肇鹏、周桂钿：《桓谭　王充评传》，南京大学出版社，1993，165页。

8　同上，534页，535页。

9　同上。

Bacon，1561—1626）是英国哲学家，马克思称他是"英国唯物主义和整个现代实验科学的真正始祖"。培根强调经验，王充强调证验。培根提出假相说，揭露神学、唯心主义及一切谬误的根源，王充提出天道自然论，批驳天人感应神学目的论。培根是近代归纳逻辑的主要创立者，王充是古代东方逻辑大师。培根提出知识就是力量的口号，而王充提出"知为力"，表达了同一思想。不同的是，培根不是无神论者，而王充是。可谓大同小异。有位逻辑学家说王充是中国的培根。王充比培根早一千五百年，我以为应该说：培根是英国的王充！

在绍兴文学家群体"金字塔"第二层中，谢灵运是其中一位。现在说说谢灵运。

中国人对自然尤其是对山水有一种先天的认同感。[1]"早在《诗经》和《楚辞》的时代，诗中就出现了山水景物。"[2]比如说，"《诗经》中就有优美的模山范水的诗句；楚辞中精湛的山水景物片段也随处可见；到了汉代大赋乃至抒情小赋中，令人情醉神迷的山水特写更是比比皆是；到了曹操，则出现了在意象上完全山水化的《观沧海》"。[3]袁行霈认为，曹操的《观沧海》才算是中国诗歌史上第一首完整的山水诗。[4]"此后，山水越来越受到诗人的重视。""到了南朝，山水则成了文人主要的观照对象。其中以谢灵运的山水诗成就最高。"[5]

因为山水诗，谢灵运在中国文学史上具有崇高的地位。

谢灵运是中国文学史上第一个大量描写山水自然景物的诗人，他开创了中国山水诗派。这是方铭主编的《中国文学史》对谢灵运的评价。[6]方铭说："从刘宋到唐代，山水诗发展为一个流派，谢灵运功劳最著。"[7]鲁孟河也给出了同

---

1 袁世硕、张可礼：《中国文学史》（上），中国人民大学出版社，2006，224页。

2 袁行霈主编：《中国文学史》（第三版）第二卷，高等教育出版社，2014，87页。

3 袁世硕、张可礼：《中国文学史》（上），中国人民大学出版社，2006，224页。

4 袁行霈主编：《中国文学史》（第三版）第二卷，高等教育出版社，2014，87页。

5 袁世硕、张可礼：《中国文学史》（上），中国人民大学出版社，2006，224页。

6 方铭主编：《中国文学史》（先秦秦汉卷），长春出版社，2013，37页。

7 同上，39页。

样的评价，他说："在我国历史上，第一个大量创作山水诗，完成由玄言诗向山水诗转变，从而开创山水诗流派的诗人是谢灵运。"[1] 袁行霈认为："真正大力创作山水诗，并在当时及对后世产生巨大影响的，则是谢灵运。"[2]

游国恩等主编的《中国文学史》认为，[3]"谢灵运是扭转玄言诗风，开创山水诗派的第一个诗人。自他之后，南朝的谢朓、何逊，唐朝的孟浩然、王维等许多山水诗人相继出现，他们以优美的山水诗篇丰富了诗歌的园地"。黄淑贞等称谢灵运为"'山水诗'的开拓者"。[4,5] 袁行霈认为，[6] 谢灵运"为山水诗的建立和发展作出了突出的贡献"，谢灵运"是开启了一代新诗风的首创者"。[7]

谢灵运，"他从小才学出众，自称如果天下才学有十斗，陈思王曹植占了八斗，他自己占了一斗，而剩下的一斗，是'天下人共分之'。可以看出他对自己才学的自信，也可以看出他性格是比较有锋芒的"。[8] 袁世硕主编的《中国文学史》评价说，谢灵运的文化修养之精深、全面是罕与比匹的。[9] 在谢灵运之前，中国诗歌以写意为主，摹写物象只占从属的地位。[10] 谢灵运则不同，山姿水态在他的诗中占据了主要的地位，"极貌以写物"（刘勰《文心雕龙·明诗》）和"尚巧似"（钟嵘《诗品》上）成为其主要的艺术追求。他尽量捕捉山水景物的客观美，不肯放过寓目的每一个细节，并不遗余力地勾勒描绘，力图把它们一一真实地再现出来。[11] 从谢灵运开始，山水由抒情言志的陪衬，上升为独立的有价值的审美对象，使人在精神上获得超脱与寄托。[12] 山水在谢灵运处成

1　鲁孟河：《影响中国的绍兴名人》，中央文献出版社，2007，49 页。

2　袁行霈主编：《中国文学史》（第三版）第二卷，高等教育出版社，2014，88 页。

3　游国恩、王起、萧涤非等主编：《中国文学史》（修订本）（一），人民文学出版社，1963 第一版，2002 第二版，311 页。

4　黄淑贞：《用年表读通中国文学史》，上海交通大学出版社，2018，136 页。

5　刘大杰：《中国文学发展史》，复旦大学出版社，2006，225 页。

6　袁行霈主编：《中国文学史》（第三版）第一卷，高等教育出版社，2014，92 页。

7　同上。

8　刘跃进：《简明中国文学史读本》，中国社会科学出版社，2019，164 页。

9　袁世硕、张可礼：《中国文学史》（上），中国人民大学出版社，2006，225 页。

10　袁行霈主编：《中国文学史》（第三版）第二卷，高等教育出版社，2014，89 页。

11　同上，89 页。

12　方铭主编：《中国文学史》（先秦秦汉卷），长春出版社，2013，37 页。

为人类精神不可或缺的组成。[1] 袁行霈主编的《中国文学史》也认为，谢灵运所开创的山水诗，把自然界的美景引到诗中，使山水成为独立的审美对象。[2] 为中国诗歌增加了一种题材。[3] 游国恩作了同样的肯定：刘宋初期，谢灵运大量创作山水诗，在艺术上又有新的创造，终于确立了山水诗在诗坛上的优势地位。[4] 刘跃进对谢灵运作了极高的评价：他是用诗展示山水画卷之美的时代先锋。[5] 刘跃进认为，谢灵运描绘自然山水，让山水诗取代"淡乎寡味"的玄言诗，开创一个诗歌的新时代。[6] 谢无量用"一时之杰"评价谢灵运。[7] 中国科学院原文学研究所主编的《中国文学史》还作了这样的记录：谢灵运是晋、宋之际名声最大的诗人。[8]

谢灵运在描写山水上，表现了很高的技巧。[9] 我们来看看中国文学史的有关评论。谢灵运的诗，从单纯写景的角度欣赏，相当优美。[10] 谢灵运，他的山水诗往往能够真切地描绘出山水的形象来。[11] 谢灵运的诗歌语言，增强了语言描写实景实物的效果。[12] 中国科学院原文学研究所主编的《中国文学史》写道：谢灵运游览的山水很多，观察自然景物很仔细，再加上他的高度艺术修养，他的诗确能真实地反映山水中存在着的自然美。他的许多传诵的名句都写出了自然界的美景，给人以清新可爱之感，也显示出作者的匠心。如："野旷沙岸净，

---

1 方铭主编：《中国文学史》（先秦秦汉卷），长春出版社，2013，37 页。

2 袁行霈主编：《中国文学史》（第三版）第二卷，高等教育出版社，2014，87 页。

3 同上。

4 游国恩、王起、萧涤非等主编：《中国文学史》（修订本）（一），人民文学出版社，1963 第一版，2002 第二版，308 页。

5 刘跃进：《简明中国文学史读本》，中国社会科学出版社，2019，165 页。

6 同上，163 页。

7 谢无量：《中国大文学史》，安徽文艺出版社，2022，226 页。

8 中国科学院文学研究所中国文学史编写组编写：《中国文学史》（一），人民文学出版社，1962，260 页。

9 刘大杰：《中国文学发展史》，复旦大学出版社，2006，225 页。

10 鲁孟河：《影响中国的绍兴名人》，中央文献出版社，2007，50 页。

11 孙静、周先慎编著：《简明中国文学史》（第二版），北京大学出版社，2001 第一版，2015 第二版，116 页。

12 袁行霈主编：《中国文学史》（第三版）第二卷，高等教育出版社，2014，91 页。

天高秋月明"(《初去郡》)，"春晚绿野秀，岩高白云屯"(《入彭蠡湖口 》)等，不但观察细，而且选择字句方面也很见功夫，所以能生动地表现出自然界的美景。……"明月照积雪"是历来被认为谢诗中最好的名句。[1]

方铭主编的《中国文学史》认为，[2] 谢灵运具有多方面的艺术才能，工书善画，故在诗歌创作中常以艺术家的敏感对景物的声色、形态做细致、栩栩如生的描绘。另一部《中国文学史》认为，[3] 他高于同时代大多数诗人之处，则在于他能够以不遗余力的雕琢，达到一种清新可喜的意趣。[4]

方铭认为，[5] 谢灵运的山水诗表面上确乎铺锦列绣，但具体的景色描写又多清新美丽，自然可爱。对这一点，时人已有认识。如鲍照就说谢灵运的五言诗"如初发芙蓉，自然可爱"(《南史·颜延之传》)，汤惠休也说"谢诗如芙蓉出水"(钟嵘《诗品》卷下引)。文学史家认为，[6] "谢灵运者，宋代一大家也"。"谢诗雕琢而返之自然，于是所不可及者，在新、俊二字。"方铭写道，[7] 谢灵运垂范后世的佳句，也都是雕琢、锤炼之后返乎自然的艺术结晶，如"野旷沙岸静，天高秋月明"(《初去郡》)，"明月照积雪，朔风劲且哀"(《岁暮》)，"白云抱幽石，绿筱媚清涟"(《过始宁墅》)，语言质朴，清新明快，生动地描绘出美的画面和意境。《登池上楼》的"池塘生春草，园柳变鸣禽"一联历来为人们所传诵。文学史家感慨道："谢灵运……文章之美，江左莫逮。"[8,9]"灵运之诗，雕章琢句，奇丽醒目。"[10]

---

1 中国科学院文学研究所中国文学史编写组编写：《中国文学史》(一)，人民文学出版社，1962，261 页。

2 方铭主编：《中国文学史》(先秦秦汉卷)，长春出版社，2013，38 页。

3 袁行霈编著：《中国文学史纲》(魏晋南北朝隋唐五代文学)(第四版)，北京大学出版社，2016，58 页。

4 同上。

5 方铭主编：《中国文学史》(先秦秦汉卷)，长春出版社，2013，38 页。

6 顾实：《中国文学史大纲》，商务印书馆，1926；安徽文艺出版社，2021，104 页。

7 方铭主编：《中国文学史》(先秦秦汉卷)，长春出版社，2013，38 页。

8 谢无量：《中国大文学史》，安徽文艺出版社，2022，226 页。

9 顾实：《中国文学史大纲》，商务印书馆，1926；安徽文艺出版社，2021，104 页。

10 同上。

谢灵运不少诗句生动细致地刻画了自然界的优美景色，情调开朗，给人以清新之感。[1] 如"春晚绿野秀，岩高白云屯"（《入彭蠡湖口》），突出暮春时节山野间绿、白两种色调，构成一幅素净、柔和的图画。诗人没有涂抹万紫千红，只用绿野做底色，白云做点缀，抓住春天那充满了阳光、洋溢着生命力的特点。[2] 谢灵运的领略山水，是移步换景式的游赏。他以富丽精工的语言，生动细致地描绘了永嘉、会稽、彭蠡湖等地的自然景色，诗风鲜丽清新。[3,4,5] 例如《石壁精舍还湖中作》。这首诗写他从石壁精舍回来，傍晚经湖中泛舟的景色。很像一篇清丽简短的山水游记，语言精雕细刻而能出于自然。"林壑敛暝色，云霞收夕霏"两句写薄暮景色，观察入微，深为李白所赞赏。[6]《石壁精舍还湖中作》是谢灵运的名篇之一。石壁在湖外山谷之中，那里有诗人的读书斋。首四句从石壁的风色写起，因为本篇重点在还湖，所以对石壁风光只是虚写。头两句概括写石壁早晚气候变化很大，但山水清景宜人。次二句再从游子的感受角度加以烘托，清景能给人以无比的快乐，竟使诗人流连忘返了。"出谷"二句为过渡句，交代由石壁出谷而放舟入湖。"日尚早"非指早晨，而是太阳还挺高的意思。但是傍晚的太阳不比中天时节，看似还高，倏忽即落。再加山路较长，所以出谷时太阳还较高，到了进入湖中，却已只剩下一抹余晖了。写夕阳落山的情景，剀切逼真。"林壑"四句写湖上所见情景，是重点，用实笔精细刻画。前两句写远景，远林涧谷渐渐隐没在暮色之中，天边的彩霞也逐渐黯淡，为黄昏的雾气所吞没。后二句写湖上近景，芰荷交错，茂密地覆盖在湖面上，傍岸而生的蒲稗依倚相拥，在微风中摇曳。四句诗展现一幅开阔的苍茫

1 袁行霈编著：《中国文学史纲》（魏晋南北朝隋唐五代文学）（第四版），北京大学出版社，2016，57 页。

2 同上。

3 方铭主编：《中国文学史》（先秦秦汉卷），长春出版社，2013，38 页。

4 刘跃进：《简明中国文学史读本》，中国社会科学出版社，2019，164 页。

5 袁行霈编著：《中国文学史纲》（魏晋南北朝隋唐五代文学）（第四版），北京大学出版社，2016，89 页。

6 游国恩、王起、萧涤非等主编：《中国文学史》（修订本）（一），人民文学出版社，1963 第一版，2002 第二版，309 页。

暮色图：远山、林壑、云霞、夕雾、湖面、水草、微风、扁舟。"披拂"二句写归还湖畔居处。"趋南径"而涂抹上凉风"披拂"，"偃东扉"而点染上心境"愉悦"，一种自得自足之怀溢于言表。末四句写在山中湖畔生活中体会到的道理。"物"指外物，这里具体指人世功名富贵。沉迷于山水之中，思怀恬淡，功名之事自然看轻了，不再为它焦心苦恼。人的生活只要能惬意，便与理相合了，也不必再有其他追求。诗人似乎达到了这样的境界，也劝告别人汲取此中的妙理。[1] 谢灵运的诗以鲜明的山水画面为诗坛带来新的变化，是一个进步。他的诗清丽自然，所以鲍照说他的诗"如初发芙蓉，自然可爱"。[2] 中国文学史家这样总结道：谢灵运的诗歌有着极高的描摹技巧。[3] 很多名句都给人耳目一新之感。[4] 谢灵运的山水诗大多能做到情景交融，景中含情。[5] 谢灵运很多山水诗看似客观描写，实际上是情、景、意的交融，诗人的情感早已注入自然美景之中，洋溢于字里行间了。[6] 谢灵运具有对自然山水的高度领悟力和精美意象的再创造力，工巧地刻画山水风光的细微神韵，表现得既清新秀丽，又寓于玄学理趣，在由玄言诗向山水诗的变革中起到决定性作用。[7] 谢灵运的那些重要垂范后世的佳句，无不显示着高超的描摹技巧。[8] 语言工整精练，境界清新自然，犹如一幅幅鲜明的图画，从不同角度向人们展示着大自然的美。[9]

　　谢灵运有很高的社会地位和文学实绩，他的山水诗在当时产生的影响也远远超过了殷仲文和谢混，文学史这么评价他。[10] 顾绍柏说："像唐代的王维、孟

1　孙静、周先慎编著：《简明中国文学史》(第二版)，北京大学出版社，2001 第一版，2015 第二版，117 页。

2　同上。

3　袁行霈编著：《中国文学史纲》(魏晋南北朝隋唐五代文学)(第四版)，北京大学出版社，2016，58 页。

4　同上。

5　方铭主编：《中国文学史》(先秦秦汉卷)，长春出版社，2013，37 页。

6　同上，37 页，38 页。

7　鲁孟河：《影响中国的绍兴名人》，中央文献出版社，2007，51 页。

8　袁行霈主编：《中国文学史》(第三版)第二卷，高等教育出版社，2014，90 页。

9　同上。

10　袁世硕、张可礼：《中国文学史》(上)，中国人民大学出版社，2006，200 页。

浩然、韦应物、柳宗元、孟郊，宋代的杨万里、范成大这些以写山水田园诗著称的诗人，受灵运的影响自不必说，就是在诗歌领域有着多方面成就的大诗人如李白、杜甫、白居易、苏轼、辛弃疾、陆游等，无不受到灵运山水诗的熏陶。……元、明、清乃至近世，凡是模山范水的人，大约头脑里免不了要出现灵运的影子。"（见《谢灵运集校注·前言》，中州古籍出版社1987年版，第35—36页。）[1]（以下文字，全部引自鲁孟河主编的专著[2]）历代歌颂谢灵运、寻访其遗迹之诗，不胜枚举。在唐代，形成一条浙东唐诗之路，与谢灵运有直接关系，许多诗人是有感于谢灵运所描写的浙东山水而前来观光踏访的。李白《梦游天姥吟留别》便曰："谢公宿处今尚在，渌水荡漾清猿啼。脚著谢公屐，身登青云梯。"探寻谢灵运遗踪，写下《游谢氏山亭》等诗。陈淘《赋得池塘生春草》亦曰："谢公遗咏处，池水夹通津。"到了宋代，赵忭、晁说之、姜特立、陆游、刘宰、叶绍翁等均有题咏之作。明乡贤钱宰《题谢康小像》指出："康乐志情旷，永怀在山林。"清代隐居绍兴的张英，寻访谢灵运墓，写下《谢康乐墓》诗，开篇即曰："风流推谢客，词藻冠江东。"清高宗爱新觉罗·弘历（乾隆）还专门写下《谢临川灵运》《谢康乐灵运》两诗。

在绍兴文学家群体"金字塔"第二层中，还有一位是陆游。现在说说陆游。

陆游何止一情郎！"红酥手，黄縢酒"，陆游一首《钗头凤》情深如海，对唐琬的情坚持了一辈子，令人震撼。如今这首词早已进入学校的课文。陆游题笔《钗头凤》的沈园，也已经成为著名旅游景点。[3]但陆游的意义和价值远远不止在这里。那么，陆游是谁？

陆游当然是一位诗人。作为诗人，陆游在中国文学史上具有崇高的地位。李修生《中国文学史纲》赞誉说：陆游是南宋时期最杰出的诗人。[4]顾实在1926年评价陆游说：陆放翁者，与唐之李、杜、韩、白，宋之东坡并称，确为一大诗豪，才气超然。[5]然而陆游不仅仅是一位伟大的诗人。刘跃进说："爱国

1 袁行霈主编：《中国文学史》（第三版）第二卷，高等教育出版社，2014，99页。

2 鲁孟河：《影响中国的绍兴名人》，中央文献出版社，2007，51页。

3 鲁锡堂、卢祥耀、张观达等：《越地风光》，西泠印社出版社，2008，31页。

4 李修生：《中国文学史纲·辽宋金元文学》（第四版），北京大学出版社，2016，95页。

5 顾实：《中国文学大纲》，商务印书馆，1926；安徽文艺出版社，2021，144页。

诗人"是陆游最耀眼的头衔。[1]鲁孟河说：陆游是南宋时期伟大的爱国诗人。[2]袁行霈在其《中国文学史》中评价陆游是"南宋爱国诗人最杰出的代表"。[3]孙静，周先慎编著的《简明中国文学史》认为，陆游是中华民族优秀人物的杰出代表。[4]

那么，在爱国诗人之中，陆游又处在什么位置呢？方铭《中国文学史》指出：陆游是我国文学史上继屈原、杜甫之后最伟大的爱国诗人。[5]换句话说，在中国历史上伟大的爱国主义诗人之中，第一位是屈原，第二位是杜甫，第三位就是陆游。对陆游作这样崇高的评价，方铭的《中国文学史》不是个案。刘大杰评价说：陆游是屈原、杜甫爱国传统的继承者。[6]刘跃进评价说：陆游继承了屈原、杜甫等人的爱国主义传统，将中国诗歌的爱国主义推向了一个新的高峰。[7]

陆游诗歌的艺术成就卓著，在南宋首屈一指。[8]游国恩等主编的《中国文学史》说：陆游在当时就有"小李白"的称号。[9]他写出了许多热情奔涌的爱国诗篇。[10]李修生、游国恩等评价说："陆游是一个具有多方面创作才能的作家，他的作品有诗、词、散文。"[11,12]著作除《剑南诗稿》八十五卷以外，尚有《逸稿》

1　刘跃进：《简明中国文学史读本》，中国社会科学出版社，2019，341 页。

2　鲁孟河：《影响中国的绍兴名人》，中央文献出版社，2007，60 页。

3　袁行霈主编：《中国文学史》（第三版）第三卷，高等教育出版社，2014，118 页。

4　孙静、周先慎编著：《简明中国文学史》（第二版），北京大学出版社，2001 第一版，2015 第二版，226 页。

5　方铭主编：《中国文学史》（辽宋夏金元卷），长春出版社，2013，70 页。

6　刘大杰：《中国文学发展史》（中卷），复旦大学出版社，2016，229 页。

7　刘跃进：《简明中国文学史读本》，中国社会科学出版社，2019，343 页。

8　袁世硕、张可礼：《中国文学史》（上），中国人民大学出版社，2006，490 页。

9　游国恩、王起、萧涤非等主编：《中国文学史》（修订本）（三），人民文学出版社，1963 第一版，2002 第二版，122 页。

10　中国科学院文学研究所中国文学史编写组编写：《中国文学史》（二），人民文学出版社，1962，642 页。

11　李修生：《中国文学史纲·辽宋金元文学》（第四版），北京大学出版社，2016 第 4 版，98 页。

12　游国恩、王起、萧涤非等主编：《中国文学史》（修订本）（三），人民文学出版社，1963 第一版，2002 第二版，113 页。

二卷、《渭南文集》五十卷（包括词二首、《入蜀记》六卷、《南唐书》十八卷、《老学庵笔记》十卷。）陆游以诗著称。[1] 游国恩等进一步评价说：陆游"诗的成就尤为显著，仅现存的就有九千三百多首，所以他自言'六十年间万首诗'，内容也很丰富，差不多触及南宋前期社会生活的所有方面。其中最突出的部分是反映民族矛盾的爱国诗歌。这些诗歌，洋溢着爱国热情，充满了浪漫主义精神，具有强烈的战斗性"[2]。鲁孟河说：陆游写就近万首诗词，其基本主题是恢复中原，主要精神是一心振国、关心百姓，而一贯态度是反对投降。如《秋夜将晓出篱门迎凉有感》诗云："三万里河东入海，五千仞岳上摩天。遗民泪尽胡尘里，南望王师又一年。"《十一月四日风雨大作》诗云："夜阑卧听风吹雨，铁马冰河入梦来。"[3] 袁行霈评价认为，陆游"与众不同，即使是在收复中原已毫无希望时，他仍然坚持夙志，大声疾呼抗敌复国，不愧是南宋爱国诗人最杰出的代表"[4]。由这些诗，他得到了爱国诗人的称号，他确是念念不忘家国，时时怀着恢复中原的壮志雄心。[5]

在陆游的时代，祖国的大好河山被分裂，北方广大人民遭受到民族压迫，而南宋小朝廷却屈膝事敌，不思恢复，这种奇耻大辱，是广大人民和爱国志士所不能忍受的。雪耻御侮，收复失地，是爱国志士的抱负，是人民的迫切愿望。陆游呼吸着时代的气息，以其慷慨悲壮的诗歌，唱出了时代的最强音。[6] 游国恩等认为，陆游爱国诗篇的一个主要特征，就是那种"铁马横戈""气吞残虏"的英雄气概和"一身报国有万死"的牺牲精神。早年他在《夜读兵书》诗里就说："平生万里心，执戈王前驱。战死士所有，耻复守妻孥。"[7]《夜读兵书》

1 李修生：《中国文学史纲·辽宋金元文学》（第四版），北京大学出版社，2016，98 页。

2 游国恩、王起、萧涤非等主编：《中国文学史》（修订本）（三），人民文学出版社，1963 第一版，2002 第二版，113 页。

3 鲁孟河：《影响中国的绍兴名人》，中央文献出版社，2007，62 页。

4 袁行霈主编：《中国文学史》（第三版）第三卷，高等教育出版社，2014，118 页。

5 刘大杰：《中国文学发展史》（中卷），复旦大学出版社，2016，229 页。

6 游国恩、王起、萧涤非等主编：《中国文学史》（修订本）（三），人民文学出版社，1963 第一版，2002 第二版，114 页。

7 同上。

"这首诗大气磅礴，表现出作者不计个人安危得失，不畏牺牲的英雄气概。"[1] 去蜀之后，他也没有消沉，《前有樽酒行》说："丈夫可为酒色死？战场横尸胜床笫！"《书悲》诗也说："常恐埋山丘，不得委锋镝！"始终是以为国立功，战死沙场为光荣。……直到八十二岁，诗人还唱出了"一闻战鼓意气生，犹能为国平燕赵"（《老马行》）的豪语。[2] 实际上，"在陆游诗集中有一类作品是专门表现诗人杀敌立功之雄心壮志的"。[3] 李修生等也认为陆游的"作品里洋溢着收复中原、统一祖国的愿望和请缨无路、壮志未酬的悲愤，表现了强烈的爱国主义精神"。[4] 当他晚年闲居山阴时，一个风雨交加的深夜，卧病在床的老诗人还想到为国戍边，如《十一月四日风雨大作》："僵卧孤村不自哀，尚思为国戍轮台。夜阑卧听风吹雨，铁马冰河入梦来。"这是陆游爱国精神的一种深刻表现，也是他的爱国诗篇的一大特征。[5] 爱国情怀终生不渝，时刻盼望着有杀敌报国、收复中原的机会，直到临终前仍写绝笔诗《示儿》谆谆嘱咐儿孙：[6] "死去元知万事空，但悲不见九州同。王师北定中原日，家祭无忘告乃翁。"刘跃进说，他念念不忘的是恢复中原："王师北定中原日，家祭无忘告乃翁。"这是他诗歌创作的一个永恒的主题。[7] 方铭等的《中国文学史》这样评价陆游——在现实描绘的基础上，用丰富而生动的想象使得诗歌充满浪漫色彩和豪迈情怀，这正是陆游爱国诗的特征之一。[8]

陆游爱国诗篇的另一特点，就是对投降派的坚决斗争和尖锐讽刺。[9] 袁世硕

1 李修生：《中国文学史纲·辽宋金元文学》（第四版），北京大学出版社，2016，99 页。

2 游国恩、王起、萧涤非等主编：《中国文学史》（修订本）（三），人民文学出版社，1963 第一版，2002 第二版，114 页。

3 袁世硕、张可礼：《中国文学史》（上），中国人民大学出版社，2006，496 页。

4 李修生：《中国文学史纲·辽宋金元文学》（第四版），北京大学出版社，2016，98 页。

5 游国恩、王起、萧涤非等主编：《中国文学史》（修订本）（三），人民文学出版社，1963 第一版，2002 第二版，117 页。

6 袁行霈主编：《中国文学史》（第三版）第三卷，高等教育出版社，2014，117 页。

7 刘跃进：《简明中国文学史读本》，中国社会科学出版社，2019，341 页。

8 方铭主编：《中国文学史》（辽宋夏金元卷），长春出版社，2013，69 页。

9 游国恩、王起、萧涤非等主编：《中国文学史》（修订本）（三），人民文学出版社，1963 第一版，2002 第二版，115 页。

等也指出了这一点，他们认为，陆游集子中还有一类诗是痛斥朝中投降派，揭露南宋政权腐败无能的。[1]《中国文学史》甚至认为，所有这些尖锐的谴责，在南宋初期一般爱国诗歌中是很少见的。[2]

陆游的诗集中，最为感人的就是表现英雄迟暮、壮志未酬之感慨的。[3]南宋一代，当权的始终是投降派，陆游的报国理想，还是遭到了冷酷现实的扼杀。这也就使得他那些激荡着昂扬斗志的诗篇，往往又充满了壮志未酬的愤懑，带有苍凉沉郁的色彩。[4]《中国文学史》评论说：[5]诗人陆游以他的悲壮激昂的歌声，唱出了爱国御侮的时代精神。每当民族危机严重的时候，人们总能想起陆游，听到他那如黄钟大吕般鼓舞人心的诗声。[6]袁行霈的《中国文学史》认为，爱国的主题在中国古代诗歌中源远流长，每当国家面临危亡时，这种主题总会在诗坛上大放异彩。陆游继承了这种传统，并把它高扬到前无古人的高度。爱国主题不但贯穿了他长达60年的创作历程，而且融入了他的整个生命，成为陆游诗的精华和灵魂。清末梁启超说："诗界千年靡靡风，兵魂销尽国魂空。集中什九从军乐，亘古男儿一放翁"（《读陆放翁集》之二，《饮冰室文集》卷四五）。[7]这是国难当头的政治识见，也是历来评价陆游的高度概括。[8]

另外，冷酷的现实也使陆游在幻想或梦境里寄托他的报国理想。[9]"由于陆游的报国理想，长期遭到冷酷现实的扼杀，因此他的诗歌在回荡着昂扬斗志的

---

1 袁世硕、张可礼：《中国文学史》（上），中国人民大学出版社，2006，497页。

2 游国恩、王起、萧涤非等主编：《中国文学史》（修订本）（三），人民文学出版社，1963第一版，2002第二版，116页。

3 袁世硕、张可礼：《中国文学史》（上），中国人民大学出版社，2006，498页。

4 游国恩、王起、萧涤非等主编：《中国文学史》（修订本）（三），人民文学出版社，1963第一版，2002第二版，116页。

5 中国科学院文学研究所中国文学史编写组编写：《中国文学史》（二），人民文学出版社，1962，640页。

6 刘跃进：《简明中国文学史读本》，中国社会科学出版社，2019，343页。

7 袁行霈主编：《中国文学史》（第三版）第三卷，高等教育出版社，2014，120页。

8 鲁孟河：《影响中国的绍兴名人》，中央文献出版社，2007，63页。

9 游国恩、王起、萧涤非等主编：《中国文学史》（修订本）（三），人民文学出版社，1963第一版，2002第二版，116页。

同时，又充满了壮志未酬的愤懑，带有浓厚的苍凉、沉郁的色彩；另一方面，由于破敌卫国的宏愿在现实中难以实现，诗人便通过梦境或醉酒的幻化境界来寄托他的报国理想。"[1] 陆游的纪梦诗，共九十九首。

游国恩等认为：陆游爱祖国、爱人民，也热爱生活。他热烈地歌唱生活中的美好事物，流露出亲切淳厚而又真挚的感情，表现了他的豪放乐观的性格和积极向上的精神。[2] 李修生也认为：陆游的爱国热情，渗透在他的全部生活之中，日常生活中的一切事物，无不可以引起诗人的联想，或游胜地，或凭吊古人，或读古书，或看地图，或闻雁声，或赏雨雪，或睡梦，或醉酒，无不使他浮想联翩，感慨万千。正如清赵翼在《瓯北诗话》里所说："凡一草一木，一鱼一鸟，无不裁剪入诗。"[3] 由于接近人民的生活实践，陆游还相当充分地反映广大人民纯洁的爱国主义品质，并加以歌颂。[4] 正如评论家们所说，爱国精神是贯穿陆游诗集的主要线索，也是陆游诗歌的灵魂。[5] 另外，"作为一个杰出的爱国诗人，陆游还写了大量的同情劳动人民疾苦的诗篇，深刻地反映了当时严重的阶级矛盾。"[6]

正如孙静、周先慎所说的那样：纵观陆游的一生，政治道路坎坷不平，屡遭打击罢黜；但他立场坚定，气节崇高，始终忧国忧民，爱国主义精神贯彻一生。陆游是中华民族优秀人物的杰出代表，他的爱国诗篇是值得我们珍视的一笔文学遗产和精神遗产。[7]

---

1 李修生：《中国文学史纲·辽宋金元文学》（第四版），北京大学出版社，2016，102 页。

2 游国恩、王起、萧涤非等主编：《中国文学史》（修订本）（三），人民文学出版社，1963 第一版，2002 第二版，119 页。

3 李修生：《中国文学史纲·辽宋金元文学》（第四版），北京大学出版社，2016，102 页。

4 游国恩、王起、萧涤非等主编：《中国文学史》（修订本）（三），人民文学出版社，1963 第一版，2002 第二版，119 页。

5 袁世硕、张可礼：《中国文学史》（上），中国人民大学出版社，2006，496 页。

6 游国恩、王起、萧涤非等主编：《中国文学史》（修订本）（三），人民文学出版社，1963 第一版，2002 第二版，118 页。

7 孙静、周先慎编著：《简明中国文学史》（第二版），北京大学出版社，2001 第一版，2015 第二版，266 页。

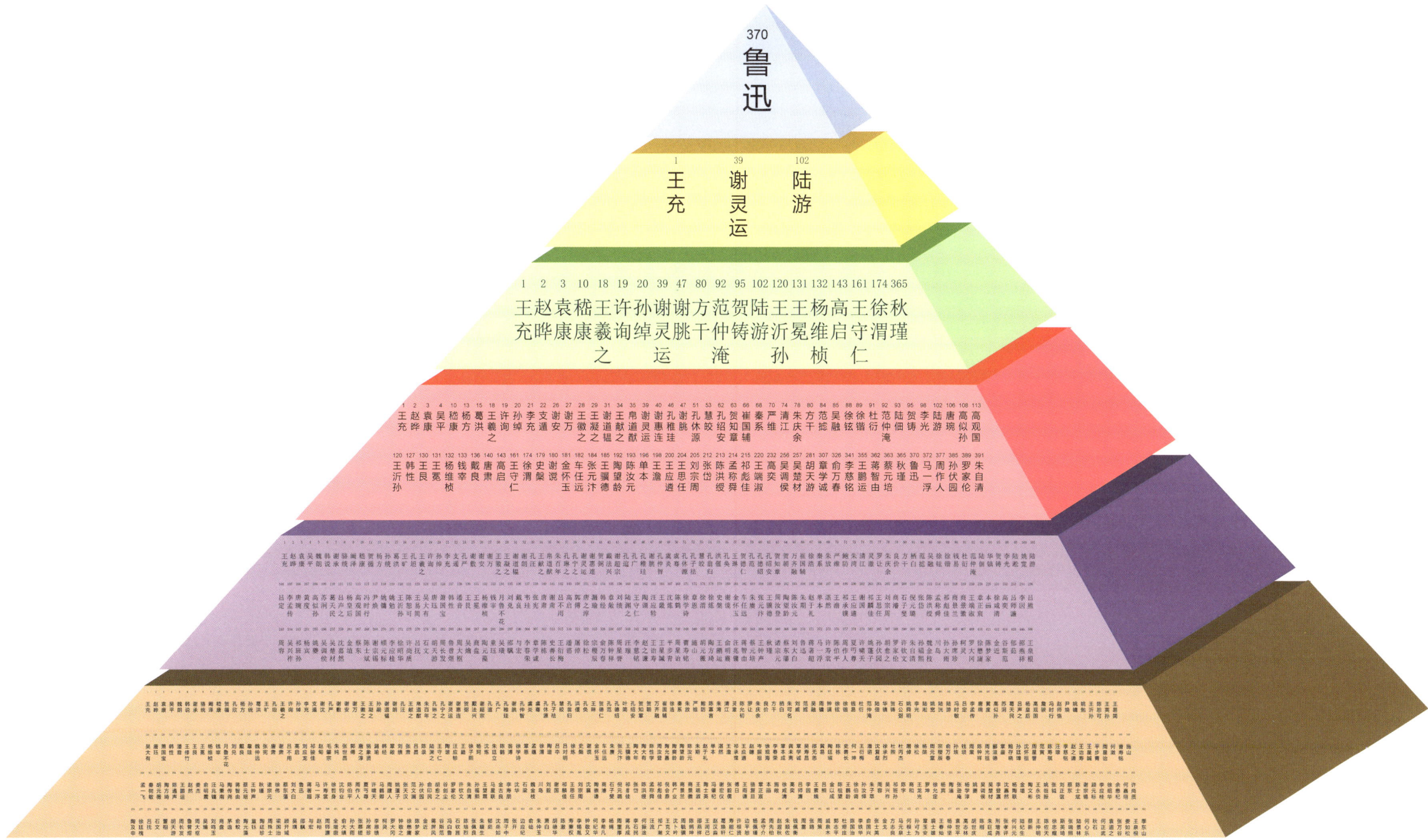

图一　绍兴文学家的"金字塔"

注：金字塔尖是鲁迅先生，见表九；第二层3位，见表八；第三层20位，见表七；第四层92位，见表六；第五层268位，见表五；第六层501位，见表一。

表四 绍兴的文学家（补遗）

编号	姓名	年份或年代	籍贯与作品	出处
1	范蠡	春秋时期	越人。著有《养鱼经》。	何信恩：《集外集》，内部出版，2019，138 页。
2	项籍（项羽）	秦汉之际	下相（今江苏宿迁）人，与叔父项梁曾避难会稽。诗《垓下歌》："力拔山兮气盖世，时不利兮骓不逝。骓不逝兮可奈何，虞兮虞兮奈若何！"	邹志方：《绍兴文学史》，浙江人民出版社，2013，26 页。
3	虞姬	秦汉之际	相传为美女山人，在今漓渚镇棠棣。《垓下歌》和诗："汉兵已略地，四方楚歌声。大王意气尽，贱妾何聊生！"	邹志方：《绍兴文学史》，浙江人民出版社，2013，26 页。
4	魏伯阳	东汉	上虞人。著有《周易参同契》。	冯建荣：《绍兴有意思》，浙江工商大学出版社，2021，136 页。鲁孟河：《影响中国的绍兴名人》，中央文献出版社，2007，39 页。
5	嵇康妻	三国魏	嵇康去世后，"作有《吊嵇中散》"。	邹志方：《绍兴文学史》，浙江人民出版社，2013，53 页。
6	虞预	约 270—330	会稽（今绍兴）人，著有《会稽典录》《诸虞传》。	孙康宜、宇文所安主编，刘倩等译：《剑桥中国文学史》（上卷），生活·读书·新知三联书店，2013，233 页，244 页。
7	干宝	东晋	元帝大兴年间（318—321）曾任山阴令。有作品《搜神记》。	邹志方：《绍兴文学史》，浙江人民出版社，2013，82 页。
8	谢瞻	南朝宋	上虞人，有作品《答康乐秋霁诗》《于安城答灵运诗五章》《游西池诗》等。	邹志方：《绍兴文学史》，浙江人民出版社，2013，77 页。
9	谢晦	南朝宋	上虞人。有作品《悲人道》等。	邹志方：《绍兴文学史》，浙江人民出版社，2013，77 页。
10	王籍	南朝梁	山阴（今绍兴）人。有作品《入若耶溪诗》等。	邹志方：《绍兴文学史》，浙江人民出版社，2013，79 页。

（续表）

编号	姓名	年份或年代	籍贯与作品	出处
11	谢庄	421—466	上虞人。有作品《月赋》等。	邹志方：《绍兴文学史》，浙江人民出版社，2013，81 页。
12	虞世南	558—638	上虞人。著有《笔髓论》。	何信恩：《集外集》，内部出版，2019，139 页。
13	贺敱	唐	诗人。	邹志方：《绍兴文学史》，浙江人民出版社，2013，86 页。
14	陈孙	唐	诗人。	邹志方：《绍兴文学史》，浙江人民出版社，2013，86 页。
15	辩才	唐	诗僧。俗姓袁，陈郡阳夏（今河南太康）人，梁司空袁昂玄孙。出家会稽云门寺，为王羲之七代孙法极（即智永）弟子。作品有《设缸面酒款萧翼探得来字》《赴太宗诏》等。	邹志方：《绍兴文学史》，浙江人民出版社，2013，86 页，88 页。
16	灵一	唐	诗僧。	邹志方：《绍兴文学史》，浙江人民出版社，2013，86 页。
17	綦毋潜	唐	诗人，隐居越州（今绍兴）。	邹志方：《绍兴文学史》，浙江人民出版社，2013，89 页。
18	丘为	唐朝 743 年前后在世	嘉兴人，早年隐居越州会稽县（今绍兴）若耶溪，《全唐诗》存其诗 13 首。	邹志方，李永鑫编：《历代名人咏绍兴》，云南美术出版社，2004，26 页。 邹志方：《绍兴文学史》，浙江人民出版社，2013，89 页。
19	刘长卿	唐	宣州（今安徽）人。大概于肃宗上元二年（761）至代宗大历元年（766）间，一度隐居在剡县石城山挂榜岩下，称碧涧别墅。作品有《初到碧涧招明契上人》《碧涧别墅喜皇甫侍御相访》《赠秦系徵君》《月下呈章八秀才》《送朱山人放越州，贼退后归山阴别业》《宿严维宅》《游四窗》《逢雪宿芙蓉山主人》等。	邹志方：《绍兴文学史》，浙江人民出版社，2013，89 页。

编号	姓名	年份或年代	籍贯与作品	出处
20	戴叔伦	唐	诗人，隐居越州（今绍兴）。	邹志方：《绍兴文学史》，浙江人民出版社，2013，89页。
21	皎然	唐	诗人，隐居越州（今绍兴）。	邹志方：《绍兴文学史》，浙江人民出版社，2013，89页。
22	皇甫冉	唐	丹阳（今江苏镇江）人。大约于肃宗乾元元年（758）再度到越，并隐居于此，到代宗广德元年（763）才离开。	邹志方：《绍兴文学史》，浙江人民出版社，2013，89页。
23	张志和	唐	诗人，隐居越州（今绍兴）。	邹志方：《绍兴文学史》，浙江人民出版社，2013，89页。
24	施肩吾	唐	诗人，隐居越州（今绍兴）。	邹志方：《绍兴文学史》，浙江人民出版社，2013，89页。
25	显忠	宋朝仁宗嘉祐间人	为南岳十一世金山颖禅师法嗣。住越州石佛寺。《全宋诗》存其诗18首。	邹志方、李永鑫编：《历代名人咏绍兴》，云南美术出版社，2004，101页。 邹志方：《绍兴文学史》，浙江人民出版社，2013，131页。
26	曾几	1085—1166	河南人。曾于高宗绍兴十二年（1142）寓越，二十五年（1155）官浙东提刑。著有《茶山集》。	邹志方、李永鑫编：《历代名人咏绍兴》，云南美术出版社，2004，119页。
27	赵汝钠	宋	上虞人。端宗景炎三年（1278）绍兴文学家结社"汐社"成员之一，有词《水龙吟·浮翠山房拟赋白莲》。	邹志方：《绍兴文学史》，浙江人民出版社，2013，125页、126页。
28	马纯	宋	诸暨人。著有《陶朱新录》。	邹志方：《绍兴文学史》，浙江人民出版社，2013，130页。
29	咸润	宋	上虞人。诗僧，有作品《五泄》等。	邹志方：《绍兴文学史》，浙江人民出版社，2013，130页。
30	仲休	宋	越僧。有作品《游梅山寺》等。	邹志方：《绍兴文学史》，浙江人民出版社，2013，130页。
31	行海	宋	诗僧。新昌人。作诗3000余首。	邹志方：《绍兴文学史》，浙江人民出版社，2013，131页。

编号	姓名	年份或年代	籍贯与作品	出处
32	志南	宋	诗僧。会稽（今绍兴）人。后住天台国清寺。	邹志方：《绍兴文学史》，浙江人民出版社，2013，131 页。
33	石𥐺	1128—1182	新昌人。著有《克斋文集》。	何信恩：《集外集》，内部出版，2019，139 页。邹志方：《绍兴文学史》，浙江人民出版社，2013，132 页。
34	净全	1137—1207	诗僧。诸暨人。	邹志方：《绍兴文学史》，浙江人民出版社，2013，131 页。
35	慧晖	1097—1183	诗僧。上虞人。	邹志方：《绍兴文学史》，浙江人民出版社，2013，131 页。
36	陆珍	宋	山阴诗人世家——陆家。	邹志方：《绍兴文学史》，浙江人民出版社，2013，131 页。
37	陆经	宋	山阴诗人世家——陆家。	邹志方：《绍兴文学史》，浙江人民出版社，2013，131 页。
38	陆申	宋	山阴诗人世家——陆家。	邹志方：《绍兴文学史》，浙江人民出版社，2013，131 页。
39	陆傅	宋	山阴诗人世家——陆家。	邹志方：《绍兴文学史》，浙江人民出版社，2013，131 页。
40	陆宇	宋	山阴诗人世家——陆家。	邹志方：《绍兴文学史》，浙江人民出版社，2013，131 页。
41	陆宰	宋	山阴诗人世家——陆家。	邹志方：《绍兴文学史》，浙江人民出版社，2013，131 页。
42	陆彦远	宋	山阴诗人世家——陆家。	邹志方：《绍兴文学史》，浙江人民出版社，2013，131 页。
43	陆升之	宋	山阴诗人世家——陆家。	邹志方：《绍兴文学史》，浙江人民出版社，2013，131 页。
44	陆壑	宋	山阴诗人世家——陆家。	邹志方：《绍兴文学史》，浙江人民出版社，2013，131 页。
45	陆秀夫	宋	山阴诗人世家——陆家。	邹志方：《绍兴文学史》，浙江人民出版社，2013，131 页。

编号	姓名	年份或年代	籍贯与作品	出处
46	李贯	宋	上虞诗人世家——李家。	邹志方：《绍兴文学史》，浙江人民出版社，2013，132 页。
47	李孟博	宋	上虞诗人世家——李家。	邹志方：《绍兴文学史》，浙江人民出版社，2013，132 页。
48	李知孝	宋	上虞诗人世家——李家。	邹志方：《绍兴文学史》，浙江人民出版社，2013，132 页。
49	赵师吕	宋	上虞诗人世家——赵家。	邹志方：《绍兴文学史》，浙江人民出版社，2013，132 页。
50	赵彦镗	宋	上虞诗人世家——赵家。	邹志方：《绍兴文学史》，浙江人民出版社，2013，132 页。
51	赵崇槟	宋	上虞诗人世家——赵家。	邹志方：《绍兴文学史》，浙江人民出版社，2013，132 页。
52	赵崇璠	宋	上虞诗人世家——赵家。	邹志方：《绍兴文学史》，浙江人民出版社，2013，132 页。
53	赵崇琏	宋	上虞诗人世家——赵家。	邹志方：《绍兴文学史》，浙江人民出版社，2013，132 页。
54	赵崇瑄	宋	上虞诗人世家——赵家。	邹志方：《绍兴文学史》，浙江人民出版社，2013，132 页。
55	赵良坦	宋	上虞诗人世家——赵家。	邹志方：《绍兴文学史》，浙江人民出版社，2013，132 页。
56	赵必成	宋	上虞诗人世家——赵家。	邹志方：《绍兴文学史》，浙江人民出版社，2013，132 页。
57	赵必燕	宋	上虞诗人世家——赵家。	邹志方：《绍兴文学史》，浙江人民出版社，2013，132 页。
58	赵与缙	宋	上虞诗人世家——赵家。	邹志方：《绍兴文学史》，浙江人民出版社，2013，132 页。
59	赵良坡	宋	上虞诗人世家——赵家。	邹志方：《绍兴文学史》，浙江人民出版社，2013，132 页。
60	赵友直	宋	上虞诗人世家——赵家。	邹志方：《绍兴文学史》，浙江人民出版社，2013，132 页。

编号	姓名	年份或年代	籍贯与作品	出处
61	姚宏	宋	嵊县（今绍兴）诗人世家——姚家。	邹志方：《绍兴文学史》，浙江人民出版社，2013，132 页。
62	石象之	宋	新昌诗人世家——石家。《全宋诗》存诗 5 首。	邹志方：《绍兴文学史》，浙江人民出版社，2013，132 页。
63	石声之	宋	新昌诗人世家——石家。其诗只存 1 首。	邹志方：《绍兴文学史》，浙江人民出版社，2013，132 页。
64	石牧之	宋	新昌诗人世家——石家。《成化新昌县志》载："永嘉唱和二十卷，石牧之著。"现只存 1 首。	邹志方：《绍兴文学史》，浙江人民出版社，2013，132 页。
65	石瑞成	宋	新昌诗人世家——石家。	邹志方：《绍兴文学史》，浙江人民出版社，2013，132 页。
66	石延庆	宋	新昌诗人世家——石家。	邹志方：《绍兴文学史》，浙江人民出版社，2013，132 页。
67	石余亨	宋	新昌诗人世家——石家。	邹志方：《绍兴文学史》，浙江人民出版社，2013，132 页。
68	张淏	宋	婺州武义（今属浙江）人。侨居越州（今绍兴）。作《会稽续志》。	邹志方：《绍兴文学史》，浙江人民出版社，2013，141 页。
69	桑世昌	宋	高邮（今属江苏）人。陆游甥。高似孙父高文虎隐居兰亭期间，桑世昌从高似孙游，几三十年。著《兰亭考》。	邹志方：《绍兴文学史》，浙江人民出版社，2013，143 页。
70	诸葛兴	宋	会稽（今绍兴）人。有作品《于越九颂》，著《梅轩集》。	邹志方：《绍兴文学史》，浙江人民出版社，2013，144 页。
71	贡性之	元	宣城（今安徽）人。入明，避居山阴（今绍兴）。著有《南湖集》。	邹志方、李永鑫编：《历代名人咏绍兴》，云南美术出版社，2004，207 页。邹志方：《绍兴文学史》，浙江人民出版社，2013，169 页。
72	夏泰亨	元	会稽（今绍兴）人。韩性弟子，有《矩轩文集》。	邹志方：《绍兴文学史》，浙江人民出版社，2013，167 页。

编号	姓名	年份或年代	籍贯与作品	出处
73	于立	元	南康庐山（今属江西）人。学道会稽山中，遂家于会稽（今绍兴）。有《次韵鉴中八脉》《湖光山色楼》《题水竹居》。	邹志方：《绍兴文学史》，浙江人民出版社，2013，168 页。
74	迺贤	元	南阳（今属河南）人。早年随兄宦游江浙，后归浙东，任东湖书院山长。有《宝林八咏》等。	邹志方：《绍兴文学史》，浙江人民出版社，2013，169 页。
75	张可久	元	庆元（今宁波）人。隐居于若耶溪下游。在越中写有《黄钟·人月圆》《会稽怀古》等曲，至少在 50 首以上。	邹志方：《绍兴文学史》，浙江人民出版社，2013，169 页。
76	任昱	元	四明（今宁波）人，一度隐居在镜湖滨。有［双调·沉醉东风］《会稽怀古》等。	邹志方：《绍兴文学史》，浙江人民出版社，2013，170 页。
77	马颀	明	绍兴诗文作家。	邹志方：《绍兴文学史》，浙江人民出版社，2013，179 页。
78	陈镐	明	绍兴诗文作家。	邹志方：《绍兴文学史》，浙江人民出版社，2013，179 页。
79	陶怿	明	绍兴诗文作家。	邹志方：《绍兴文学史》，浙江人民出版社，2013，179 页。
80	季本	明	绍兴诗文作家。	邹志方：《绍兴文学史》，浙江人民出版社，2013，179 页。
81	何良臣	明	绍兴诗文作家。	邹志方：《绍兴文学史》，浙江人民出版社，2013，179 页。
82	陶允承	明	绍兴诗文作家。	邹志方：《绍兴文学史》，浙江人民出版社，2013，179 页。
83	陆梦龙	明	绍兴诗文作家。	邹志方：《绍兴文学史》，浙江人民出版社，2013，179 页。
84	杜肇勋	明	绍兴诗文作家。	邹志方：《绍兴文学史》，浙江人民出版社，2013，179 页。

编号	姓名	年份或年代	籍贯与作品	出处
85	陈道蕴	明	绍兴诗文作家。	邹志方：《绍兴文学史》，浙江人民出版社，2013，180 页。
86	徐承清	明	绍兴诗文作家。	邹志方：《绍兴文学史》，浙江人民出版社，2013，180 页。
87	宋濂	明	浦江（今属浙江）人。元至正十四年（1354）避居会稽（今绍兴），在会稽写下不少诗文。	邹志方：《绍兴文学史》，浙江人民出版社，2013，186 页。
88	贝琼	明	崇德（今桐乡）人。元末客游绍兴，写过不少诗歌。	邹志方：《绍兴文学史》，浙江人民出版社，2013，187 页。
89	凌云翰	明	钱塘（今杭州）人。元惠宗至正十九年（1359）出任兰亭书院山长，写了不少诗歌。	邹志方：《绍兴文学史》，浙江人民出版社，2013，188 页。
90	刘基	1311—1375	青田（今浙江文城）人。至正十三年至十六年（1353—1356）曾被羁管于绍兴。著有《诚意伯文集》。	邹志方，李永鑫编：《历代名人咏绍兴》，云南美术出版社，2004，221 页。 何信恩：《稽山文集》（第二卷），西泠印社出版社，2015，73 页。
91	陈子龙	明	松江华亭（今属上海）人。思宗崇祯十年（1637）授绍兴府推官。公余漫游，写有《南镇》《初入剡中》等诗。	邹志方：《绍兴文学史》，浙江人民出版社，2013，190 页。
92	吕天成	明	祖籍山阴（今绍兴），移居余姚。著有《烟鬟阁传奇》11 种，《齐东绝倒》等杂剧 8 种。尝写《绣榻野史》《闲情别传》等小说。有戏曲评论集《曲品》。	邹志方：《绍兴文学史》，浙江人民出版社，2013，204 页。
93	马欢	明	会稽（今绍兴）人。著有《瀛涯胜览》。	鲁孟河：《影响中国的绍兴名人》，中央文献出版社，2007，75 页。

编号	姓名	年份或年代	籍贯与作品	出处
94	戴思恭	1324—1405	诸暨人。著有《证治要诀》。	何信恩：《集外集》，内部出版，2019，140 页。
95	刘东生	1435 前后在世	浙江绍兴人。《娇红记》作者。	袁行霈主编：《中国文学史》（第三版）第四卷，高等教育出版社，2014，92 页。
96	何鉴	1442—1552	新昌人。著有《五山乡评录》。	何信恩：《集外集》，内部出版，2019，140 页。
97	潘府	1453—1526	上虞人。著有《南山素言》。	何信恩：《集外集》，内部出版，2019，140 页。
98	谢迁	1449—1531	余姚人。著有《谢文正公集》。	何信恩：《集外集》，内部出版，2019，140 页。
99	吕光洵	1508—1580	绍兴诗文作家。新昌人。有《元史政要》。	邹志方：《绍兴文学史》，浙江人民出版社，2013，179 页。
100	骆问礼	1537—1608	绍兴诗文作家。诸暨人。有《万一楼集》。	邹志方：《绍兴文学史》，浙江人民出版社，2013，179 页。
101	黄尊素	1584—1626	余姚人。著有《黄忠端公遗稿》。	何信恩：《集外集》，内部出版，2019，140 页。
102	朱燮元	1566—1638	山阴（今绍兴）人。著有《智蜀疏草》12 卷。	何信恩：《集外集》，内部出版，2019，140 页。
103	余缙	清	绍兴诗人、词人。著有诗集、词集。	邹志方：《绍兴文学史》，浙江人民出版社，2013，209 页。
104	黄宗羲	1610—1695	余姚人。著有《明夷待访录》。	何信恩：《集外集》，内部出版，2019，141 页。
105	姚启圣	1624—1683	会稽（今绍兴）人。绍兴诗人。著有《忧畏轩集》。	邹志方：《绍兴文学史》，浙江人民出版社，2013，209 页。
106	王霖	清	绍兴诗人。著有诗集。	邹志方：《绍兴文学史》，浙江人民出版社，2013，209 页。
107	章大来	清	绍兴诗人。著有诗集。	邹志方：《绍兴文学史》，浙江人民出版社，2013，209 页。

编号	姓名	年份或年代	籍贯与作品	出处
108	何谓	？—1774	山阴（今绍兴）人。著有《全河要旨》。	何信恩：《集外集》,内部出版,2019,141 页。
109	刘大申	1691—1761	绍兴诗人。著有诗集。	邹志方：《绍兴文学史》,浙江人民出版社,2013,209 页。
110	刘大观	1696—1779	绍兴诗人。著有诗集。	邹志方：《绍兴文学史》,浙江人民出版社,2013,209 页。
111	蒋平阶	清	华亭（今上海松江）人。清兵南下,授唐王御史。唐王败,漫游齐鲁吴越,以堪舆为生。后定居会稽（今绍兴）以终。有与弟子合撰之《支机集》。	邹志方,李永鑫编：《历代名人咏绍兴》,云南美术出版社,2004,282 页。
112	刘文蔚	1700—1776	绍兴诗人。著有诗集。	邹志方：《绍兴文学史》,浙江人民出版社,2013,209 页。
113	宗圣垣	清	绍兴诗人、散文作家。著有诗集。	邹志方：《绍兴文学史》,浙江人民出版社,2013,209 页,219 页。
114	冯至	清	绍兴诗人。著有诗集。	邹志方：《绍兴文学史》,浙江人民出版社,2013,209 页。
115	陈芝图	清	绍兴诗人。著有诗集。	邹志方：《绍兴文学史》,浙江人民出版社,2013,209 页。
116	邬鹤征	清	绍兴诗人。著有诗集。	邹志方：《绍兴文学史》,浙江人民出版社,2013,209 页。
117	商嘉言	清	绍兴诗人。著有诗集。	邹志方：《绍兴文学史》,浙江人民出版社,2013,209 页。
118	刘显祖	清	绍兴诗人。著有诗集。	邹志方：《绍兴文学史》,浙江人民出版社,2013,209 页。
119	妙香上人	清	绍兴诗人。著有诗集。	邹志方：《绍兴文学史》,浙江人民出版社,2013,209 页。
120	卍香上人	清	绍兴诗人。著有诗集。	邹志方：《绍兴文学史》,浙江人民出版社,2013,209 页。

编号	姓名	年份或年代	籍贯与作品	出处
121	陈光绪	清	绍兴诗人。著有诗集。	邹志方：《绍兴文学史》，浙江人民出版社，2013，209 页。
122	马赓良	清	绍兴诗人。著有诗集。	邹志方：《绍兴文学史》，浙江人民出版社，2013，209 页。
123	秦树铭	清	绍兴诗人。著有诗集。	邹志方：《绍兴文学史》，浙江人民出版社，2013，209 页。
124	商可	清	绍兴女诗人。著有诗集。	邹志方：《绍兴文学史》，浙江人民出版社，2013，209 页。
125	王静淑	清	绍兴女诗人。著有诗集。	邹志方：《绍兴文学史》，浙江人民出版社，2013，209 页。
126	朱德蓉	清	绍兴女诗人。著有诗集。	邹志方：《绍兴文学史》，浙江人民出版社，2013，209 页。
127	祁德渊	清	绍兴女诗人。著有诗集。	邹志方：《绍兴文学史》，浙江人民出版社，2013，209 页。
128	祁德茝	清	绍兴女诗人。著有诗集。	邹志方：《绍兴文学史》，浙江人民出版社，2013，209 页。
129	祁德琼	清	绍兴女诗人。著有诗集。	邹志方：《绍兴文学史》，浙江人民出版社，2013，209 页。
130	潘素心	清	绍兴女诗人。著有诗集。	邹志方：《绍兴文学史》，浙江人民出版社，2013，209 页。
131	孙越畹	清	绍兴女诗人。著有诗集。	邹志方：《绍兴文学史》，浙江人民出版社，2013，209 页。
132	杨素英	清	绍兴女诗人。著有诗集。	邹志方：《绍兴文学史》，浙江人民出版社，2013，209 页。
133	杨素书	清	绍兴女诗人。著有诗集。	邹志方：《绍兴文学史》，浙江人民出版社，2013，209 页。
134	杨素华	清	绍兴女诗人。著有诗集。	邹志方：《绍兴文学史》，浙江人民出版社，2013，209 页。
135	曹章	清	绍兴词人。著有词集。	邹志方：《绍兴文学史》，浙江人民出版社，2013，214 页。

（续表）

编号	姓名	年份或年代	籍贯与作品	出处
136	宋俊	清	绍兴词人。著有词集。	邹志方：《绍兴文学史》，浙江人民出版社，2013，214页。
137	方炳	清	绍兴词人。著有词集。	邹志方：《绍兴文学史》，浙江人民出版社，2013，214页。
138	何鼎	清	绍兴词人。著有词集。	邹志方：《绍兴文学史》，浙江人民出版社，2013，214页。
139	金烺	清	绍兴词人。著有词集。	邹志方：《绍兴文学史》，浙江人民出版社，2013，214页。
140	赵式	清	绍兴词人。著有词集。	邹志方：《绍兴文学史》，浙江人民出版社，2013，214页。
141	茹敦如	清	绍兴词人。著有词集。	邹志方：《绍兴文学史》，浙江人民出版社，2013，214页。
142	陈荣杰	清	绍兴词人。著有词集。	邹志方：《绍兴文学史》，浙江人民出版社，2013，214页。
143	陶维垣	清	绍兴词人。著有词集。	邹志方：《绍兴文学史》，浙江人民出版社，2013，214页。
144	胡慎容	清	绍兴词人。著有词集。	邹志方：《绍兴文学史》，浙江人民出版社，2013，214页。
145	傅琳	清	绍兴词人。著有词集。	邹志方：《绍兴文学史》，浙江人民出版社，2013，214页。
146	罗振常	清	绍兴词人。著有词集。	邹志方：《绍兴文学史》，浙江人民出版社，2013，214页。
147	余文仪	清	绍兴散文作家。	邹志方：《绍兴文学史》，浙江人民出版社，2013，219页。
148	徐周彩	清	绍兴散文作家。	邹志方：《绍兴文学史》，浙江人民出版社，2013，219页。
149	龚萼	清	绍兴散文作家。	邹志方：《绍兴文学史》，浙江人民出版社，2013，219页。

编号	姓名	年份或年代	籍贯与作品	出处
150	许湄	清	绍兴散文作家。	邹志方：《绍兴文学史》，浙江人民出版社，2013，219 页。
151	黄钺	清	山阴（今绍兴）人。有杂剧《四友堂俚语》。	邹志方：《绍兴文学史》，浙江人民出版社，2013，222 页。
152	张澜	清	会稽（今绍兴）人。有传奇《千里驹》《万花台》《忠孝福》等。	邹志方：《绍兴文学史》，浙江人民出版社，2013，222 页。
153	胡介祉	清	山阴（今绍兴）人。有传奇《广陵仙》。	邹志方：《绍兴文学史》，浙江人民出版社，2013，222 页。
154	高宗元	清	山阴（今绍兴）人。有传奇《续琵琶》。	邹志方：《绍兴文学史》，浙江人民出版社，2013，222 页。
155	陈宝	清	山阴（今绍兴）人。有传奇《东海记》。	邹志方：《绍兴文学史》，浙江人民出版社，2013，222 页。
156	王懋昭	清	上虞人。有传奇《三星圆》。	邹志方：《绍兴文学史》，浙江人民出版社，2013，222 页。
157	春桥	清	上虞人。有杂剧《四喜缘》。	邹志方：《绍兴文学史》，浙江人民出版社，2013，222 页。
158	旦阳道人	清	会稽（今绍兴）人。有传奇《小蓬莱》。	邹志方：《绍兴文学史》，浙江人民出版社，2013，222 页。
159	何铺	清	山阴（今绍兴）人。有传奇《乘龙佳话》。	邹志方：《绍兴文学史》，浙江人民出版社，2013，223 页。
160	黄元薇	清	山阴（今绍兴）人。有杂剧《鹊华秋》《青霞梦》《樊川梦》。	邹志方：《绍兴文学史》，浙江人民出版社，2013，223 页。
161	嬴宗季女	清	绍兴人。有杂剧《六月霜》。	邹志方：《绍兴文学史》，浙江人民出版社，2013，223 页。
162	蒋士铨	1725—1785	铅山（今江西铅山）人。乾隆三十一年（1766）到达绍兴，任戴山书院院长。著有《忠雅堂集》。	何信恩：《稽山文集》（第四卷），西泠印社出版社，2015，297 页。
163	杨世植	1743—1791	新昌回山人，著有《彩烟近草》《北游草》。	何信恩：《稽山文集》（第四卷），西泠印社出版社，2015，314 页。

（续表）

编号	姓名	年份或年代	籍贯与作品	出处
164	邵晋涵	1743—1796	余姚人。著有《尔雅正义》。	何信恩：《集外集》，内部出版，2019，141 页。
165	葛云飞	1789—1841	山阴（今绍兴）人，著有《名将录》。	鲁孟河：《影响中国的绍兴名人》，中央文献出版社，2007，109 页。
166	姚大源	清	山阴（今绍兴）人，著有《芝乡诗钞》《星影三卷》等。	何信恩：《稽山文集》（第四卷），西泠印社出版社，2015，283 页。
167	章汝桐	清	会稽（今绍兴）人，著有《环秀楼诗抄》。	何信恩：《稽山文集》（第四卷），西泠印社出版社，2015，284 页。
168	周铭鼎	清	山阴（今绍兴）人，著有《柯山小志》《响山楼诗抄》。	何信恩：《稽山文集》（第四卷），西泠印社出版社，2015，296 页。
169	姚振宗	1842—1906	会稽（今绍兴）人。著有《师石山房书录》。	何信恩：《集外集》，内部出版，2019，142 页。
170	陶浚宣	1846—1912	会稽（今绍兴）陶堰人，著有《百首论书诗》《稷庐文集》。	何信恩：《稽山文集》（第四卷），西泠印社出版社，2015，59 页。
171	罗振玉	1866—1940	上虞人，著有《殷虚书契考释》《鸣沙石室佚书》《校刊群书叙录》《敦煌零拾》《敦煌石室碎金》编《敦煌石室遗书》。	鲁孟河：《影响中国的绍兴名人》，中央文献出版社，2007，167 页。
172	徐锡麟	1873—1907	会稽（今绍兴）人。著有《出塞》。	何信恩：《集外集》，内部出版，2019，142 页。
173	经亨颐	1877—1938	上虞人，著有《经亨颐诗文书画精选》。	鲁孟河：《影响中国的绍兴名人》，中央文献出版社，2007，159 页。
174	陶成章	1878—1912	会稽（今绍兴）陶堰人，著有《中国民族权力消长史》《春秋列国国际法及近世国际法异同论》《浙案纪略》，编《秋女士遗稿》。	鲁孟河：《影响中国的绍兴名人》，中央文献出版社，2007，136 页。

编号	姓名	年份或年代	籍贯与作品	出处
175	马叙伦	1885—1970	出生于杭州府，祖居会稽县（今绍兴）东胜武乡车家弄，著有《说文解字六书疏证》《说文解字研究法》《庄子义政》《老子校诂》。	鲁孟河：《影响中国的绍兴名人》，中央文献出版社，2007，225页。
176	金岳霖	1895—1984	诸暨人，生于湖南。著有《逻辑》《论道》《知识论》《罗素哲学》。	鲁孟河：《影响中国的绍兴名人》，中央文献出版社，2007，264页。
177	吴觉农	1897—1989	上虞人，著有《茶经述译》《吴觉农选集》。	鲁孟河：《影响中国的绍兴名人》，中央文献出版社，2007，305页。
178	宣侠父	1899—1938	诸暨人。著有《西北远征记》。	何信恩：《集外集》，内部出版，2019，142页。
179	王一飞	1898—1928	上虞人，《共产国际党纲草案》、（苏联）郭范伦科《新社会观》、（苏联）季诺维也夫《俄国共产党历史》译者。	鲁孟河：《影响中国的绍兴名人》，中央文献出版社，2007，140页。
180	陈从周	1918—2000	祖籍绍兴道墟（今绍兴市上虞区），生于杭州。著有《说园》《园林谈丛》《苏州园林》《扬州园林》《中国名园》《绍兴石桥》《梓室余墨》《徐志摩年谱》《书带集》《春苔集》《帘青集》《随宜集》《山湖处处》《书边人语》《陈从周画集》。	鲁孟河：《影响中国的绍兴名人》，中央文献出版社，2007，305页。
181	陈宗棠（马蹄疾）	1936—1996	绍兴人。著有《水浒书录》《水浒资料汇编》《鲁迅书信系年考》《鲁迅书信札记》《胡风传》等15部作品。	何信恩：《稽山文集》，西泠印社出版社，2015，第三卷322页，第四卷49页。

表五　绍兴文学家被收录进《中国文学家辞典》及年表、大事记的情况

编号	姓名	注1	注2	注3	注4	注5	注6
1	王充	46	10	7	26	86	155
2	赵晔	43	10	150		81	132
3	袁康	43				81	133
4	吴平	43					
5	魏朗	59					
6	韩说	61					
7	谢承	80					260
8	骆统	84					
9	阚泽		21				
10	嵇康	97	23	206	33	111	287
11	贺循	118	31				369
13	杨方	132	33				375
14	孙统		35		37		
15	葛洪				38	132	403
16	王旷	134					371
17	孔坦	136					384
18	王羲之	149	36	21	38	134	414
19	许询				38	126	391

编号	姓名	注1	注2	注3	注4	注5	注6
20	孙绰		36	64	38	126	409
21	李充						376
22	支遁		36		38		406
24	孔严	146					
25	谢敷	150					
26	谢安	148	36		37	128	419
27	谢万		38				407
28	王徽之	153	38				421
29	王凝之		38				430
31	谢道韫	158	38	211		131	414
32	谢朗						417
33	孔汪	159					
34	王献之	161	39			129	421
35	帛道猷		41				
36	朱百年	168					486
37	孔琳之	169					452
38	孔宁之		42				
39	谢灵运	176	43	210	41	136	463
40	谢惠连		44	211		136	464

（续表）

编号	姓名	注1	注2	注3	注4	注5	注6
41	贺弼	184					
42	戴法兴	189	46				495
43	谢超宗						512
44	孔逭	207	48				510
45	孔广	207					
46	孔稚珪	211	51	29	45	144	533
47	谢朓			209	44	144	528
48	孔仲智		50				
49	虞炎	213	50				527
50	虞骞	225	55				537
51	孔休源	233					565
52	孔子祛	258					577
53	慧皎					154	551
54	孔翁归	261	62				
55	洪偃	268	65				599
56	孔奂	280	66				617
57	王琳	291					
58	贺德仁	307					
59	孔范	308	70				621

编号	姓名	注1	注2	注3	注4	注5	注6
60	孔德绍		78				
62	孔绍安	319	80				644
63	贺知章	354	91	162	61	179	763
64	贺朝	364	97				723
65	万齐融	364	97				723
66	崔国辅	379		194		183	758
67	徐浩	383					
68	秦系	394	120				899
69	朱放		121				885
70	严维	390	115	89			834
71	鲍防		118				
73	朱湾						814
74	清江	413	122				882
75	灵澈	415	125	108			922
77	罗让	420					864
78	朱庆余		148	46		204	1007
79	良价		150				
80	方干			26			1059
81	栖白	465					1021

（续表）

编号	姓名	注1	注2	注3	注4	注5	注6
84	范摅	486					1049
85	吴融	498	165	95			1073
88	徐铉		179			228	1168
89	徐锴		176			226	1140
90	钱易			175			1260
91	杜衍		182				1310
92	范仲淹		183	130	86	234	1255
93	陆佃	618	200				1453
94	华镇	629	204				1293
95	贺铸		204	162	93	260	1499
98	李光	647	212				1586
99	陆淞	694					1571
100	姚宽	697					1595
102	陆游	714	229	124	102	279	1775
104	吕定	721	255				1629
105	李孟传	734					1795
106	唐琬						1576
107	黄度						1739
108	高似孙						

编号	姓名	注1	注2	注3	注4	注5	注6
109	苏泂	762	231				1635
110	葛天民		235				1751
111	吕声之		247				
112	杨皇后		247				
113	高观国	746	249	179		276	1742
115	冯时行						1606
117	尹焕	798					
118	姚镛	798	255				1807
119	姚勉	834	261				
120	王沂孙	842	264	17	109	295	1927
121	陈恕可	846					2005
123	王易简	858					1883
124	吴大有	858					
125	唐珏	867					
127	萧国宝	896	291				1956
128	韩性	890	303				2009
129	潘音	894	306				2029
130	王艮	906	310				2250
131	王冕	916	317	10	117	309	2035

（续表）

编号	姓名	注1	注2	注3	注4	注5	注6
132	杨维桢	933	322	85	118	315	2056
133	钱宰	938	334				2094
134	月鲁不花		327				
135	刘兑		336				
136	戴良			221	120		2082
137	韦珪						2004
139	张宪	946	330				
140	唐肃	981	344				2067
141	谢肃	984	344				2070
142	吕不用	968					2063
143	高启				118	315	2065
150	郭传	985					
151	唐之淳	991	350				2099
153	漏瑜		350				
154	韩经	1003	353				
155	章敞	1006	355				2131
156	刘绩		359				
160	陆渊之	1032					
161	王守仁		376	16	129	330	2230

编号	姓名	注1	注2	注3	注4	注5	注6
162	陶谐	1055	377				
163	汪应轸	1079	385				
164	王畿	1097				336	2333
167	沈炼		395				2283
169	谢谠	1160	398				
170	陈鹤	1104	390				2289
172	徐学诗	1126	396				2301
173	章恩	1130					2226
175	徐渭	1138	403	173	136	345	2353
179	徐炼	1148					
180	史槃	1159	408				
181	金怀玉	1166	435				
182	车任远	1177	401				
183	朱赓	1171	409				
184	张元汴	1173	411				
185	王骥德	1230	416	22	141	355	2403
189	周汝登	1196	414				
192	陶望龄		420			349	
193	陈汝元	1177	420				

（续表）

编号	姓名	注1	注2	注3	注4	注5	注6
194	朱期	1202					
195	赵于礼	1212					
196	单本	1203	417				
197	湛然		419				
198	王澹	1238	402				
199	祁承㸁		421				
200	王应遴	1239	425				
202	谢国		422				
203	祁麟佳		425				
204	王思任		426	20	146	368	2456
205	刘宗周	1237	427				2451
208	商潸		427				
209	石子斐		430				
210	倪元璐	1261	431				2446
212	张岱		432	110	153	381	2425
213	陈洪绶	1269	439				2474
214	孟称舜	1282	432	144	145	370	2574
215	祁彪佳		433	59	145	367	2452
218	商景兰					367	

编号	姓名	注1	注2	注3	注4	注5	注6
219	商景徽		441				
220	王端淑		442				
228	章正宸	1285					
229	本画	1309					
231	徐咸清	1373					
232	高奕	1336	450				
233	吕师濂		450				
234	李因	1296	454				
236	吕熊	1388					
243	周容		458				2557
244	吴兴祚		477				2585
245	祁班孙		480				
251	杨宾	1377	494				
256	姚夒	1366					
257	吴调侯					386	
258	吴楚材					386	
260	沈嘉然	1435	498				
262	金埴		500				
268	蔡东	1428					

（续表）

编号	姓名	注1	注2	注3	注4	注5	注6
269	陈士斌	1431					
270	谢宗锡	1432					
271	顾元标	1432					
272	李应桂	1433					
273	徐昭华	1451	485				
276	许尚质	1470					
279	吕抚	1485					
280	石文	1507					
282	胡天游	1512	514	146	163		2749
283	周长发	1512					
284	鲁曾煜	1516					
285	周大枢	1518	512				
286	吴燇	1500					
288	商盘	1527	517				2766
291	陶元藻		524				2842
292	童珏	1548	527				
297	吴璜		531				
298	邵飖		544				
299	与宏		547				

编号	姓名	注1	注2	注3	注4	注5	注6
305	李春荣	1559					
308	章学诚	1581	540	195	171	403	2843
313	陈栋	1632	558				
314	史善长		561				2824
317	王衍梅	1650	567				
318	潘谘	1642					
323	屠倬		570				2904
324	徐松		571				2953
330	宗稷辰	1673	580				
331	俞万春	1670	581	157	183	414	2963
335	陈钟祥	1684	590				
342	周星誉	1713					3032
345	汪琭		604				
346	李慈铭	1716	606		195	432	3054
347	赵之谦	1717	605		192		3032
348	王诒寿		606				
349	王星诚	1718	607				
350	平步青		607				3059
351	周星诒	1720					

（续表）

编号	姓名	注1	注2	注3	注4	注5	注6
353	曹寿铭		608				
354	施山	1715	608				
357	胡元薇		613				
358	陶方琦		613				
360	王鹏运		615		198	437	2956
364	俞明震	1740	628				
365	汪兆镛		629				
368	蒋智由		632		206		
369	蔡元培			214		446	3087
370	王钟声		641				3138
371	秋瑾		644	155	199	438	3113
372	诸宗元		645				
374	蔡东藩		662				
375	刘大白		662	476		445	
376	鲁迅		662	554	209	445	3025
377	蒋著超		651				
378	马一浮		653				
379	许寿裳		663	480			
382	陈伯平		655				

编号	姓名	注1	注2	注3	注4	注5	注6
383	周作人		663	523	199	452	
384	夏丏尊			537		448	
385	许啸天		656				
388	姚蓬子		687				
391	孙伏园		667				
393	胡愈之		669	528			
395	罗家伦					434	
396	许钦文		671	481			
397	朱自清			485		448	
398	孙福熙		673	488			
399	魏金枝		678	563			
400	川岛			459			
403	孙大雨		686	486			
405	孙席珍			487			
407	柯灵		695	529			
408	罗大冈		695				
410	徐懋庸		698	541			
411	陈梦家		699	506			
412	金近		705	877			

（续表）

编号	姓名	注1	注2	注3	注4	注5	注6
414	谷斯范			509			
420	郁茹			516			
446	邵燕祥			742			
500	王泉根			861			

注1　谭正璧编：《中国文学家大辞典》，上海书店，1981。

注2　上海辞书出版社文学鉴赏辞典编纂中心：《中国文学家辞典》，上海辞书出版社，2017。

注3　高占祥、朱自强、张德林、赵云鹤主编：《中国文化大百科全书》（文学卷），长春出版社，1994。

注4　刘毓庆、柳杨：《中外文学史对照年表》，山西教育出版社，2009。

注5　黄淑贞：《用年表读通中国文学史》，上海交通大学出版社，2018。

注6　吴文治：《中国文学史大事年表》，黄山书社，1987。

表六 绍兴文学家被收录进《中国文学史》教材的情况

编号	姓名	注1	注2	注3	注4	注5	注6	注7	注8	注9	注10	注11	注12	注13
1	王充	①264	128	①224		186	①172	①304	122	113		76	145	①126
2	赵晔	①334	80	①222	①158		①171	②265			198		294	
3	袁康	①330	80	①228	①159		①171				198		294	
4	吴平	①330	80	①228	①159									
10	嵇康	②18	145	②37	①182	200	①258	②24	28	144	97	96	209	①176
13	杨方		177		①158									
15	葛洪		255	②142	①265	216	①347		29	132		91	208	①160
18	王羲之	②25	236	②51	①198	283		②84	201	130			301	①157
19	许询	②27		②53	①200	214	①231	②35		130	101		207	①155
20	孙绰	②27	177	②53	①199	216	①231	②35		130	101		207	①155
21	李充			②51										
22	支遁		179	②14	①202	216								①181
26	谢安	②5	178	②14	①198		②87	②82	200				301	②193
27	谢万					216								

（续表）

编号	姓名	注1	注2	注3	注4	注5	注6	注7	注8	注9	注10	注11	注12	注13
28	王徽之				271				201				303	
29	王凝之		178		272									
31	谢道韫		178		272				200				1051	
34	王献之		237						201				301	
35	帛道猷		180		203									
39	谢灵运	②36	184	②87	224	226	①308	②57	33	164	116	103	260	①225
40	谢惠连	②90	185	92	258	227		②58	33	188		103		①194
46	孔稚珪	②90	241	②151	①254	237	①330	②67	33		87	111	270	①196
47	谢朓	②48	206	②104	①230	233	①317	②62	33	171	117	105	268	①227
51	孔休源			②119										
53	慧皎		190	②14	①221									①191
62	孔绍安		277			276								②35
63	贺知章	②204	314		294	309		②122	208	226		115	373	②49
66	崔国辅	④229	332		295	311		②100						
68	秦系	②230	349			320								

编号	姓名	注1	注2	注3	注4	注5	注6	注7	注8	注9	注10	注11	注12	注13
70	严维		349			320								
74	清江	②230												
78	朱庆余		410			345			217					
80	方干		414		389	359								
84	范摅					348								
85	吴融	②268	405			351								①104
88	徐铉	③121	447	③21		371		③7			213			
89	徐锴		447			371								
91	杜衍					386					213			
92	范仲淹	③215	476	③31	439	388	③27	③25			251		574	②161
93	陆佃							②135						
95	贺铸	③220	497		459	432	③78	③71	229	361			612	②176
98	李光	③68			501									
102	陆游	③69	590	③117	493	417	③110	③95	157	341	264	143	②640	②226
106	唐琬				499									

（续表）

编号	姓名	注1	注2	注3	注4	注5	注6	注7	注8	注9	注10	注11	注12	注13
108	高似孙					316								
113	高观国	③200	594		511	432	③148		49	373				③3
120	王沂孙	③238	603	③153	511	432	③149	③180		377			670	②203
128	韩性													③33
130	王艮			④8			④9						921	③33
131	王冕	③29	767		522		③317	③190	242	478			806	③33
132	杨维桢	③97	765	③314	533	446	③321	③188	240	476		162	808	③34
133	钱宰					469			244					
136	戴良	③99	767				①315							
140	唐肃	④24												
143	高启	④22	768	④53	609	468	④57	④94	58		368	164		③86
161	王守仁	④89	841	④7		477	④9	④5	59			163	921	③97
169	谢谠		896											③166
175	徐渭	④77	906	④88	644	494	④73	④69	247	513		168	889	③145

编号	姓名	注1	注2	注3	注4	注5	注6	注7	注8	注9	注10	注11	注12	注13
180	史槃	④8		④90									934	
181	金怀玉		895											
182	车任远	④8	896											
184	张元汴		913											
185	王骥德	④171	886	④104	649		④202	④60		519			935	③153
192	陶望龄	④18		④18										③110
193	陈汝元	④8	896	④90	645									③166
196	单本		896											
198	王澹		922											
200	王应遴	④8												
204	王思任	④109	968	④184	634		④154						985	③114
205	刘宗周			④18		503								
212	张岱	④110	968	④183	635		④155	④105			371		983	③115
213	陈洪绶				223									③117
214	孟称舜	④148	1015	④107	657		④89	④71		520			986	③148

（续表）

编号	姓名	注1	注2	注3	注4	注5	注6	注7	注8	注9	注10	注11	注12	注13
215	祁彪佳	④154		④184	637		④154	④66					985	③136
220	王端淑	④184												
232	高奕		1036											
257	吴调侯							③37						
258	吴楚材				395			③37						
282	胡天游	④233			776	522	④320		66	560			1074	③228
308	章学诚				765	518	④13		185					③239
331	俞万春	④285		④400			④350	④225		619		196		③183
346	李慈铭	④240				532	④370		67					②183
360	王鹏运	④271											598	③383
368	蒋智由	④200		④421	806		④368	④219						
369	蔡元培	④257								671				
371	秋瑾	④240		④423	840		④390	④221			436			
376	鲁迅	④257					②119			673				
378	马一浮						②118							

编号	姓名	注 1	注 2	注 3	注 4	注 5	注 6	注 7	注 8	注 9	注 10	注 11	注 12	注 13
383	周作人									691				
391	孙伏园									673				
395	罗家伦			④ 456						674				
397	朱自清									681				

注 1　方铭主编：《中国文学史》（先秦秦汉卷）、（魏晋南北朝隋唐五代卷）、（辽宋夏金元卷）、（明清卷），长春出版社，2013。

注 2　郑振铎：《插图本中国文学史》（上、下册），北平朴社出版社，1932；北京出版社，1999。

注 3　袁行霈主编：《中国文学史》（第三版）（第一、二、三、四卷），高等教育出版社，2014。

注 4　袁世硕、张可礼：《中国文学史》（上、下），中国人民大学出版社，2006。

注 5　谢无量：《中国大文学史》，上海中华书局，1918；安徽文艺出版社，2021。

注 6　游国恩、王起、萧涤非等主编：《中国文学史》（修订本）（一）、（二）、（三）、（四），人民文学出版社，1963 第一版，2002 第二版。

注 7　褚斌杰编著：《中国文学史纲·先秦秦汉文学》（第四版），北京大学出版社，2016。

注 8　袁行霈编著：《中国文学史纲·魏晋南北朝隋唐五代文学》（第四版），北京大学出版社，2016。
　　　李修生编著：《中国文学史纲·宋辽金元文学》（第四版），北京大学出版社，2016。
　　　李修生编著：《中国文学史纲·明清文学》（第四版），北京大学出版社，2016。

注 8　胡怀琛：《中国文学史略、中国文学史概要》，安徽文艺出版社，2021。

注 9　刘跃进：《简明中国文学史读本》，中国社会科学出版社，2019。

注 10　孙静、周先慎编著：《简明中国文学史》（第二版），北京大学出版社，2001 第一版，2015 第二版。

注 11　顾实：《中国文学史大纲》，商务印书馆，1926；安徽文艺出版社，2021。

注 12　中国科学院文学研究所中国文学史编写组编写：《中国文学史》（一）、（二）、（三），人民文学出版社，1962。

注 13　刘大杰：《中国文学发展史》，复旦大学出版社，2016。

表七　绍兴文学家出现于 9 部
《中国文学史》二级标题（节）中的情况

编号	姓名	教材	节名	页码
10	嵇康	注 2	阮籍、嵇康与正始诗歌	第三卷 35 页
		注 3	阮籍、嵇康和正始诗歌	（上）178 页
		注 5	阮籍、嵇康	（一）254 页
		注 6	嵇康　阮籍	魏晋南北朝隋唐五代文学卷 24 页
		注 8	嵇康　阮籍	（一）209 页
39	谢灵运	注 3	谢灵运和鲍照	（上）224 页
		注 5	谢灵运和山水诗	（一）307 页
		注 6	谢灵运和山水诗	魏晋南北朝隋唐五代文学卷 56 页
		注 7	元嘉三诗人：谢灵运、颜延之和鲍照	第三编　魏晋南北朝文学 第三章　南朝文学 163 页
		注 8	谢灵运　颜延之	（一）260 页
47	谢朓	注 2	沈约、谢朓与永明体	第三卷 101 页
		注 3	沈约、谢朓与永明体	（上）228 页
		注 5	谢朓和新体诗	（一）316 页
		注 6	谢朓和新体诗	魏晋南北朝隋唐五代文学卷 61 页
		注 8	谢朓、沈约和"永明体"	（一）266 页
1	王充	注 1	王充、王符与东汉中期论说文	先秦秦汉卷 268 页
		注 2	《新论》《论衡》和《潜夫论》	第一卷 224 页
		注 5	王充的文学批评	（一）172 页
		注 9	王充的文学观	上卷 126 页
102	陆游	注 1	陆游、杨万里和中兴诗歌	辽宋夏金元卷 69 页
		注 2	张孝祥、陆游等辛派词人	第三卷 138 页
		注 4	陆 范 杨 尤四大家	417 页
		注 9	陆游及其他诗人	中卷 226 页
132	杨维桢	注 1	杨维桢、萨都剌和元代后期诗歌	辽宋夏金元卷 97 页
		注 3	杨维桢与铁崖体	533 页
		注 5	王冕、杨维桢及后期诗文作家	（三）317 页
		注 6	杨维桢、顾瑛、迺贤等作家	宋辽金元文学 188 页
143	高启	注 1	高启与吴中诗风的转变	明清卷 22 页
		注 5	宋濂、刘基、高启	（四）53 页
		注 6	刘基、宋濂、高启	明清文学 91 页

编号	姓名	教材	节名	页码
174	徐渭	注1 注2 注5	徐渭的诗 徐渭及其讽世杂剧 徐渭和明中叶后杂剧	明清卷 77 页 第四卷 88 页 （四）73 页
2	赵晔	注1 注2	《吴越春秋》 《吴越春秋》	先秦秦汉卷 334 页 第一卷 222 页
95	贺铸	注6 注8	秦观 贺铸 周邦彦 贺铸和周邦彦的词	宋辽金元文学 69 页 （二）611 页
120	王沂孙	注2 注6	王沂孙、张炎和刘克庄等宋末词人 张炎、王沂孙等作家	第三卷 153 页 宋辽金元文学 179 页
131	王冕	注5 注8	王冕、杨维桢及后期诗文作家 刘因、萨都剌、王冕和其他诗文作家	（三）317 页 （三）801 页
161	王守仁	注1 注4	后七子、王守仁与杨慎 王守仁	明清卷 88 页 477 页
365	秋瑾	注5 注6	章炳麟、秋瑾等革命作家 章炳麟、秋瑾与南社作家	（四）388 页 明清文学 220 页
3	袁康	注1	《越绝书》	先秦秦汉卷 330 页
18	王羲之	注2	王羲之与兰亭唱和	第三卷 51 页
19	许询	注2	孙绰、许询与玄言诗	第三卷 53 页
20	孙绰	注2	孙绰、许询与玄言诗	第三卷 53 页
80	方干	注4	司空图与方干	357 页
92	范仲淹	注2	范仲淹、张先和王安石对词境的开拓	第三卷 31 页

注1　方铭主编：《中国文学史》（先秦秦汉卷）、（魏晋南北朝隋唐五代卷）、（辽宋夏金元卷）、（明清卷），长春出版社，2013。

注2　袁行霈主编：《中国文学史》（第三版）（第一、二、三、四卷），高等教育出版社，2014。

注 3　袁世硕、张可礼：《中国文学史》（上、下），中国人民大学出版社，2006。

注 4　谢无量：《中国大文学史》，上海中华书局，1918；安徽文艺出版社，2022。

注 5　游国恩、王起、萧涤非等主编：《中国文学史》（修订本）（一）、（二）、（三）、（四），人民文学出版社，1963 第一版，2002 第二版。

注 6　褚斌杰编著：《中国文学史纲·先秦秦汉文学》（第四版），北京大学出版社，2016。
　　　袁行霈编著：《中国文学史纲·魏晋南北朝隋唐五代文学》（第四版），北京大学出版社，2016。
　　　李修生编著：《中国文学史纲·宋辽金元文学》（第四版），北京大学出版社，2016。
　　　李修生编著：《中国文学史纲·明清文学》（第四版），北京大学出版社，2016。

注 7　刘跃进：《简明中国文学史读本》，中国社会科学出版社，2019。

注 8　中国科学院文学研究所中国文学史编写组编写：《中国文学史》（一）、（二）、（三），人民文学出版社，1962。

注 9　刘大杰：《中国文学发展史》，中华书局 1941 年出版上卷，1949 年出版下卷；复旦大学出版社，2006。

表八　在中国文学史中翻开新一章的绍兴文学家

中国文学史著作，教材	章序	章名称	文学家		
			王充	谢灵运	陆游
注1	第五编　宋代文学 第六章	爱国诗人陆游			√
注2	第三编　宋元文学 第四章	陆游			√
注3	第三编　中古文学史 第九章	王充与评论派之文学	√		
注4	宋代文学 第七章	陆游			√
注5	宋代文学 第七章	陆游			√
注6	第二卷，第三编 魏晋南北朝文学 第五章	谢灵运、鲍照与诗风的转变		√	
注7	第三卷，第五编 宋代文学 第八章	陆游等中兴四大诗人			√
注8	下编 第二十八章	中兴诗人与陆游			√

注1　游国恩、王起、萧涤非等主编：《中国文学史》（修订本）（三），人民文学出版社，1963 第一版，2002 第二版，110 页。

注2　孙静、周先慎编著：《简明中国文学史》，北京大学出版社，2019，264 页。

注3　谢无量：《中国大文学史》，安徽文艺出版社，2022，186 页。

注4　中国科学院文学研究所中国文学史编写组编写：《中国文学史》（二），人民文学出版社，1962，640 页。

注5　李修生编著：《中国文学史纲·宋辽金元文学》（第四版），北京大学出版社，2016，95 页。

注6　袁行霈主编：《中国文学史》（第三版）第二卷，高等教育出版社，2014，87 页。

注7　袁行霈主编：《中国文学史》（第三版）第三卷，高等教育出版社，2014，117 页。

注8　袁世硕、张可礼主编：《中国文学史》（下），中国人民大学出版社，2006，488 页。

表九　中国现代文学史课程中介绍鲁迅文学业绩的情况

教材著作	章序	章名称	页码
注 1	第三章 第九章	文化革命的伟人——鲁迅（上） 文化革命的伟人——鲁迅（下）	77 381
注 2	第二章 第十七章	鲁迅（一） 鲁迅（二）	29 289
注 3	第二章 第七章 第十六章	20 年代小说（一） 第一节　鲁迅创作道路 第二节　《狂人日记》《阿 Q 正传》 第三节　《呐喊》《彷徨》 第四节　《故事新编》 20 年代散文 第三节　《野草》 30 年代散文 第一节　鲁迅和 30 年代杂文	 29 34 40 45 112 243
注 4	第三章	中国现代文学的先驱者——鲁迅	53
注 5	第二章	鲁迅	58
注 6	第一章	鲁迅与《呐喊》《彷徨》	4

注 1　林志浩主编：《中国现代文学史》，中国人民大学出版社，1979。

注 2　钱理群、温儒敏、吴福辉：《中国现代文学三十年》（修订本），北京大学出版社，1998。

注 3　朱栋霖、丁帆、朱晓进主编：《中国现代文学史：1917～1997》，高等教育出版社，1999。

注 4　程光炜、刘勇、吴晓东、孔庆东、郜元宝著：《中国现代文学史》（第二版），中国人民大学出版社，2007。

注 5　刘中树、张福贵、王学谦主编：《现代文学基础》，北京大学出版社，2009。

注 6　王小曼编著：《中国现当代文学》，北京大学出版社，2015。

结　语

　　亲爱的读者，如果你要写古城绍兴，就不能只写古建文物，你要写文学的光芒璀璨夺目地闪耀古城绍兴近5000年；你要写从那时以来平均四年就有一位文学家出现在绍兴有如繁花似锦；你要写绍兴有129部长篇小说摇曳多姿、熠熠生辉；你要写绍兴的文学家群体"金字塔"举世无双，蕴藉深厚，魅力四射，分外灿烂，处在"金字塔"巅峰的是鲁迅先生。

　　不错，这就是这本书所写的内容。2022年6月，绍兴市文化广电旅游局、绍兴市历史文化名城保护办公室内部出版了《遇见绍兴——一个城市的2500年》，序中说："绍兴是一座'没有围墙的博物馆'，历朝历代的文献记忆和物态记忆，如满天星斗。"写完眼前的这本书，深感绍兴亦是一座沉淀了2500多年的文学博物馆，历朝历代的文学故事、文学作品、文学家，以及与文学和文学家有关的文物遗存，亦如满天星斗。古都绍兴，这是一座文学之都，一座非凡的文学之都，一座了不起的、再也找不到第二个的文学之都。从这个意义上说，绍兴，就是"世界文学第一都"。试问：在中国还有哪个城市如此？在世界还有哪个城市如此？绍兴无愧于"世界文学第一都"。绍兴的文学历史盛况，并世无双。说绍兴是"世界文学第一都"，绝非无稽。这个天下唯一，源远流长，山高水深，枝繁叶茂，从不间断，不断向前，在中国文学史上有十分重要的贡献。

　　毛泽东说："鉴湖越台名士乡，忧忡为国痛断肠。剑南歌接秋风吟，一例氤氲入诗囊。"这是1961年毛泽东为纪念鲁迅八十寿辰而写的两首诗中的一首。

后两句意味深长。"剑南歌"指陆游，"秋风吟"指秋瑾，"一例氤氲"指爱抽烟的鲁迅。后两句，实际上就在赞颂绍兴古城充满了文学的光芒。

以历史文化古城为载体的历史文化资源是祖先留给我们的珍贵财富，也是我们向后代讲好中国故事的重要途径。[1]"世界文学第一都"的整体价值值得我们高度重视。让我们承担起推进"世界文学第一都"的建设使命，让"越宋古都、名士之乡"的绍兴放射出更加灿烂的文学之光。

2023 年 10 月 11 日

1　张广汉、陈伯安：《历史城市保护的中国经验》，中国名城，2023 第 2 期，3—7 页。

致　谢

感谢绍兴市委统战部黄浙平，浙江巴顿焊接技术研究院李柳萌、王建明、邵肖梅、付玉，北京理工大学甘强、张文博、梁琳，中北大学朱双飞等在本书撰写过程中给予的各个方面的帮助。

感谢绍兴市委、市政府及其有关部门多年来赠与的出版物和资料。

特别感谢绍兴市越文化研究会会长鲁锡堂，他仔细审阅了全文，指出了文中多处错、粗（不准）之处，提出了重要建议，并给予许多帮助。

感谢北京语言大学艺术学院书法系主任、中国书法家协会会员、中国书坛"兰亭七子"、绍兴籍友人梁文斌为本书题写书名。

感谢中国作家协会原党组成员、书记处书记、副主席，绍兴籍友人陈崎嵘的指导和支持。

图书在版编目（CIP）数据

世界文学第一都：绍兴／冯长根著．-- 北京：作家出版社，2024.4（2024.9 重印）

ISBN 978 - 7 - 5212 - 2598 - 3

Ⅰ．①世…　Ⅱ．①冯…　Ⅲ．①地方文学史 - 绍兴

Ⅳ．① I209.955.3

中国国家版本馆 CIP 数据核字（2023）第 215574 号

世界文学第一都：绍兴

作　　者：冯长根
责任编辑：李亚梓
装帧设计：琥珀视觉
出版发行：作家出版社有限公司
社　　址：北京农展馆南里 10 号　　　邮　　编：100125
电话传真：86 - 10 - 65067186（发行中心及邮购部）
　　　　　86 - 10 - 65004079（总编室）
E - mail: zuojia@zuojia.net.cn
http: // www.zuojiachubanshe.com
印　　刷：唐山嘉德印刷有限公司
成品尺寸：170 × 240
字　　数：195 千
印　　张：13.25
版　　次：2024 年 4 月第 1 版
印　　次：2024 年 9 月第 3 次印刷
ISBN 978 - 7 - 5212 - 2598 - 3
定　　价：58.00 元